经典书香
★
中国古典禁毁小说丛书

蜃楼志全传

[清] 庚岭劳人 著

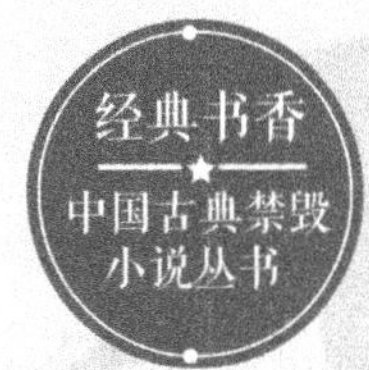

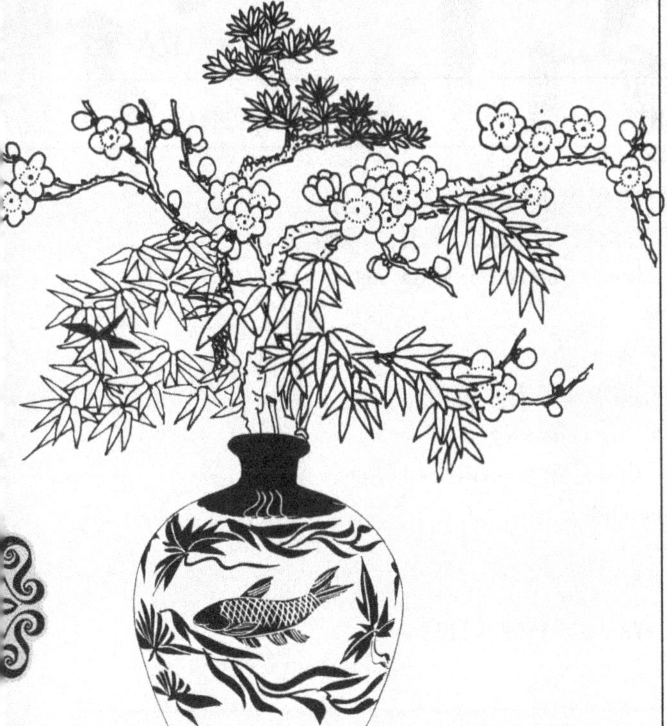

二十一世纪出版社集团
21st Century Publishing Group

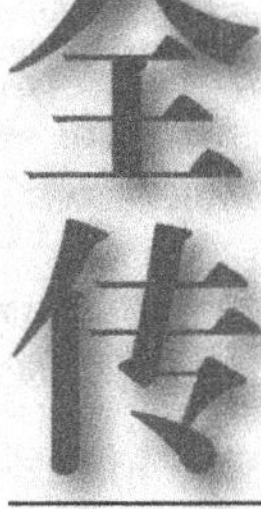

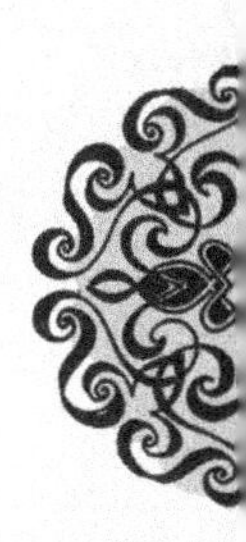

图书在版编目(CIP)数据

蜃楼志全传/(清)庾岭劳人著.—南昌:二十一世纪出版社集团,2016.8(2025.7重印)

(经典书香.中国古典禁毁小说丛书)

ISBN 978-7-5568-2138-9

Ⅰ.①蜃… Ⅱ.①庾… Ⅲ.①章回小说-中国-清代 Ⅳ.①I242.4

中国版本图书馆 CIP 数据核字(2016)第 174668 号

新浪微博:@二十一世纪出版社官方

蜃楼志全传 庾岭劳人/著

策　　划 余伯刚
责任编辑 敖登格日乐
出版发行 二十一世纪出版社集团
(江西省南昌市子安路 75 号　330009)
www.21cccc.com. cc21@163.net
出 版 人 张秋林
经　　销 新华书店
印　　刷 三河市明华印务有限公司
版　　次 2016 年 10 月第 1 版
印　　次 2025 年 7 月第 3 次印刷
开　　本 620mm×889mm　1/16
印　　张 18
字　　数 197 千字
书　　号 ISBN 978-7-5568-2138-9
定　　价 46.00 元

赣版权登字—04—2016—581

前　　言

《蜃楼志全传》又名《蜃楼志》，产生于清朝嘉庆初年，是一部具有鲜明的时代特征和岭南地方特色的古典白话小说。在近代，它几乎湮没无闻。郑振铎在巴黎偶得读之，感到“欣慰无已”，称它是一部几于尘封的、“不幸”的“名作”，并且为它“绝少有人提起”的遭遇深为感慨。

《蜃楼志全传》是继《金瓶梅》、《红楼梦》之后的中国文学史上又一部优秀长篇白话小说，全书共二十四回，最早的是嘉庆九年（1804）刊本。题“庾岭劳人说，禺山老人编”，卷首有“罗浮居士序”。庾岭劳人、禺山老人、罗浮居士，姓名均不详。从序中所说“劳人生长粤东，熟悉琐事，所撰《蜃楼志全传》一书，不过本地风光，绝非空中楼阁也”，庾岭即大庾岭，可知作者是粤人。书中所展示的，也的确是乾隆、嘉庆年间作为通商口岸的粤省特有的世态人情。

本书讲述了广州十三行洋商苏万魁之子苏吉士的读书、经商及爱情生涯。着重叙述了苏吉士依赖先辈遗资以及一张漂亮面孔，成了一只花蝴蝶，在少女丛中讨生活，而失却了早期民族工商志士叱咤风云气势的故事。围绕着苏吉士的经历，小说揭示了官场的黑暗、商界的艰辛与封建王朝必将崩溃的命运。苏吉士是个仗义疏财、慷慨为善的儒商，而以粤海关差赫致甫为首的贪官污吏却贪得无厌，滥用职权欺压商人，贪污受贿。在这种鲜明对比下，更暴露出奸商贪官的丑恶行径与官场的黑暗腐朽。

虽然苏吉士有着某些缺点遭人诟病，但是不可否认的是，苏吉士这个人物形象有其独特之处，带着作者所处时代的新气息，在中国古典小说的人物画廊中独具一格，真实地展现了当时社会的价值观、伦理观以及社会现实。戴不凡先生曾评价："就我所看过的小说来说，自乾隆后期历嘉、道、咸、同以至于光绪中叶这一百多年间，的确没有一部能超过它的，如以'九品'评之，在小说中这该是一部'中上'甚或'上下'之作。"

《蜃楼志全传》描绘了一幅多姿多彩的岭南风情画，展现出岭南地区独特的重商思想，同时也让我们慨叹岭南的繁华，而在这繁华的背后，是底层的暗潮涌动以及即将到来的社会变革，具有不可忽视的艺术价值和史料价值。

本次出版，对原书中的一些错漏、笔误和疑难之处，分别做了校勘、修正和注释，以便于读者阅读。由于时间仓促，水平有限，其中难免有疏漏之处，望专家、读者予以指正。

编　者

2016 年 5 月

蜃楼志小说序

小说者何？别乎大言言之也。一言乎小，则凡天经地义，治国化民，与夫汉儒之羽翼经传，宋儒之正诚心意，概勿讲焉；一言乎说，则凡迁、固之瑰玮博丽，子云、相如之异曲同工，与夫艳富、辨裁、清婉之殊科，宗经、原道、辨骚之异制，概勿道焉。其事为家人父子日用饮食往来酬酢之细故，是以谓之小；其辞为一方一隅男女琐碎之闲谈，是以谓之说。然则，最浅易、最明白者，乃小说正宗也。世之小说家多矣。谈神仙者，荒渺无稽；谈鬼怪者，杳冥罔据；言兵者，动关国体；言情者，污秽闺房；言果报者，落于窠臼。枝生格外，多有意于刺讥；笔难转关，半乞灵于仙佛。《大雅》犹多隙漏，复何讥于自《郐》以下乎！

劳人生长粤东，熟悉琐事，所撰《蜃楼志》一书，不过本地风光，绝非空中楼阁也。其书言情而不伤雅，言兵而不病民，不云果报而果报自彰，无甚结构而结构特妙。盖准乎天理国法人情以立言，不求异于人而自能拔戟别成一队者也。说虽小乎，即谓之大言炎炎也可。

罗浮居士漫题。

目　录

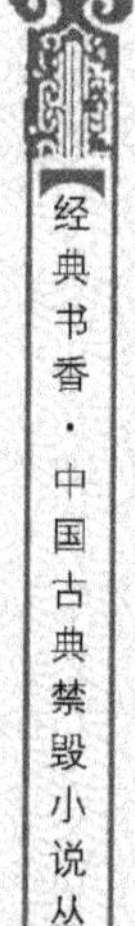
经典书香·中国古典禁毁小说丛书

第　一　回

拥赀财[①]讹生关部　通线索计释洋商

捉襟露肘兴阑珊，百折江湖一野鹇。傲骨尚能强健在，弱翎应是倦飞还。　　春事暮，夕阳残，云心漠漠水心闲。凭将落魄生花笔，触破人间名利关。

坐井不可观天，夏虫难与言冰。见未广者，识不超也。裸民诮雾縠[②]为太华，邻女憎西施之巧笑。愧于心者，妒于面也。天下如此其大，古今如此其远，怪怪奇奇，何所不有？况男女居室之私，一日一夜，盈亿盈兆，而托名道学者必痛诋之；宵小窃发之端，由汉迄宋，蜂生蚁附，而好为粉饰者必芟夷[③]之。试思采兰赠芍，具列风诗，辛螫飞虫，何伤圣治？奚必缄口不言，而自博君子之名，使后人无所征信乎！

广东洋行生理，在太平门外。一切货物，都是鬼子船载来，听凭行家报税发卖。三江两湖及各省客商，是粤中绝大的生意。一人姓苏，名万魁，号占村。口齿利便，人才出众，当了商总，竟成了绝顶的富翁。正妻毛氏无出。一子名芳，字吉士，乳名笑官，年才十四，侧室花氏所生。次妾胡氏生女阿珠、阿美，还未

① 赀（zī）财——财物，钱财。
② 雾縠（hú）——薄雾般的轻纱。
③ 芟夷（shānyí）——除去，消灭。

字人①。他有五十往外年纪，捐纳从五品职衔。家中花边番钱，整屋堆砌，取用时都以箩装袋捆。只是为人乖巧，心计甚精，放债七折八扣，三分行息，都要田房货物抵押，五月为满。所以经纪内如兄若弟的固多，乡邻中咒天骂地者亦不少。此公趁着三十年好运，也绝不介意。这日正在总行与事头公勾当，只见家人伍福拿着一张告示进来，仔细一看：

监督粤海关税务赫为晓谕事：照得海关贸易，内商涌集，外舶纷来。原以上筹国课②，下济民生也。讵③有商人苏万魁等，蠹国肥家，瞒官舞弊。欺鬼子之言语不通，货物则混行评价；度内商之客居不久，买卖则任意刁难。而且纳税则以多报少，用银则纹贱番昂④。一切羡余，都归私橐⑤。本关部访闻既确，尔诸商罪恶难逃。但不教而诛恐伤好生之德，苟自新有路，庶开赎罪之端。尚各心回，毋徒脐噬⑥。特谕。

万魁心中一吓，暗地思量打点。不防赫公示谕后，即票差郑忠、李信将各洋商拘集班房。一连两日，并不发放。这洋商都是有体面人，向来见督抚司道不过打千请安，垂手侍立。着紧处大人们还要留茶尝饭，府厅州县看花边钱面上，都十分礼貌。今日拘留班房，虽不同囚徒一般，却也与官犯无二。各人面面相觑，不知葫芦里卖的什么药。内中一个盛伯时道：“大人票拘我等，

---

① 字人——许配于人；嫁人。

② 课——旧指赋税。

③ 讵（jù）——曾。

④ 纹贱番昂——旧时纹银成色分为七成、八成、九成、十成不等，这里指用低成色的纹银替换高成色的纹银。

⑤ 橐（tuó）——一种口袋。

⑥ 毋徒脐噬——不要徒然后悔。脐噬，即噬脐，比喻后悔不及。

料是凶多吉少。”一个李汉臣道：“告示本来厉害。你我必须寻一个天大人情。”一个潘麻子道：“舍亲在抚台办折奏。我们托他转求抚台关说如何？”众人都道极好，只有苏万魁道：“这赫大人乍到此间，与抚台并无瓜葛，如何便可说情？据弟愚见，赫公并非不通关节者，但须直上黄金殿，不必做曲折耳。”众商道：“何以知之？”万魁道：“前日告示上有‘开赎罪之端’一句，这就要拿银子去赎罪的意思了。”众人道：“大哥明见。只是要打点他，怕不是数万金，还要寻一个着当人过手。”万魁道：“闻得关差此缺，系谋干来的，数万金恐不足以了事。”众人道：“我们横竖有公项银子，凭兄酌量就是。”

且说这关差姓赫，名广大，号致甫。三十内外年纪，七尺上下身材。为人既爱银子，又贪酒色。夫人黄氏，工部侍郎名琮次女。侍妾十余辈。生女八人，还未有子。因慕粤东富艳，讨差监税，挈眷①南来。这一日拘集洋商，想他打干，到第三日不见有人来说，唤总管包进才吩咐道：“我的意思你们懂么？”进才道：“小的怎不晓得。只是这些商人，因向来关部骄养惯了，有些颟顸②。小的们先透一个风，他们如不懂事，还要给他一个厉害。”赫公点头道：“且去办着。”进才退出房门，叫他的小子杜宠吩咐：“你到班房说，晚堂要审洋商一案。看他们有何说话。”杜宠应声出去。大堂上许多差役问道：“二爷何事？”杜宠说：“不消你们侍候，咱自到一处去。”众差役暗暗诧异。

那些洋商正在班房纳闷，只见上边走下一个窄襟小袖、眉清

---

① 挈眷（qièjuàn）——带领家属。

② 颟顸（mānhān）——糊涂而又马虎。形容不明事理。

目秀的小爷来，一齐迎上前问道：“爷贵步到这里有何台谕?”那杜宠全然不理，单说大人吩咐今晚带齐洋商听审，大班人役不要误了。两边班房齐声答应。杜宠慢慢转身，只见一个软翅巾的人上前挽手道：“二爷何不外边少坐。”那杜宠将他一瞧，说：“尊驾是谁？咱还要回大爷的话，好吃早膳。哪有工夫闲坐!”这万魁听他的口风，已知是跟门上的二爷了，即向身边解下洋表一看，说道：“听见大人里面巳时早饭，此刻似乎尚早。”这杜宠见他拿着表，便道：“借我一看。”万魁双手递过。杜宠仔细把玩：

形如鹅卵，中分十二干支，外罩玻璃，配就四时节气。白玉边细巧镶成，黄金链玲珑穿就。果是西洋佳制，管教小伙垂涎。

原来京里人有个毛病，口气最大，眼光最小。杜宠一见此物，赞不绝口。万魁连忙道：“时刻准。二爷不嫌，即当奉送。”那杜宠乜斜一双眉眼，带笑问道：“爷上姓?”万魁说：“贱姓苏。还没有请教二爷高姓?”杜宠道：“咱姓杜。苏爷，咱们初交，怎么就好叨惠①。”万魁道：“些微算什么！弟辈仰仗二爷之力甚多，且请外边一谈。”那杜宠方才同到福德祠一间空房坐下。万魁道：“前日大人莅任②，一切俱照例遵办。未审缘何开罪，管押班房？望二爷示知。酬情决不敢草草。”杜宠道：“我也不甚晓得。昨日大爷从上面下来，同几个爷们说，老爷出京用的银子太多了，现今哪一家有人坐索③，须要设法张罗。看起来无非要措办几两银子的意思。”万魁道：“洋行生意不比从前。敢烦二爷转

---

① 叨（tāo）惠——承受恩惠。
② 莅（lì）任——（官吏）到职。
③ 坐索——守候以索讨。

包大爷，我们凑足五万银子呈缴，爷们二爷的在外何如?”说毕便打一恭。杜宠忙拉着手道：“苏爷，像你这样好人，再没有不替你商量的。只是此数怕不济事，咱且回了大爷再说。”拱一拱手别去。

这万魁回班房，对众人说：“看来此事不难了结，只是难为银子些。”众人道：“全亏大哥见景生情，兄弟们叨庇①不浅。只是要用几多银子，必须上紧取了银票来。”万魁道：“且等了回信，再去取银票未迟。”先叫叶兴在关部衙门前铺中，借金花边五十元应用。叶兴去了。

那杜宠跨进宅门，包进才正同一班人门房看牌。这小子打个照会，进才踱到三堂左厢站定。杜宠禀道：“小的到班房，将大爷的话传出。这些商人着实害怕，一个姓苏的再四央及小的，情愿进奉花银。小的问他数目，他说五万两，爷们的礼在外。”进才道：“叫他们不要做梦！这事办起来一个个要问杖徒，五万两银子好不见世面。不要睬他。”说毕径走上去。

杜宠忙到班房，低声告诉万魁道：“这事没有影响哩！大爷说你们问罪都在杖徒以上，这五万银子送爷们还不够，怎么说呈缴大人？咱如今只好告别了。”那万魁连忙袖了金花边三十元，递与杜宠道：“小意思儿，给二爷买果子吃，千万周旋为妙。”杜宠道：“咱效力不周，如何当得厚赐?”万魁道：“事后还要补情。”这杜宠袖着辞去，一路走着想道：“怪不得人家要跟关差。我不意中发个小财，只是要替他出点力儿才好。”一头想，走入门房。

---

① 叨庇——承受庇护。

进才坐在张躺椅上，杜宠打一千道："敢求大爷，这些商人叫他添些银子，千万替他挽回了罢。"进才睁着眼道："老爷着实生气，还不快去打听。"这杜宠悄悄地走上三堂左厢，转至西书厅，只见跟班们坐的立的，都在门外伺候。杜宠笑嘻嘻地问道："老爷可在书房么?"原来杜宠是十七八岁的小子，十分乖巧，是进才的弄童，除进才外，毫不与人沾染。这些人都叫他杜一鸟。这日上来打听，一个卜良走来搂住说道："一鸟官，老爷正在这里唤你。"杜宠道："老爷从不唤我的。"卜良道："任鼎在书房中干事。嫌他这半日吸不出精，教你去补数。"杜宠笑道："好爷不要耍。停一会书房无事了，给我一个信，好教大爷禀话。"卜良还要燥脾，众人道："不要混他，老包要作酸的。"这杜宠一溜烟走了。

却说老赫这日午后，在小妾品娃房内吃烧酒，尝鲜荔枝。吃得高兴，狂荡了一会。踱至西书厅，任鼎走上递茶。老赫见这孩子是杭州人，年方十四，生得很标致，叫他把门掩了，登榻捶腿。这孩子捏着美人拳，蹲在榻上，一轻一重地捶。老赫酒兴正浓，厥物陡起，叫他把衣服脱了。这任鼎明晓得要此道了，心上却很巴结，掩着口笑道："小的不敢。"老赫道："使得。"将他纱裤扯下，叫他掉转身子。这任鼎咬紧牙关，任其舞弄。弄毕下榻，一声"啊呀"，几乎跌倒。哀告道："里面已经裂开，疼得要死。"老赫道："不妨，一会儿就好了。"任鼎扶着桌子，站了一站，方去开门，拿洋攒镀金铜盘，走下廊檐。众人都对他扮鬼脸。这孩子满面红晕，一摆两摆地走出，叫茶房拿了热水，自己送上阑干外，取进西洋布手巾。老赫净了手，坐在躺椅上。

这卜良招呼进才回话。老赫问："所办若何?"进才禀道：

“这商人们很不懂事，拿着五万银子，要求开释。小的想京里来的人，须给他三十几万两，饥荒①才打得开。这商人们银子，横竖是哄骗洋鬼子的，就多使唤他几两，也不为过。总要给他一个利害，方好办事。”老赫道：“很是。晚上我审问他们。”进才声喏而出。先前杜宠在窗外窃听，十分明白，即忙取出随身纸笔，暗写一信叫人送出。一会儿进才到了门房，杜宠替他卸下衣服坐定，唤值日头役吩咐：“大人今晚审问商人。”这头役传话出去。

万魁等已先接了杜宠的字，大家全无主意，说道：“公项中银子不过十余万，依着里边意思，还差两三倍。如何设措方好？”只见郑忠、李信二人来道：“今日晚堂要审。”万魁道：“只怕我们还要吃亏，全仗二位同朋友们左右照应。”郑忠说：“有我们弟兄在此，但请放心。”万魁叹口气道：“向来各位大人如何看待！商人今日出尽丑了。”李信道：“看来要多跪一刻，断没有难为的事。”正说间，只听得吹打热闹，许多人拥进来。慌得众商人顶冠束带，跟到穿堂伺候。这关部怎生排场：

旗竿两处，“粤海关”三字，漾入青云；画戟中间，石狮子一双，碾成白玉。栅栏上，挂着“禁止喧哗”、“锁拿闲人”之牌；头门口，张着“严拿漏税，追比饷余”之示。大堂高耸，四边飞阁流霞；暖阁深沉，一幅红罗结彩。“扑通通”放了三声大炮，乌森森坐出一位关差。

吆喝一巡，赫公早已升座，吩咐将洋商带上。只见一个号房，拿着衔帖，禀道：“广粮厅申大老爷拜会，轿子已进辕门了。”这赫公将衔帖一看道：“原来师傅来了。”即叫带过一边，

---

① 饥荒——麻烦事，祸患。

快开中门迎接。这赫公慢慢地踱下暖阁，申公已从仪门下轿进来了。赫公站在滴水檐下，申公趋步上前打恭。赫公还揖道："又劳师傅贵步。"申公道："前日早该拜贺，勿怪来迟。"赫公道："学生还没有登堂。"二人一头说，走进西书房去了。约有一个时辰，方才送出。赫公又向约明日候教，申公应许，就在大堂滴水檐前上轿而去。

看官听说，这申公是个世袭勋衔，现任监督广粮厅，虽与关差不相统属，究竟官职稍悬；况赫公大剌剌的性子，督抚三司都不放在眼里，今日见了申公，如何这般谦抑？原来这申公讳晋，号象轩，江南松江人氏。当年在京师教读，赫公从学三年。后来申公中了进士，先入翰林，赫公袭职锦衣卫，待师傅最为有礼。这申公与宰执大臣不合，京察年分，票旨外用，改铨了广西思恩府。烟瘴①苦缺，推升陕汝兵备道。后因公错，部议降调，应得同知；却又是这个宰执，告诉部中，凡是府佐俱可补用，于是径补通判。今日晋谒海关，也算天末故人，忽焉聚首。

赫公送客后，回至二堂，叫带商人上来。两边吆喝一声，按次点名，一齐跪下。向来洋商见关部一跪三叩首，起来侍立；此刻要算访犯，只磕了三个头，跪着不敢起立。赫公问道："你们共是几人办事？"万魁禀道："商人们共十三家，办理总局是商人苏某。"赫公说："我访得你们上漏国税，下害商民，难道是假的么？"万魁禀道："外洋货物都遵例报明上税，定价发卖，商人们

---

① 烟瘴（zhàng）——即"瘴气"。旧时指西南边远地区。《明史·刑法志一》："崇祯十一年，谕兵部编遣事宜，以千里为附近，二千五百里为边卫，三千里外为边远；其极边为烟瘴，以四千里外为率。"

再不敢有一点私弊。"赫公冷笑道："很晓得你有百万家财。不是愚弄洋船，欺骗商人，走漏国税，是哪里来的?"万魁道："商人办理洋货十七年，都有出入印簿可查。商人也并无百万家赀。求大人恩鉴。"赫公把虎威①一拍道："好一个利口的东西！本关部访闻已确，你还要强辩么？掌嘴!"两边答应一声，有四五个人走来动手。万魁发了急，喊道："商人是个职员，求大人恩典。"赫公喝道："我哪管你职员，着实打!"两边一五一十，孝敬了二十下。众商都替他告饶。赫公道："我先打他一个总理。你们也太不懂事，我都要重办的。"吩咐行牌，将一伙商人发下南海县，从重详办。又骂郑忠、李信道："这些访犯，理该锁押。你两个奴才，得贿舞弊，如何使得!"三枝签丢下，每人赏了头号十五板。另换茄虎、毕加二人管押，即便退堂。

众人走出宅门，仍旧到了班房。各家子侄都来问候，万魁含羞不语。这茄、毕二人，拿着几根链条，走来说道："众位大爷，不是我们糟蹋你。大人钧语，是大家听见的。只得得罪，将来到府赔不是罢。"众商个个惶恐。早有书房宋仁远、号房吕得心走来，说道："大人虽这样吩咐，也是瞒上不瞒下的，你们何苦如此。"茄虎道："郑、李二位是个样子。倘若上面得知，难道我两个不怕头号板子的?"宋、吕二人说好说歹，送三百两银子，才担当出去。万魁道："我们的事，怎么害郑、李二公受屈？也叫人送二百银子去暖臀。"众商道："只是我们还要商量，难道由他发下南海县去不成?"万魁道："他如此装做，不过多要银子，但

① 虎威——即惊堂木。旧时官员审判案件时用以拍打桌案以显示声威的长方形木块。

为数太多。”众商道：“如今我们众人连局中公费共凑二十万，大哥再凑些，此事可以停妥么？”万魁道：“我横竖破家！事平之后，这行业再不干了。诸公但凑足二十万，其余是我添补。只是里边没人出来，宋兄可有计策？”宋仁远道：“里面的事，都是包大爷做主。教小弟通个信，理当效劳。只是许他多少？”万魁道：“料来少也无益。如今众人打算三十万之数，门礼另送，吾兄谢仪在外。”宋仁远道：“谢仪到不要说。”连忙起身进去。不题。

再说万魁之子笑官，生得玉润珠圆，温柔性格。十三岁上由商籍夤缘入泮①，恐怕岁考出丑，拜从名师，在布政司后街温盐商家，与申广粮少君荫之、河泊所乌必元子岱云、温商儿子春才，一同肄业。这一日万魁在班房叫笑官到身旁，说道：“我虽吃亏，谅亦无甚大事。你只管回去读书。”这笑官附耳说道：“停一会宋老官出来，不论多少，都应许他。但愿无事便好。”万魁点头。这洋商们也有问他近读何书的，也有问他可曾扳亲②的。此时已到掌灯时候，万魁道：“你回书房去罢，恐怕关城。”笑官道：“城门由他，就陪父亲一夜也好。”正说间，宋仁远走来，众人问道：“所事如何？”仁远道：“弟方才进去，一一告诉包大爷。他说老实告诉你说，里边五十万，我们十万，少一厘不妥，叫他到南海县监里商量去。看他这等决裂，实是无法。”一番话说得众人瞪眼。这笑官插嘴道：“父亲许了他五十万，待孩儿去设法，性命要紧。”万魁喝道：“胡说！难道发到南海就杀了不成。”笑

---

① 夤（yín）缘入泮（pàn）——夤缘，比喻拉拢关系，向上巴结；入泮，清代称考中秀才为“入泮”。这里指想靠攀附权贵，向上巴结的手段来谋取秀才名分。

② 扳亲——联姻，攀亲。

官不敢言语，宋仁远也就去了。众商道："苏大哥，事到如今，我们只听天由命了。"

只见杜宠已到，扯着万魁道："我们借一步说话。"万魁即同至西边小阁中坐下。杜宠道："咱受了苏爷的赏赐，还未报效，所以偷空走来。此事上头原没有定见，全是包大爷主张。我想出一个门路，不知苏爷可能钻得着否？"万魁急问道："是哪一位？"杜宠道："就是今日来的申广粮。他是我们老爷的师傅，最相好的，说一听二。若寻人去恳求他，三十万之数，决可以了事。明日申公到这里喝酒，一说必妥。包大爷给他千数银子，也就是了。"万魁道："承教多多，无不遵命。"杜宠道："速办为妙。"径自别去了。

万魁走出外边，众商问道："这人又来则甚？"万魁道："这人一片好心，替我们打点。这会子看来有八分可办，但是此时且不要泄漏。"因叫笑官附耳道："你速回馆中去，拜求先生。明日一早出城，到广粮厅去恳请申大老爷，周旋此事。你再到家中取了三十万银票，即同先生亲送与申公，托他代送，日后我自重报。"笑官连声答应去了。

再说笑官的先生姓李，名国栋，号匠山。江苏名士。因慕岭南山水，浪游到粤。温盐商慕名敦请，教伊子春才读书。后因匠山表叔申公，谪任广粮，即欲延伊教读，匠山不忍拂温商好意，因此连申荫之都在温家一处读书。这温商待先生的诚敬，与万魁无异。匠山琴剑不觉稽留了三年。这日笑官出城探父，匠山在灯下与荫之等纵谈古今人品。这乌岱云如无闻见，温春才已入睡乡，唯有申荫之点头领会。正讲到前汉万年卧病，召伊子陈咸受教床下，语至半夜，咸睡，头触屏风，万年欲杖之，曰："乃公教汝，汝反睡耶?”咸叩头曰：“具晓所言。大要教咸谄也。”因说道：“万年昏夜侍疾，其事丙吉固失之谄，而陈咸卒以刚愎①败。士大夫立朝，唯执中为难，又不可学了胡广中庸也。”正说间，春才忽然大叫道：“不好了！早上姊姊捉一蝴蝶，我把丝线系在帘下，方才看见它飞去了。”匠山道：“不要胡说。你先去睡罢。”又叫岱云也睡，对荫之道：“春郎果然梦见蝴蝶，则庄生非寓言矣。”因各大笑。

忽见馆童禀道：“苏相公来了。”那笑官走进书房，作了个揖，站着。匠山问道：“你进城如何恁迟?”笑官道：“父亲有话恳求先生，教学生连夜到馆的。”匠山问：“何事?”笑官道：“申老伯系赫公师傅。里边有人送信出来，此事但得申公一言，必妥。敢求先生明早到署中一谈，家父恩有重报。”说毕连忙跪下。匠山扶起道：“你且说个原委，教我得知。”笑官便将关部如何要银子，父亲如何受责，后来如何送信出来，一一告诉。匠山道：“可不是你父亲受屈了，明早自当替你父亲一行。今日且睡。”

不知匠山向申公如何说法，且看下回。

---

① 刚愎（bì）——固执己见；倔强执拗。

第　二　回

李国栋排难解纷　苏万魁急流勇退

飘然琴剑足艰辛，五岭周游寄此身。
留得青毡①报知己，砚池泼去是阳春。
裕国通商古货源，东南泉府列藩垣②。
已知干没非长策，小筑花田列藩垣。

话说这广粮厅署，在归德门外，制府辕门右首。申公虽是个观察降调，却也不肯废弛公事。捕盗、盘盐、海防、水利诸务，极其勤慎。公事之暇，诗酒遣怀。署中高朋满座，诗社联标。这李匠山也不时与会。这日清早申公出署，由督抚藩臬处转到运司署前，与运司谈了一会军工厂船务，回衙已是巳初光景，这李匠山已等候好一会了。

申公来到后堂，匠山领着荫之、笑官上前相见。申公道："贤侄师生济济，来得恁早！"匠山道："有事恳求表叔，未免来得早些。"申公道："匠山哪有求人之事？"匠山道："小侄无非为他人作嫁衣裳而已。"申公笑道："吾侄为人做说客，为官乎？为

① 青毡——《晋书·王献之传》载："夜卧斋中，而有偷人入其室盗物都尽，献之徐曰：'偷儿，青毡我家旧物，可特置之。'群偷惊走。"后以"青毡"为儒者故家旧物之代辞。

② 藩垣（yuán）——出自《诗·大雅·板》："价人维藩，大师维垣。"比喻卫国的重臣，亦喻指藩国、藩镇。

私乎？”匠山也笑道：“侄儿为人作说客，则为私。还要表叔为人做说客，则为官也。”便指着笑官道：“这苏芳的父亲万魁，表叔向来认得的。近因赫关差新到，要他们代还京账，昨日糟蹋了一顿。如今情愿输诚馈纳三十万两之数。因表叔是赫公旧交，转烦侄儿代恳。想来排难解纷，亦仁人君子之事。”言毕，这笑官忙跪下叩头道：“家父事在危急，望大老爷拯救。父子没齿不忘报也。”申公扶起道：“世兄请坐。尊公急难，自当肆力周全。只是我与先生都非望报之人，洋行百万花边，不足供吾侬一噱耳。”匠山道：“表叔冰操，诚然一介不取；侄儿却要索他瓶洋酒，以遣秋兴。”申公道：“这么，我也当得分惠。”匠山教笑官将三十万两银票送上。申公道：“今日请我赴席，一搭儿说去就是。”这笑官又叩谢了。匠山吩咐笑官先回，自己同荫之到上房去，请了表婶的安，然后与幕友们闲谈。不题。

笑官出了粮署，叫轿夫抬到关部前，暗暗地告诉父亲，即便进城去。一路上思量道：“我父亲直恁不寻快活，天天恋着这个洋行弄银子。今日整整送了三十余万，还不知怎样心疼哩！到底是看得银子太重，外边作对的很多，将来未知怎样好。”又想道：“我也不要多虑，趁先生不在，且进内房与温姐姐玩耍，也算忙里偷闲。”

一头想，已到门首。下了轿，走进书房，温、乌二生，已上越秀山玩去了。笑官吩咐大家人苏邦道：“你到关部前打听老爷的事，再来回我。”又叫小子阿青回家去，告诉太太奶奶们放心。遣开二人，自己卸了衣帽，穿上一件玉色珠罗衫，走出书房后门，过了西轩，进了花园。此时五月初旬，绿树当头，红榴照眼，他也不看景致，径到惜花楼下。只见一个小丫头拿着几枝茉

莉花叫道："苏相公，我家小姐请你穿的珠串子，可曾有了？"笑官道："小姐可在里边？"丫头道："大小姐在楼下，二小姐在三姨房里打牌。"

原来这温商名仲翁，乃浙绍人氏。正妻史氏生子春才，妾萧氏生大女素馨，次妾任氏生次女蕙若。这惜花楼三间，便是二女的卧室，笑官十一二岁上走熟的。而且温家夫妇要将次女许他，因年小未及议亲，所以再不防闲了。这素馨一十五岁，知书识字，因慕笑官美貌，闻得爹妈要将妹妹配他，颇有垂涎之意，屡屡地与笑官挑逗。笑官年纪虽小，却也懂得风情，只因先生管束得严，还未能时刻往来，谈笑入港。

这日走到楼前，只见素馨斜靠妆台，朦胧睡着，笑官忙向小丫头摇手，潜步至她身后，将汗巾上的丝线搓了一搓，向素馨鼻孔中一消。这素馨"呀，啐！"一声，打一个呵欠，纤腰往后一伸，这左手却搭到笑官的脸上，说道："妹妹不要玩，我还要睡哩。"笑官将头一探，对着素馨道："不是妹妹，倒是兄弟。"素馨红了脸道："兄弟你几时来的？"笑官道："来了好一晌了。"那小丫头道："他方才来的。"素馨请他坐下，问道："今日怎地有空儿进来？"笑官道："今日同先生出城，我先到家，渴极了，进来要茶吃。"素馨道："难道外边没有，可可地跑进里边来要。"笑官道："里边的好些。"素馨即叫丫头去泡茶。又笑道："一样的茶，有甚好歹？"笑官道："姐姐的东西，各样都好。这桌上半碗茶，我先吃了罢。"素馨道："是我吃残的。"即伸手去夺碗，笑官早已一吸而干，说道："虽是姐姐吃残，却有点儿口脂香味。"素馨道："你太顽皮。将来年纪大了，还好天天说顽话么？"

笑官道："大了才好玩呀。"素馨道："前日听见你家伯伯替你对亲了，还好同我们玩么？"笑官道："那个我不依，必要姐姐这样人对亲才好。"素馨道："不要喷蛆，我要打的。"笑官走近身来，猴着脸道："但凭姐姐捡一处打。"素馨道："谅你这皮脸也禁不起打，饶你罢。"笑官扯着她的手搁在自己脸上，道："不怕。我偏要你打一下，姐姐这藕样白绵样软的手！"左手却伸进素馨右边袖里。这暑月天气，只穿一件大袖罗衫，才伸手进去，已摸着这个光光滑滑紧紧就就的小乳儿。素馨把身子一缩道："孩子家，越发这般啰唣①了。"笑官即放手，却勾往她的肩膀说道："好姐姐，我们那边去玩玩罢。"素馨道："不要说顽话，外边有人来了。"

这笑官将脸靠着香腮，正要度送，那丫头茶已送到。素馨连忙推他坐好，问丫头："怎么去了这些时候？"丫头道："他们都在姨娘房里看斗牌，这茶是才泡起来的。"素馨道："太太没有问什么？"丫头道："太太问谁要茶，我说苏相公从园中来要茶吃。太太说，这孩子不读书，又躲进来了。你叫他再坐一坐，我有话问他。"素馨道："兄弟，你到前头去去再来罢。"笑官道："我不爱去。他叫我坐坐，我就在这里坐一天。"因对小丫头说："你到前头去看太太玩完牌，我再去罢。"那丫头真个去了。

这笑官走到素馨身边道："好姐姐，你慧舌生莲，香甜去处，赏我尝一尝罢。"便像要扰上身的光景。这素馨虽然心上爱他，却怕有人撞见，说道："这个只怕使不得。"因挽着他的手叫：

---

① 啰唣——吵闹，纠缠。

“兄弟，我陪你前头去。先生若不回来，晚上说话可好么?”这笑官再三地央告，先要亲一亲。素馨真个由他噙着樱桃，试其呜咂，又伸手去胸前细细地抚摩了一会。依他的愚见，毕竟要摸脐腹下去，素馨好意便肯！两人携手望前边来。正是：

从此薄他琼浆味，陡然偷得女儿茶。

却说温商次妾任氏，乃是蕙若生母。这日大家在她房里斗混江。史氏输了几块洋钱，正要换手，只见笑官同素馨走进叫声伯母，作一个揖。史氏道：“大相公不要这样文绉绉，快来替我翻本。”这两位姨娘也都寒温了，史氏即扯笑官坐在萧姨娘肩下。这蕙若却立起身说道：“我身子困倦，不玩了。”史氏叫素馨补缺，蕙若说声“少陪”，花摇柳摆地去了。史氏问笑官道：“大相公，我听得你们老爹受屈，怎样了?”笑官道：“今日为着这事，同先生去张罗了半天，已有九分停妥了，多承记挂。”这里三人入局，史氏旁观。一会儿喊道：“不打熟张打生张，大小姐要赔了!”一会儿又说道：“萧姨娘十成不斗，心可在肝上?”又一会儿喝彩道：“好个喜相逢，大相公打得很巧。”这萧氏却歪着身，斜着眼道：“大相公这样巧法，只怕应了骨牌谱上一句‘贪花不满三十’哩。”笑官掩着口笑，素馨却以莲勾暗蹑其足。真是有趣：

赌博赌博，盛于闺阁。饱食暖衣，身无着落。男女杂坐，何恶不作？不论尊卑，暗中摸索。任他贞洁，钗横履错。戒之戒之，恐羞唯薄。

再说赫关部从到任以来，日日拜客请酒。督抚司道已经请过，诸人回席。这日讲请府厅州县。早上起来，坐了八人大轿，摆着全副执事，天字马头拜客，顺道拜会申广粮，却未会面。回署后番禺县马公禀称，下乡勘验，不能赴席。赫大人着人分头邀请，广州府木公、佛山厅卜公、澳门厅邓公、广粮厅申公、南海县钱公；又有外府州三位，是肇庆府上官益元、潮州府蒋施仁、嘉应州时卜齐。共是八位，开桌四席，主人横头陪坐，梨园两部承应。午后申公先到，赫公接进后堂坐下。赫公道："今早学生专诚晋谒，师傅在运司处未回。足见贵衙门应酬甚繁，闲话也难凑巧。"申公道："多谢宠光，有失迎迓①。风尘俗吏，殊累人也。"赫公道："前日匆匆没有询及近况，世兄多少年纪了？"申公道："目前景况不过清贫两字。小儿荫之，年已十六，现在从师读书。"赫公道："师傅因公谪官，将来很可恢复。学生遇有便处，定当出力一谋。"申公道："这仕途升降久矣，不在心窝，只要不误我的酒场诗社许多狂兴就是了。今日却有一俗事商酌，想来无不可言。"赫公道："不知何事委办？"申公道："就是那洋商苏万魁的儿子，现与小儿同窗读书，昨日再三恳告，说他父亲已自知罪，情愿以'而立'之数纳赎。准情酌理，似乎尚在矜全之列。不知钧意若何？"赫公接口说道："学生不晓得他与师傅有交，因他过于小觑关差，所以薄责几下。既蒙台命，怎敢不依？学生即叫人释放便了。"说毕，传话出去，开释众洋商。申公也就将银票递过。赫公举手称谢，将票装入一个贴身的火浣布小荷包里面。外边已报广、肇二府到了，赫公接进。须臾，诸客到齐。歌舞生春，烟花弄景，直到二鼓将残，众人方散。赫公独留

① 迓（yà）——迎接。

申公至内书房洗盏更酌，并叫家姬们浅斟低唱。正是：

酒人无力已颓然，红袖殷勤劝席前。

不识华堂旧歌舞，白头可肯说青年。

再表众洋商放出班房，送了杜宠五十圆金花边，包进才一千两细纹。这包进才晓得事已停妥，随分笑纳了。万魁别了众人，坐轿进城，先到李先生处致谢。此时匠山已回，诸学生也都在坐。万魁走进书房，叩谢匠山道："若非先生肝胆照人，小弟焉有今日。"匠山道："朋友理当，何必言谢。此事全仗吾兄之银，家表叔之力，我何功之有？"万魁道："先生高怀峻品，小弟何敢多言，只好时时铭刻便了。但小弟尚有一事相商。"匠山道："破格之事，可一而不可再。吾兄还当自酌。"万魁道："小弟开这洋行，跟着众人营运。如今衣食已自有余，一个人当大家的奴才，真不犯着。况且利害相随，若不早求自全，正恐身命不保。"匠山大笑道："吾兄何处得此见道之言？这赫关差看来倒是你的恩师了。如今怎样商议？"万魁道："小弟愚见，意欲恳求先生，向申公宛转辞退洋商。若关部不依，拚着再丢几两银子。先生以为何如？"匠山道："急流勇退，大是名场要着。但是辞商一事，不便再求家表叔转弯。就是辞退，要有一个名色，才不是有心规避。"万魁道："还求先生指示。"匠山沉吟一会道："你横竖打算丢银子，何不趁关陇地震，城工例加捐本班先用，你是个从五品职衔，丢了万数银子，就可出仕了。只是捐班出身，也同开洋行一般，上司一个诈袋。但到掣选时候，去不去由你自便。我们商量，先一面着人进京加捐，然后禀退商人，他再没有不许你做官，硬派你为商的道理。这不是又光彩，又稳当的事么！"一席话说得万魁色飞眉舞，说道："先生高见，小弟茅塞顿开，敢不努力。"

正说间，温商回家，特地进来看万魁，慰问一番，吩咐备酒压惊。摆上一张紫檩圆桌，宾主师弟依次坐下。万魁说起不做洋商及加捐之事，温商道："这也甚好。只是仁兄恭喜出仕，我们就会少离多了。"万魁道："哪个真去做官，不过借此躲避耳。"那春才插口道："苏伯伯不要做官。"匠山笑道："春郎，你怎么也晓得做官不好？"春才道："前日我看见运司在门前过，这雄赳赳的皂班①，恶刺刺的刽子手，我很有些怕他。如若做了官，不是天天要看他凶相么？"温商道："可算呆话。"匠山道："此语呆而不呆。这些狐假虎威、瞒官作弊的人，却也可怕。"万魁道："据小弟愚见，不但不为商，不做官，要在乡间择一清净地方，归于农圃，以了此生。"匠山道："此乐不可多得，苏兄不要太受用了。"大家谈笑，畅饮了一回，万魁辞去。

明日备了礼物，叩谢申公。单收了洋酒点心、贺兰羽毛布十匹，其余礼物一并赵璧。万魁过意不去，特地造了一张玻璃暖床、一顶大轿，着儿子送去。再三恳求，申公勉强受了。一面打发家人赍②银进京加捐，他在花田地方买了地基，起盖房屋。

真是钱可通神，事无不妥。不止一日，家人报捐事毕，由盐务千里马上寄回部照。万魁看过，因写了一个禀帖，自己到关部投递。这包进才送进禀帖，赫公看：

---

① 皂班——差役。
② 赍（jī）——把东西送给别人。

具禀商人苏万魁，为恳恩准退洋商事。商于嘉靖三年二月，充当洋行经纪。五年八月，遵太清宫斋坛例，捐纳盐提举职衔。今因关陇地震，城工许一切军民人等加捐先用。商向日维诚，观光有志，已遣人进京加捐，本职先用，领有部照。窃思役系办公之人，官有致身之义，身充商户，何能报效国家？唯有仰恳宪恩，俯赐查核，开除洋行经纪姓名，另行佥点，俾得赴部候铨，则感戴二天，涓埃图报矣。再商子芳年十四岁，系广州府番禺县附生，例不应顶补，合并声明。为此具禀。

这赫公是个爽快朋友，看完了即提笔批了“仰即开缺另佥”六个字。包进才回道：“这个，老爷且不要批准。他因前日吃了亏，是有心规避。还可以刁蹬①些银子。”赫公道：“我哪管他有心没心。这洋商的缺，人家谋干不到手，他不要就罢了，哪个强他，况且朝廷城工紧项，正要富商踊跃，我们怎好阻挠他？”吩咐将原禀发出。这万魁在外边正怀着鬼胎，一见此批，满心欢喜，即忙回家。正是：

我今游彼冥冥，弋者更何所慕。

众商见万魁告退，也就照他的样式，退了几个经纪名字。要想充补的，因进才唆弄、掯勒多钱，也都不敢向前。有人题于海关部照壁：

新来关部本姓赫，既爱花边又贪色。

送了银子献阿姑，十三洋行只剩七。

万魁别了关部、门前众朋友，到布政司后街叫轿夫先回。走

---

① 刁蹬——即刁难。

进书房，向匠山说明此事。又道："小弟已于花田觅一蜗居，不日就要移居了。小儿仍侍先生读书。"匠山道："苏兄果然有此高致，定当奉送乔迁。"万魁道："那时定当叩请文轩，光辉蓬荜。"拱手别去，跟着两个家人步行回去。

打从仓边街口经过，只见街上一簇人乱嚷。一个人喊道："怎么欠了饭钱还要打人么!"一个说道："俺银钱一时不凑手，你领着众人打我，难道打得出银子来?"一个道："他还这等嘴硬，兄弟们大家动手。"这班烂仔都一齐上前。那人呵呵大笑道："不要玩。你们广东人，海面上也还溜亮，登了岸是不中用的。"这些人叫道："他这傻子，说我们是洋匪哩！快打他一个死。"众人一拥上前。那人不慌不忙说："不要来。"两手一架，众烂仔东倒西歪，有的磕破头，有的碰折手，有的说自己的人撞倒了他，有的说脚底下踹着石块滑跌了，倒也好看。万魁向来看见遇难之人，也不经意；因受了一番磨折，利名都淡，仁义顿生。即分开众人上前问道："你们何故打闹?"一后生答道："小人在这巷口开小饭店。这个客人从三月初三日歇在小店，一直吃到昨日，四个多月了。说明每日二钱银子，共该二十四两六钱。收过他四两什么文丝银子；一副铺盖算了三两二钱；几件旧衣，一个箱子，共准了六两九钱：共收过十四两一钱。除元丝耗银不算外，净欠银十两零五钱。小人连日问他讨饭钱，他总说没有，反要打人。世间有这个道理么?"那个客人也上前分说道："俺姚霍武，山东莱州人氏。投亲不遇，流落饭店，欠他几两饭钱是真。他领着多人打俺，爷看见的。俺不直打他。"那后生骂道："你这山东强盗，众人也打你不过，与你见番禺县太爷去。"众烂仔上前扭他，万魁劝住道："何必如此。"即向家人口袋中，取出十两重纹银五定，送这客人道："这银子还他余欠，剩下的做盘费回乡，不宜在此守困。"那人即忙拜谢道："萍水相逢，怎叨厚贶①。请问爷高姓大名？"众人道："这是洋商苏万魁老爷。"那人道："大名刻骨，会面有期。"举手别去。

众人从未见洋商有此种行事，且看下回。

---

① 厚贶（kuàng）——丰厚的赠礼。

第　三　回

温馨姐红颜叹命　苏笑官黑夜寻芳

春云薄，楼前有女窥帘箔①。心香一瓣，为郎焚着。　回身向抱今非昨，夜深暗打灯花落。灯花落，有何佳兆，教奴认错。

院宇无人移鹤步，踏破苍苔，哪管衣沾露。漫指山幽丛桂处，云迷不见阳台路。　唧唧秋虫吟不住。伊笑侬痴，侬自寻欢去。乌鹊休将河鼓误，天孙昨夜开窗户。

如今不说苏氏翁结识英雄，要题温家女流连花月。圣人云："冶容诲淫②"，分明是人不要淫她，她教人如此的。盖因女子有几分姿色，她便顾影自怜，必要好逑一个君子，百般地寻头觅缝，做出许多丑态来。全在为父母的加意防闲，守着"男女有别"四字，才教他有淫无处可诲。《礼经》云：十年出就外傅，居宿于外，男女不同席，不同椸枷③，不同巾栉④，一种种杜渐防微之意，何等周密。世人溺爱小儿女，任从一处歪缠。往往幽期密约，蔽日瞒天，雨意云情，翻江搅海。那为父母的还在醉里梦里，说道他们这点年纪，晓得什么来。噫，过矣！

---

① 帘箔（bó）——用竹、苇或秫秸编成的帘子。

② 冶容诲淫——指女子打扮得妖艳，容易招致奸淫的事。

③ 椸（yí）枷——即衣架。

④ 巾栉（zhì）——巾和梳篦，泛指盥洗用具。

穴隙逾墙人共晓，何须庭训与师传。

温素馨绣阁藏娇，芳年待字，生得来眉欺新月，脸醉春风。只是赋情冶荡，眼似水以长斜；生性风流，腰不风而静摆。从那日在楼下与笑官调笑之后，荡心潜动，冶态自描，每日想笑官进来玩耍。这日在他生母萧氏房里，下了几局围棋，已是掌灯时候。只见他父亲笑嘻嘻走来对萧氏说："素馨年长，我还未曾择婿。蕙若看来要许苏家的了。他家移在花田，大约来春过礼。"又对她道："你不要对妹子提起，省得又添出一番躲避。"素馨答应了走出，心中一忧一喜：忧的是妹子配了苏郎，自己决然没分；喜的是父亲不教躲避，我亦可随机勾搭。走到惜花楼下，因天气渐凉，两人的卧房已都移到楼上去，素馨上了胡梯。

蕙若迎到说道："姊姊为何此刻才来？"素馨道："我下了两盘棋，所以来迟。妹妹在房中做些什么？"蕙若道："我绣了些枕头，身子颇倦，到姊姊房中，看见桌上的《西厢记》，因看了半出《酬简》，就看不下去了。这种笔墨，不怕坐地狱么？姐姐还有什么好的，借妹子看看。"素馨道："没有别的了。就是这曲本，也不是我们女孩儿该看的，不要前头去说。"蕙若道："妹子晓得。我们吃晚膳罢。"素馨道："我不吃了。"蕙若往她房里去吃完晚膳，略坐一会，也就睡了。

素馨自幼识字，笑官将这些淫词艳曲来打动她，不但《西厢记》一部，还有《娇红传》、《灯月缘》、《趣史》、《快史》等类。素馨视为至宝，无人处独自观玩。今日因蕙若偷看《酬简》，提起崔、张会合一段私情，又灯下看了一本《灯月缘》，真连城到处奇逢故事，看得心摇神荡，春上眉梢，方才睡下。枕上想道："说苏郎无情，那一种温存的言语，教人想杀。说他年小，那一种皮脸，倒像惯偷女儿。况且前日厮缠之际，我恍恍儿触着那个东西，也就使人一吓。只是这几时为何影都不见？”又想道：“将来妹妹嫁了他，一生受用。我若先与他好了，或者苏郎告诉他父亲，先来聘我，也未可知。”又想道：“儿女私情，怎好告诉父亲。况妹妹的才貌，不弱于我。我这段姻缘，多分是不相干的了。”一时胡思乱想，最合不上眼。披衣起来，手剔银缸，炉添沉速，镜台边取了笔砚，写道：

新秋明月，窥人窗下，阿奴心事难描画。莲瓣拖鞋，银灯着花，拈来象管乌丝“写柳腰儿瘦来刚一搦①”。他既爱咱，咱如何不爱他？冷着衾儿，热着心儿等呀，提了他乳名儿，呐呐喃喃地骂。我骂我的俏冤家，同谁闲磕牙。奴葳蕤②弱质看凋谢，愿得红丝牢系足，他不负咱，咱如何敢负他？

写毕，低低地念了几遍，落下两行情泪。侧听谯楼已交四鼓，仍复上床躺下，蒙眬睡去。只见笑官走近前说道：“姐姐这么好睡，你的花轿到门了。”素馨笑吟吟地说道：“人家睡着，你怎么就到床前来，也不怕丫头们看见。”那笑官坐在床上，并不做声，伸手进她被里细细地抚摩一会，将次摸到爱河边际，素馨假意推他道：“这个摸不得。”笑官连忙缩住手道：“不敢。可惜姐姐一身羊脂玉，被别人受用。”素馨道：“好兄弟，我说摸不得是玩你的。你要怎样，只好由你，哪一个敢受用你姐姐？”笑官道：“你早已许嫁乌江西了。我受用的是蕙妹妹，与你撒开。”素馨急道：“兄弟你好薄情。”笑官道：“我便是情厚，你的花轿已

---

① 一搦（nuò）——一把，一握。形容纤细。
② 葳蕤（wēiruí）——形容枝叶繁盛。亦形容委靡不振。

经到了，有甚想头！”素馨听了此言，也不顾羞耻，赤身坐起，扯着笑官的手哭道：“好兄弟，姐姐爱你，定要嫁你。你娶了我妹妹，我情愿做妾服侍你。”笑官道：“你偷上了小乌，情愿嫁他，如何又说爱我？”把手一推。素馨忽然惊醒，窗外下了几点微雨，那晓光已透进纱窗了。素馨面上流泪未干，将摸未摸之物，津津生润。想道：“好怪梦！我妹妹要许苏郎，父亲说过。那个乌江西先偷上我，我便嫁他？放着苏郎不偷，我就是没出息的了，我要寻什么小乌？”又想道：“他每日要到花园中荼蘼①架来解手，我今日且到园中候他，等个机会。”须臾，日上三竿，起身梳洗，出色打扮。但见：

轻匀脂粉，盈盈出水芙蕖；斜亸②云环，隐隐笼烟芍药。黄金凤中嵌霞犀，碧玉簪横关宝髻。眉分八字，浑同新月初三；耳挂双环，牢系明珠一对。红罗单裤，低垂玄色湘裙；白绉长衫，外罩京青短褂。

正是凤头婉步三分雨，鸦鬓斜施一片云。

素馨梳洗已毕，又对镜端详了一回。丫头送上茶汤，呷了几口，便对丫头说道：“你在楼下等着，我到园中去看看桂花就来。”即摆动金莲，一霎时进了园门。走过迎春坞玩荷亭，曲曲弯弯，已到折桂轩外。心中想道：“那边是书房，到荼蘼架必由之路。我只坐在轩里望着就是了。”慢慢地走进轩中。

原来老温人品虽然村俗，园亭却还雅驯。这折桂轩三间，正

---

① 荼蘼（túmí）——落叶灌木，攀缘茎，茎有棱，并有钩状的刺，羽状复叶，小叶椭圆形，花白色，有香气。可供观赏。

② 亸（duǒ）——下垂。

中放着一张紫檀雕几，一张六角小桌，六把六角靠椅，六把六角马杌①；两边靠壁，各安着一张花梨木的榻床，洋罽②炕单，洋藤炕席，龙须草的炕垫炕枕，槟榔木炕几，一边放着一口翠玉小磬，一边放着一口自鸣钟；东边上首挂着“望洋惊叹”的横批，西边上首挂着“吴刚砍桂”的单条；三面都是长窗，正面是嵌玻璃的，两旁是雨过天晴蝉翼纱料；就近窗外低低的一带鬼子墙，墙外疏疏的一二十株丹桂。

素馨坐下想道：“苏郎此刻不知可曾早饭否？早些来便好；倘若迟了，母亲同丫头们来到这里，岂不弄巧反拙。”因对着这将开未开的桂花，玩了一回，又叹了一回，道：“奴与桂花一样。只是你不久开放，飘香结子，奴不知还在何时哩！”

正在沉吟，忽见桂林中有人站着。馨姐认是笑官，正欲唤他，却见这人面貌黑魆魆③的，身量也比笑官长大了许多，就在纱窗里面往外瞧着。此人一手撩起小衣，一手拿着那累累坠坠的东西，在那边小解。馨姐一见，吓得心头弼弼地乱跳，私下道：“这人不知是哪个？亏得他不曾见我，倘若被他看见，不是今朝上当了么！”一头想，早已红透桃腮，香津频咽。那人解了手，也就去了。

馨姐等了一回，心中烦闷，深恨笑官无情，不如回房去罢。——看官听说，馨姐此一恨，也就无谓之极了。他并未曾约你在此相会，你又未尝递一个信儿与他，说我在此等你。哪个是你肚里蛔虫，猜着你的尊意？因是心情颠倒，一味胡思。然而他

① 杌（wù）——凳子。
② 罽（jì）——用毛做成的毡子一类的东西。
③ 黑魆（xū）魆——颜色发黑。

们邪缘该合，——这馨姐走不上数步，只听得后面叫道："姐姐为什么一个人在这里?"馨姐猛然听见，只道还是方才那人，心上老大吃惊，低头竟走，不敢做声。后面又叫道："好姐姐，为何今日不理我?"一头说，已走至背后。馨姐回头一看，原来是笑官，便道："我看了好一会桂花，要进上房。你叫唤我做甚?"笑官道："好姐姐，我有话告诉你。这轩里无人，略坐一坐罢。"即挽着她手，来至轩中。馨姐道："你不理我罢了，为什么又扯我进来?"笑官道："好姐姐，你方才不理我，我怎敢不理你!"馨姐道："你早上——"才说出三个字，就缩住了口。原来他还记着梦哩！笑官道："我早上没有什么呀!"馨姐道："我问你早上因何不进来走走，莫非怪了我么?"笑官急得乱咒道："我若怪姐姐，就是那猪狗!"馨姐忙赔笑脸道："兄弟受不得一句半句话，便要赌咒，何苦呢?"笑官道："总是我瘟倒运，从着这个先生读书。一早起来做功课，到晚还不得空影儿，也不许离开书房。"馨姐道："兄弟你也不要烦恼，这读书是好事，将来还要中举人、中进士做官哩。"笑官道："我也不想中，不想做官，只要守着姐姐过日子。"说罢走来同坐在一张椅上，左手勾着馨姐的颈，将脸渐渐地偎上来，说道："姐姐今日越发打扮得娇艳，等我要闻一闻香气。"那只右手却从衣襟下伸进去了。馨姐半推半就，也将一只手搭在笑官肩上说道："兄弟莫顽，被人看见不雅。"笑官道："此刻再没人来的。"一头说，这只右手在胸前如水银泻地一般，淌来滚去，又如孩子咂奶头一样，得了这个又舍不得那个，细细的将两点鸡头小乳摩弄一番，便从腰胯下插入妙处。馨姐身子往后乱缩，这笑官一手紧紧搂住，一手已按着这玉盖峰尖，含葩豆蔻，真个魄荡魂飞。馨姐已入情乡，也就不大保护。笑官正要扯她裤子，吾欲云云，不料小丫头来请吃饭，一路的喊来。馨姐远远听见，忙打开笑官。这笑官道：“明日先生到广粮厅去，我夜里进来罢，你不要关门。”素馨点了点头，即便走出，那丫头差不多也到面前了。馨姐说：“吃饭罢了，忙些什么？”丫头道：“饭已摆下了，二小姐叫我来请的。”又说道：“大小姐，你右边鬓上松了些。”馨姐道：“方才被花枝扎乱的。”即将手掠了一掠，扶着丫头回去。正是：

魂惊杜宇三更梦，棒打鸳鸯两处飞。

这笑官稍停一会儿，才敢出来。到了书房，匠山问道：“为何去了许久？”笑官不敢做声。春才道：“想必他是捉蟋蟀去的。”匠山也不理他，吩咐笑官道：“但凡一个人，父母付我以形骸，天人与我以情性，就有我一番事业。叫你们此刻读书，则经史文章，就是你们的事业，余外皆可置之不问。”这笑官喏喏就坐，心里想道：“我看你年纪也不很老，难道就不懂得一点人情，天天说这样迂话。我恍恍儿记得书上有什么‘饮食男女，人之大欲’，这就不是圣贤教人的话么？”又想道：“好一个有情的温姐姐，方才若不是丫头一路叫来，我已经尝着滋味了。”又转念道：“幸喜得我还溜亮，下手得早，摸着那个东西，明日晚上就尽我受用，再无推托了。只是先生虽去，还要生一条好计，遣开众人才好。”这叫做：

设就牢笼计，来寻窈窕人。

话提两广总督庆公，单讳一个喜字，是个国家的长城，庶民的活佛。智勇兼备，文武全材，也系功勋之后。由户部司员，洊①升副宪，后因随征有功，加尚书衔，放了云贵总督，再由浙

① 洊（jiàn）——再，又。

闽调两广。抚剿洋匪，都中机宜。这日从沿海一带查阅回来，寻思这粤东虽然富庶，但海寇出没无常，难保将来无患。这督抚提标及各镇协营，堪资路陆城守；凡沿海各营，都是有名无实，倘猝然有警，殊费经营。又想近海州县居民，多有被人逼迫入海为盗者，倘绥之以恩，激之以义，谁非父母妻子仰赖之身，必欲自寻死路？因刊了告示，遍贴晓谕：

两广督师庆，为思患预防，募收乡勇事：照得本制府，明蒙宠眷，秉钺①炎方，历任有年，事宜详悉。一切未雨绸缪之意，尔官吏军民人等，谅所稔知。兹因洋匪伺衅骚扰，挠乱海隅，劫我人民，掠我商贾。本制府既分饬各镇将等协力擒拿，仍不时训练亲标，翦除妖孽。虽海气乍靖，而余逆未歼，上负主恩，下辜民望，焦虑实深。因念尔沿海居民，多被逼胁入海为盗者，今赦其既往之愆②，如果技勇超群，奋思投效，不妨赴该州县衙门报名注册，着州县官申送来辕，听候甄别③录用。其材力殊科者，酌给月俸，俾其还乡，协同营弁，随时堵御捍护乡村。一俟擒斩有功，汇题授职。庶几无事则共相守望，有事则倡义同仇，于捕盗事宜，不无小补。本制府言出赏随，各宜努力，毋得自误功名。特示。

庆公出示后，各州县纷纷投报者约数百余人。庆公自经考选，分为三等：上等者每月俸银三两，次二两，又次一两。皆出

---

① 钺（yuè）——古代一种兵器，青铜或铁制成，形状像斧而比斧大。此处用秉钺借指掌握兵权。

② 愆（qiān）——罪过；过失。

③ 甄（zhēn）别——审查鉴别。

宦囊，并未动一毫国帑①。这个人自为守，家自为防的主意，虽未必能弭盗，而民之为盗者，却就少了许多，庶乎正本清源之一节。

这八月初三日，庆公接着旨意，调任川陕，所有总督关防，暂交广东巡抚屈强署理。庆公一面交代，想着这乡勇一事，后人未必肯破悭为国，当即会同抚院三司，商量一宗公项，为将来久远之计。更欲立碑一通，以纪其事。因思广粮申倅，是个翰苑名流，谕他撰述。申公向来原佩服庆公的，从前祝寿诗中，曾有"我非干谒偏投契，公有经纶特爱才"之句，所以一诺无辞。但申公案牍劳形，暂借诗词消遣，这古文繁重，那有心绪做它？因请匠山代笔，约他衙中晚叙。这日傍晚，带了申荫之，一同出去。

列公听说，匠山未去之先，这笑官肚中不知打了多少草稿，匠山一去，就如郊天大赦一般。方欲开谈，那春郎早跳出位来，说道："好混账的先生，日里不去，偏要夜里。我们三人赌他半夜钱罢。"乌岱云道："我也要回去玩玩，少陪了。"笑官正中下怀，因假作正经道："书房中不好赌钱的，老春不要太高兴了。我也不回去，也不赌钱，还是多睡一回，养养神好。"春才道："你今天也学起先生来了。我不管你们，还是进去与姐姐斗蟋蟀罢。"笑官道："这个一发使不得，我要告诉先生的。"那春才也不理他，两三跳跑进去了。笑官暗暗跌脚道："这不是又多了一会耽搁了！"闷闷地只盼太阳落尽。

须臾，掌上了灯，吃过夜膳，打发家僮们去了，进了西轩，

---

① 国帑（tǎng）——国家的公款。

歪在床上。约略一更人静，慢慢地出了房门，来到园门口。这门是里边拴上的，被他轻轻地开了。悄悄走到园外来。但见一月亮，四壁虫吟，树影参差，花香浓馥。远林中微微弄响，心中也很吃惊，只因色欲迷人，便是托胆前去。迤逦①寻来，早到惜花楼下。只见人声寂寂，两扇朱门已经闭上。推了一推，分毫不动；侧耳细听，里面隐约有人，却又辨不出那一个的声息。笑官想道："难道姐姐忘了不成？"又想："决无此理。昨日在轩中那种可怜可爱之情，何等浓厚；临别叮咛，点头会意，决不爽约的。想必还在前头，否则老春吵闹——嗳！老春，我与你有什么冤仇，你来阻我好事？你看霎时月色无光，想必要下雨了。这怎么处？"

左等右等，约有一个时辰，听得更鼓已交三下，心中悔恨。又下了一阵微雨，只得冒雨而回。石路已湿，滑了一跤，爬起来，好不懊恼。一步一步闪进园门，到自己房中，和衣睡倒。定了一会神，却又想起来，替她圆融道："姐姐再不这样无情的，必有缘故。只是我千难万难，巴得一空，如何再得机会来。"又屈指一算道："到这中秋节下，先生必要放学，我如今将功课缓些下来，只说节间补数。先生自然准的。明日清早，先生不得就回，我跑进去问个明白。约一后期便了。"想定主意，也就脱衣睡着。所谓：

刘郎未得天台路，只有相逢栩栩园。

再说素馨这日，也就同笑官一样的，巴着天晚。到了午后，有一个两姨姊妹施家的女儿来看姨母，素馨推身子不好，不去陪

① 迤逦（yǐlǐ）——曲折连绵。

她。她偶到房中来探望，因是向来投合的，只得同她叙了一回闲话，送了出去。巴到傍晚，只见春郎笑嘻嘻地叫人拿着许多蟋蟀盆，跑上楼来，叫道："今日好了，先生一夜不回来。姐姐，你的蟹壳青，快拿来与我这只金翅斗一斗。"素馨道："我不同你斗，前日妈骂过一遭了。"春郎道："不怕她的。她再骂我，我就寻死。她房里不放着刀么，那天井里的井有盖子么？我寻个死，叫她养个好些的出来。"素馨道："不要说痴话，说的就是狗。"春郎道："我只要这么做作，不怕妈不央及我。我难道真个寻死，你说我好不乖哩。"素馨道："我今日心上不耐烦，你去同妹妹顽罢。"春郎道："妹妹同施姐在外边吃酒呢，你不高兴，我去叫了苏兄弟来，我们三人玩他一夜。"说罢竟要出去喊他。素馨扯住道："不要闹了，我不喜欢他。"春郎道："你向来喜欢他的。怎么今晚不喜欢起来？想必他近来学了假道学，得罪姐姐了。我替他赔礼罢。"就是一个揖。素馨又好气、又好笑，只得同他斗了一回。无奈春郎的蟋蟀，再不肯赢，一连打输了十几个，春郎再不肯歇，素馨只得将这只蟹壳青送了他，方才欢欢喜喜下去。

素馨想道："今日施家妹妹在此，料来要到后边来宿的。苏郎若来，必定不稳。我须先到园中候他来，说明了才好。"正要下楼，只见她妈萧氏挽着施家女儿小霞，同了蕙若，并几个丫头，一群儿说说笑笑地走上楼来。素馨只得迎上前去。小霞道："姐姐身子不好，何不早些睡，还做甚么活计？"素馨道："也没甚大不好，有些怕风。"萧氏道："想必着了点凉。施小姐要来看你，我同着她来的。你今日身子不好，妹子又小，停一会，回到我房中去睡罢。"素馨心上一宽。只是这班人说了许多闲话，再不肯下去。素馨懒懒待待的，小霞道："我们不要捉弄她了，到蕙妹妹那边下棋去罢。”因走过蕙若房内。素馨和衣睡在床上，再也不敢下去开门，直到了雨过天晴，方才听得她们出去，剩几个丫头，在楼作伴，伺候了半夜，放倒头已不知天南地北。素馨听得明白，下了床，拿着灯，悄悄地开了房门，下了楼梯，将西角门轻轻的开了，却不见一些人影。暗忖：“难道苏兄弟没有来么?”将灯细细的一照，却见阶檐石上有两个干脚迹印，因叹道：“累他守了半夜！他虽去了，不知怎样恨我。苏郎苏郎，你只道是我负你，我却也出于无奈。”于是，也不关门，径上楼去睡。

第　四　回

折桂轩鸳鸯开谱　题糕节越秀看山

乍入天台路转迷，吃虚心事有谁知。风飘落叶防消息，香解重衿善护持。凭我惊疑情更好，怜卿羞怯兴偏痴。明宵密约须重订，只在星移斗转时。

瑞云何曾到岭南，秋风依旧卷层岚。菊花突向壶中绽，海气横随笔底酣。笑我登高逢白露，阿谁携酒买黄柑。只应愁绝江湖客，旅馆回头最不堪。

苏笑官一觉醒来，天已大亮，众人多未起身。忙穿上衣服，望园中竟走。因恐怕先生回来，两步当一步地飞奔至楼下。这楼门却是开的，听得楼上毫无响动，轻轻地上了胡梯，推开房门。素馨已经睡醒起身，心中也要打算趁着无人，好候笑官到来，告诉昨夜的原委。披着一件大红棉纱短袄，还未穿好，坐在床沿上兜鞋。听得房门一响，笑官已至面前，也不做声，倒在素馨怀里，簌落落泪下如珠。素馨一手抱住他，一手将汗巾替他拭泪，低低地说道："好兄弟，不要伤心。你昨晚受了委屈了。"因告诉他如此这般缘故，"你不要怪我无情。"笑官收了眼泪，说道："我呢，怎敢怪姐姐，只怪自己缘浅。千巴万巴，巴得先生去了，谁料又是这样。"因探手入怀，扪着胸前道："可惜姐姐这等人材，我却没福消受。"素馨道："不要说断头话，我们须要从容计较。"笑官道："我也想来，今天不是初七了？迟了

四五天，先生一定放学，我只说要在这里读书，那时就可进来了。”素馨道：“我因昨日阻碍，也仔细想来。这里紧靠着妹子的房，她虽然年纪小，却也不便。不如我们约定日子，在折桂轩中相叙，你道如何?”笑官道：“很好。只是难为姐姐受风露了。”素馨笑道：“你昨日经了雨，我难道不好受风露么。”笑官道：“好姐姐，我的魂都掉在你身上了。”又伸手摸到下边，说道：“我们后会还远哩，今天先给我略尝一尝罢。”素馨道：“此刻使不得的，丫头们要起来了。”笑官只是歪厮缠，素馨道：“你不听见那边楼板响么？我送你到园中去罢。”因起身系上裙子，挽一挽乌云，携手出房。佯唤道：“你们还不起来?”那丫头们应道：“都在此穿衣了。”

二人同下楼来，进了园门，走到迎春坞侧。素馨道：“你去罢，我不送你了。”笑官道：“姐姐这里再坐一坐罢。”素馨道：“她们要来寻我的。”笑官不由分说，一把拖到坞中，双手抱住，推倒在榻。素馨道：“使不得的。”笑官也不做声，扯下她的裙裤，自己连忙扯下了，露出这个三寸以长的小曹交，就像英雄出少年，有个跃马出阵的光景。素馨忙将两手撑拒道：“好兄弟，不是我一定不依，一来恐怕丫头来寻我，二来恐怕你先生回来，有人寻你，这不是闹破了头，你我都见不得人了。还是依计而行的好。”这笑官究竟年轻胆小，听见先生二字，早已麻了大半边，况日上三竿，正是先生回来的时候了。两手略松一松，素馨已立起来，穿好裙裤，因见他还未有穿，说道：“你看这个什么样子，还不穿好了去。”笑官因扯她手道：“你替我穿一穿，你看这个不可怜么?”素馨把指头在他脸上印了一印，摇着头道：“未必。”

洒脱了手飞跑出去。笑官忙穿了裤，赶出去道："不可失约的嗱①。"素馨回头道："晓得了。"

笑官急急回至书房，却巧先生也到。吩咐了课程，笑官回道："学生因感冒风寒，腹中时时作痛，求先生减些功课，至中秋节下补数罢。"匠山道："中秋散馆之后，你不肯玩，还能补偿功课，这很使得。但是到了临时，不要又推别故。"笑官道："学生一人在此，清静读书，自当尽心竭力，不敢有误的。"正是：

只为书中原有女，不妨坐右暂无师。

李匠山到了八月十四散了学，自与申荫之回广粮署中，约定二十四日重来。又吩咐笑官道："你在此潜心读书，到十八日我还来同你去送你父亲移居。"笑官唯唯听命。送了先生出门，回到书房，吩咐苏邦道："你回去告诉老爷，说我因欠了功课，在此补偿，节间不得回家。你就在家伺候差遣，我这里有阿青服侍。"苏邦答应而去。

笑官寻思道："里头不知今日放馆，还须我自己进去，透一消息，今夜方妥。"即同春郎从中堂走进，行至上房，见了史氏，说明在此打搅缘故。史氏着实喜欢，对春郎道："苏兄弟在此读书，你也好跟着温习温习。"春郎道："我叫温春，不叫什么温习。我妈不要闹了。"说完，已自跳舞而去。史氏叹道："这个样子，几时才好！"笑官道："他又不欠功课，先生又没有吩咐，伯母也不要拘紧他了。侄儿还要姨娘姊妹房中去看看。"这史氏携着他手，到萧氏、任氏两处。笑官的相貌本来讨人喜欢，各房兜搭了一会，来到后楼。那素馨因春郎进来，已晓得今天放学，一

① 嗱（niā）——方言，表祈使语气。

见母亲同笑官上楼，便笑嘻嘻地迎上前来，说道："苏兄弟如今是好了，为什么还不到家中去呢?"史氏替他说明原委，又对着笑官道："大相公，你还年小，只怕先生去了，外边冷静，你拿铺盖搬到我外房睡罢。"笑官心里吓了一跳，连忙道："侄儿年纪虽小，胆子很大；况且有家人们陪伴，不怕的。"史氏道："既然如此，我也不来强你。虽是黄昏时候，还到里头来热闹热闹。这读书也不在乎一时一刻的。"笑官道："晓得。"坐了多时，都不能与素馨说一句体已话，只得趁史氏回头，将手势做作一番，素馨点头会意，也就出来，在书房中应酬些功课。天已晚了，待得阿青等安睡，却见秋月当空，正是蟾窟探香之候。

华月满阑干，酝酿一天秋色。却好谯楼更鼓，又频敲时节。风怀骀宕①可人心，此况凭谁说。拟向花房深处，化作双蝴蝶。

笑官拿了一床温柔被褥，悄出园门，来至轩中。喜得月上纱窗，轩中照得雪亮，将被褥好好的放在榻上，候了一会。虽然色胆如天，却也孤栖动念。走出轩中，望玩荷亭一路迎将上去。远远的望见人影，笑官忙喊"姐姐"，却不做声；过前细看，方知沁芳桥畔的垂杨树影，倒吃了一惊。又慢慢走过迎春坞边，刚刚素馨走到。笑官如获至宝，两手搀住，说道："我的好姐姐，难为好姐姐了。"素馨轻轻地说道："低声些。"两人携手同入轩中，笑官将她抱住，偎着脸道："姐姐脸都凉了。"即替她解了上下衣裙，月光射着肌肤，分外莹白。细细摩玩一番，说道："姐姐，人都说月下美人，却不晓得月下美人下身的好处哩。"便欲解她裤子。这素馨推开他手，竟往被里一钻。笑官忙脱衣裤，掀进被

---

① 骀宕（dàidàng）——使人舒畅的人（多形容春天的景物）。

来，两手抱住。真是玉软香温，娇羞百态。好好的褪下小衣，腾身而上。素馨蹙着双眉，颤笃笃承受。

轩幽人悄月正斜，俏多才把奴浑爱煞。奴蓓蕾吐芽，荳蔻含葩，怎禁他浪蝶狂蜂，紧啃着花心下。奴又恋他，奴又恨他。告哥哥地久天长，今宵将就些儿罢。

笑官初入佳境，未勉贾勇无余，不消半个时辰，早已玉山倾倒。于是揩拭猩红，互相偎抱。笑官道："姐姐，你为什么不言语？今夜不是我在这里作梦么？"素馨道："教我说什么呢？"笑官道："方才可好么？"素馨道："疼得紧，有什么好处。"笑官摸着下边说道："这么一点儿，要放这个下去，自然要疼的。到了第二回就好了。"素馨捏着他的手道："不要动了，我们略睡一睡回去罢。"真个蒙眬睡去。片时醒转，笑官欲再赴阳台。素馨不肯，再三央及不过，只得曲从。这回驾轻就熟，素馨则款款相迎；覆雨翻云，笑官则孜孜不怠。春风两度，明月西归，忙起身整衣。笑官扶着素馨，送她回去，再嘱明宵。素馨应允，又说："还有话告诉你。你日间到里边来，须要尊重，切不可轻狂，被人看出破绽。"笑官道："我晓得的。"正是：

形迹怕教同伴妒，嘱郎对面莫相亲。

笑官与素馨一连欢会了两三夜。这段似漆如胶的光景，也难于絮言。

再说苏万魁在花田盖造房子，共十三进，百四十余间。中有小小花园一座。绕基四周，都造着两丈高的砖城。这是富户人家防备海盗的。内外一切装修都完，定于八月十八日移居新宅。先期两日，预将动用家私什物送去，金银细软，都于本日带着起身。这省城中送他的亲友，何止数十余家，尽在天字码头雇花姑

船，备着酒席相待。匠山也同温仲翁、笑官在内。这万魁在家料理停妥，叫苏兴、苏邦两房家人，在豪贤街看守老宅，并伺候笑官；再叫家人、仆妇、丫头们拥着家眷先行，自己坐轿先到各家去辞了行，方才到船。早有各家家人持帖送礼，并回明主人在此候送。万魁心中老大不安，忙过各船，一一申谢，又说明到各府辞行，所以来迟的缘故。众人各各擎杯劝饮，直到日色平西，方才作别。众人还要送至新居，万魁再三辞谢，并面订明日专人敦请，务望宠光。众人也都允了。万魁又与匠山执手叮咛一番，同了笑官开船自去。

不到一个时辰，已至花田地方泊住。原来花田是粤省有名胜境。春三①士女，攘往熙来，高尚的载酒联吟，豪华的寻芳挟妓，此际仲秋时候，游人却不甚多。万魁的住房，却又离开花田半里之遥。他叫家人们搬取赀财，自己与笑官步行前去。转过田湾，已望见黑沉沉的村落，高巍巍的垣墙，门首两旁结着彩楼。看见他父子到来，早已吹打迎接，放了三个炮，约有五六十家人两边厮站。

笑官跟着父亲踱进墙门，过了三间大厂厅，便是正厅。东西两座花厅，都是锦绣装成，十分华丽。一切铺垫，系家人伍福经手，俱照城中旧宅的式样。上面悬着一个“幽人贞吉”的泥金匾额，是抚粤使者屈强名款。右边一匾是申广粮题的“此中人语”四字，左边一匾是广州府木公送的“隐者居”三字。正中一副对联，是“德可传家，真布帛菽粟之味”，“人非避世，胜陶朱倚顿之流”，款书“吴门李国栋”。其余谀颂的颇多，不消赘述。进去

① 春三——阳春三月。

便是女厅楼厅。再后面便是上房，一并九间，三个院落：中间是他母亲的卧房，右边是他生母的，左边是姨娘的。再左边小楼三间，一个院子，是两位妹子的。笑官问他母亲道："你们都有卧处，却忘记了替我盖一处卧房。"他母亲道："你妈右首那个朝东开门的院子里头，不是你的房么？我已叫巫云、袖烟收拾去了。"笑官便转身来到花氏房内，天井旁边有座假山，钻山进去，一个小小圆门，却见花草缤纷，修竹疏雅。正南三间平屋，一转都是回廊，对面也是三间，却又一明两暗，窗寮精致，黝垩涂丹①。看了一回，便叫丫头："拿我铺盖安在前头右边房内。"他自己仍走出来。

万魁吩咐正楼厅上排下合家欢酒席，天井中演戏庆贺，又叫家人们于两边厅上摆下十数席酒，陪着邻居佃户们痛饮，几于一夜无眠。到了次日，叫家人入城，分请诸客，都送了即午彩觞候教帖子，雇了三只中号酒船伺候，又格外叫了一班戏子。到了下午，诸客到齐。演戏飞觞，猜枚射覆。只怕：

昔年歌舞处，日暮乱鸦啼。

笑官在家住了三日，只说功课要紧，急急赶进城中。到了书房，先进去见了史氏，代母亲谢了前日的盛仪，说母亲将来一定要屈伯母到乡间去谈谈；又到后边与姊妹们相见。真是四目含情，有一日三秋之意。暗暗地约定了晚上机关，即便出外，挨到更深夜静，依旧拿了被褥，带了火种，来至轩中，踅②到楼门等候。不多时，素馨浓妆艳抹地出来，上前挽手。笑官勾肩偎脸，

---

① 黝垩（yǒu' è）涂丹——淡黑色的底上涂着红色的花纹。

② 踅（xué）——中途折回。

细意端详。素馨道："不要这样孩子气。我前日告诉你的话，怎么样子？"笑官道："我曾告诉母亲。他说前日父亲曾说要聘他家第二位小姐，你心上要聘大小姐，想必他标致些，也是一样的，我慢慢地对你父亲说罢。看起来此事必有八分光景。"素馨搂着说道："好兄弟，就是你父亲不依，聘了我妹子，我也要学娥皇①的。"笑官道："只要你我心坚，何愁此事不妥。况且母亲是最爱我的，父亲又最爱听母亲说话的。"两个解衣就寝，狂了一会。笑官道："此时我还年小，将来大了，还有许多好处哩！"素馨道："且不要提后来的话。假如先生到来，只怕你就不敢来了，怕不等到年纪大么。"笑官道："这个我还恳求姐姐日里到此叙叙罢。倘若不能，岂不急死了我？"素馨道："日里究竟不便。我们需要约定时刻，隔三两天一会方好。"笑官道："这个不难，我们隔一天一叙，到那时隔夜定了时辰，大家看了钟表，便不错了。"说罢又狂起来。素馨道："天已四更了，还不睡一睡么？"笑官道："我倒要睡，只是这小僧不依，他在这里寻事。"素馨打了他一下，着意周旋一番。正是：

拥翠偎红谁胜负，惺惺那复惜惺惺。

后来匠山开了馆，他们果然隔日一叙，虽不甚酣畅，却喜无人得知。

日月如梭，转瞬重阳已到。这省中越秀山，乃汉时南粤王赵佗的坟墓，番山、禺山合而为一。山在小北门内，坐北面南，所有省城内外的景致，皆一览在目。匠山这日对众学生说道："凡

① 娥皇——相传是唐尧的女儿，与其妹女英同嫁给了虞舜。后舜帝出外巡视，死于苍梧。她们两人赶至，也死于江湘之间。

海内山川，皆足以助文人才思。太史公倡之于前，苏颍滨继之于后。今值登高佳节，不可不到越秀山一游。但不可坐肩舆，致遭山灵唾骂。”于是师弟五人，带了馆僮，缓步出门。到了龙宫前，少歇片时，然后登山流览。一回，至僧房少憩，依窗望去，万家烟火，六市嚣尘，真是人工难绘。又见那洋面上缯船米艇，梭织云飞，诗兴勃然，援笔立就：

秋风吹上越王台，乘兴登临倦眼开。瓦错鱼鳞蒸海气，城排雉堞①抱山隈②。珠楼矗向云间立，琛舶纷从画里来。野老何须悲此会，千年宫殿也蒿莱。——登越秀山

故吏龙川自起家，东南五岭隔中华。任嚣有策真功狗，陆贾何能笑井蛙。帝为老夫修祖墓，天生此土界长沙。古今兴废归时运，奚必群嗤丞相嘉。——吊赵王墓。

写毕，立起身来，有老僧上前道：“老爷的诗稿可送与衲子，以光敝刹。”匠山道：“和尚想是作家，我却班门弄斧了。”那老僧说：“山僧虽不知诗，但名人选客在此间题咏极多，大概都效燃须故事。如老爷这样捷材，实所罕见。定当贮以纱笼，为重来忆念。”匠山一笑而别。

五人曲折而下山，申荫之道：“此刻有诗无酒，未免贻笑山神。先生何不叫家人回去取些酒菜前来，就在山沟一饮。”匠山道：“汝见亦是。但你们年纪尚轻，席地欢呼，旁观不雅。还是回去赏菊为佳。”于是五人回转书房，在前轩设了酒席，对着五六十盆秋菊，共相斟酌。匠山道：“今日登高归兴，不可闷饮。

---

① 雉堞（dié）——古代城墙上用来掩护守城人的矮墙。泛指城墙。
② 山隈（wēi）——山边弯曲的地方。

我起一个令，在席各说《诗经》五句。四平一句，四上一句，四去一句，四入一句，要换着平上去入四字。说错一字，罚酒一杯。我饮了令杯先说：

云如之何？我有旨酒。信誓旦旦。握粟出卜。其子在棘。”

说毕，将令杯传至岱云面前。岱云想了一想道：

关关雎鸠。窈窕淑女。

匠山道：“淑字入声，错了。吃一杯。”岱云道：“学生《诗经》不熟，情愿多吃几杯罢。”匠山道：“那不依。你且吃了再想下去。”岱云只得说道：

正是国人。维叶莫莫。妻子好合。

匠山道：“国字入声，人字平声，错了，吃两杯。维字平声，错了，吃一杯。共吃三杯。”原来岱云《诗经》不熟，酒量颇高，即便一连饮了，交到荫之。荫之说：

宜其家人。匪兕①匪虎。上帝甚蹈。乐国乐国。兄弟既翕②。

匠山道：“弟字活用从上，死用从去，就是死用的，以去为上，吃一杯。另换。”荫之饮了，又说：

于女信宿。

方才交过杯，该轮到春才，匠山却先递与笑官。他站起说道：“该温世兄先说。”匠山道：“你说了再递过去，也是一样。”笑官便说：

于乎哀哉。

匠山愀然不乐道：“四平颇多，何必定说此语？且吃了半杯另

---

① 兕（sì）——古代指雌性犀牛。

② 翕（xī）——和顺，和谐。

换。”笑官红着脸吃了，又说：

人之多言。有瞽①有瞽。是类是祃②。绿竹若箦③。童子佩韘④。

匠山道：“如字误作若字，文虽通而字则错，当吃两杯。”笑官饮毕。匠山道：“春郎不必说了，吃三杯缴令罢。”春才道：“我不依，我也要说。第一句是诗云周虽，岂不是四个平声么?”匠山道：“此令你本来不会的，是我错了，你快吃三杯，号换一个雅俗共赏的。”春才吃了。匠山道：“如今我们大家说个最怕闻的，最怕见的，最爱闻的，最爱见的，押个韵脚。我先饮令杯。”便说道：

最怕闻，学妆官话吓乡邻，晚娘骂子妻嫌妾，蠢妇同僧念佛声。

最怕见，贪吏坐堂妓洗面，财主妆腔和尚臀，老年陡遇棺材店。

最爱闻，聪明子弟读书声，好鸟春晴鸣得意，清泉白石坐弹琴。

最爱见，总角之交贵忆贱，绿野春深官劝农，御史弹王真铁面。

说毕，又道：“你们不要挨着年纪，先有的便说出来。”荫之便接口道：

---

① 瞽（gǔ）——乐官的代称，古代以目盲者为乐官。
② 祃（mà）——古时军队在驻扎地举行的祭神的活动。
③ 箦（zé）——竹席。
④ 韘（shè）——古代射箭时戴在手指上以钩弦的用具，也称“抉”，俗称“扳指”。

最怕闻，练役关门打贼声，市井吟诗谈道学，后生嘲笑老年人。

最怕见，宦海交情顷刻变，胁肩幕客假山人，推托相知扮花面。

最爱闻，弓兵喝道不高声，三春燕语三更笛，悠悠长夜晓钟鸣。

最爱见，传胪①高唱黄金殿，天涯陡遇故乡人，花烛新郎看却扇。

笑官也便信口说道：

最怕闻，春日檐前积雨声，巧婢无端遭屈棒，邻居夜哭少年人。

最怕见，凶狠三介恶书辨，佳人娇小受官刑，粤海关差虎狼面。

最爱闻，画廊鹦鹉唤茶声，新词度曲当筵唱，夜半花园倒挂鸣。

最爱见，日长绣倦抛针线，秋千飞上九霄云，月下逢人遮半面。

说毕，岱云道："学生只每样说一句，情愿再罚几杯。"匠山道："你且说。"岱云便道：

最怕闻，隔壁人家新死人。

匠山道："这是抄吉士的意思。"岱云道："我先想着。"又说道：

最怕见，阴司十殿阎罗面。

最爱闻，琵琶弦索摸鱼声。

---

① 传胪（lú）——指科举时代进士殿试后，按甲第唱名传呼召见。

最爱见，家中妹妹娘亲面。

匠山道："过于粗俚。况摸鱼歌是广东的曲名，去了歌字，却搭不上声字。"春才道："我也只说一句：

最怕闻，门前屋上老鸦声。"

匠山道："亏你。"春才将手指着匠山，又说道：

最怕见，书房里头先生面。

众人大笑。匠山也笑道："他倒说的实话。"春才又道：

最爱闻，家人来请吃馄饨。

最爱见，腊梅花开三五片。

匠山道："末句却好，你且说有何可爱之处？"春才道："到腊梅花开两三片时，先生要放学了，岂不爱见么。"众同窗大家喷饭。匠山评道："温、乌两生自《郐》以下无讥。荫之名心重些，却还着实，花烛新郎句虽纤巧，也是少年人自有之乐。吉士色心太重，少年人所当炯戒，况夜半时倒挂鸟鸣，有何可听？唯关差一句，本地风光，却见性情。合席各饮一杯收令。"

正酒酣时节，只见馆僮禀道："申大老爷差人要见。"匠山吩咐唤进。来人禀说："老爷着小的请师爷同少爷到衙，今日家乡有府报到来。"匠山大喜道："你先回去，我随后便来。"于是一面雇轿，吃完了饭，师生两人一同出城。至广粮署中，申公叙了寒温，将匠山的家信递过。匠山拆开，看时是：

父字付国栋儿阅：儿粤游已三载矣。五次家书，俱已收到。近知象轩表叔照应，深慰我心。唯是暮年有子，远寄殊方，汝母倚门，令予恻念。芳时佳节，能弗凄然？来秋乡贡之年，汝当束

装北归。孙阿垣今春游泮，吾二老借此开颜。来年父子秋闱①，各宜努力，未知谁是吴刚斧也？

匠山看过，即送与申公看了一遍。申公道："尊翁寄我之书，也嘱我劝驾。未审贤侄主见如何？"匠山垂泪道："小侄落魄浪游，不过少年高兴。蒙表叔台爱，诸公厚情，以致迁延三载，顿伤父母之心。明春定当北归，以慰悬望。"申公道："很是。荫之我已替他援例，叫他跟你回去，同进乡场。令郎恭喜游庠②，今年多少年纪？"匠山道："小儿年才十四，一时侥幸罢了。"申公道："后生可畏，愈见庭训渊深。"即吩咐备酒贺喜。

席间，又告诉匠山道："这里自庆大人去后，胡制军不识机宜，屈抚台又是偏执性子，洋匪案件日多。我虽闲曹，恐亦未可久羁于此；况赫致甫近来越发骄纵，将来必滋事端。我前日规劝他一番，他徒面从而已。贤侄在此，权住几天，遣我愁闷。"匠山应允，打发家人进城说知。

下回另叙。

---

① 秋闱——指在秋季举行的乡试。

② 游庠（xiáng）——这里是指秀才中式。

第　五　回

承撮合双雕落翮[①]　卖风流一姊倾心

十三娇女，中酒浑无主。玉体横陈芳艳吐，漏下刚三鼓。　花房手自摩挲，多情婉告哥哥。伏乞怜奴娇小，于归缓渡银河。

凭栏独起早，轩外残花未扫。蓦地情人先到了，这姻缘偏巧。　狂风骤雨草草，惹得波翻浪搅。几遍纡回蹂躏，苦多甜少。

却说笑官等从先生出门后，重整杯盘，再添肴馔。乌岱云酒量既高，性尤狡猾，说道："拘束了一会，此刻我们三人轮流划拳，开怀畅饮，直吃到先生回来。"说罢，早与春才三四五八地乱豁起来。春才输了六七拳，酒已半醉。笑官道："两人划拳，不如三人抬轿。"便与岱云串通，春才接连吃了十数杯，不觉得已是手舞足蹈，闹一个了不得。

只见跟先生的人回来，述了先生的话。岱云听得要住几天，即起身说道："先生既不就回，我且回去。"笑官道："又没有世嫂在家，慌什么呢?"岱云道："趁着酒兴，下河走走。你爱玩就同我去。这扬帮、潮帮，银硃街、珠光里、沙面的大小花艇，都是我爹爹管的，老举们见了我不敢不奉承，要几个就几个。"笑

---

① 翮（hé）——指鸟的翅膀。

官听说，颇也高兴。只因恋着馨姐，要想趁先生不在，再叙夜情。因说道：“我不去，怕先生知道。”岱云道：“这个地方，先生做梦也不晓得的。只是你还年小，上不得钳口，不要被他们嫖了去。”说一声“少陪”竟自去了。

春才道：“他方才说什么？”笑官细细地告诉了他，春才说：“这陌生人有什么好玩！我同你到里头去，与姐姐妹妹玩玩难道不好？”笑官笑了一个死，说道：“此玩不是那玩。”春才道：“我偏不依，今天偏要同你进去玩。”便一把扯住笑官走。这吃醉的人有什么轻重，笑官只得同他进去，走到上房喊道：“母亲呢？”那史氏走来，见他东倒西歪的扭住笑官，忙喝道：“还不放手！你看大相公的衣服都弄皱了。”春才道：“他不肯走来玩，我扯他进来的。我放了他，他就要溜了。”史氏道：“大相公这么客气，这里同家中一样，拘什么呢？春儿放了手，你醉了。”春才道：“我不醉，我还要扯他到后边去玩呢。快拿酒来，我们兄弟姊妹一块儿玩。”这史氏真个叫丫头备酒。笑官道：“伯母不要理他，再吃不下酒了。”一头说，已被春才扯了走。史氏一面吩咐拿酒菜到后楼，自己想道：“他们这么相好，倒也很像郎舅。等他们四个孩子闹去罢。”正是：

那识顽童如伏鼠，近来佳婿暗乘龙。

春才扯住笑官，直至楼上。那姊妹二人正吃夜饭，春才嚷道：“快些拿酒菜上来，我们吃一夜，玩一夜。老苏怪不肯来，拼命扯他来的。快些关了房门，不要又跑去。”姊妹二人连忙让坐。素馨问道：“苏兄弟久不会面，为什么呆了许多？”春才道：“他假斯文。我偏不许他斯文，快拿酒来吃。”两姊妹正摸不着头绪，只见丫头已送上酒菜来，说道：“太太说大相公已醉，大小姐做个主人，劝苏相公吃杯罢。书房中夜饭不送去了。”又对春才说道：“太太说相公少吃杯，吐了不好看。”春才道：“吐的便是狗。”素馨见是母亲吩咐，便叫丫头抹桌摆菜。笑官坐下，素馨、春才也依次坐了。蕙若道：“我不会饮酒，我少陪苏家哥哥罢。春才立起身来说道：“是你年小，是你刁滑，乱我号令。你不会饮酒，我看见你也吃过的，先罚一大杯。”说毕，扯蕙若坐下，斟了酒想要灌他。蕙若见他来得凶猛，忙说道：“哥哥不要灌，我吃了就是。”春才道：“众人各干了门面杯，听我号令。”真个大家干了。春才道：“我今天簇新①学了一个令，你们都要听我吩咐。”三人都应了。春才左想右想，再想不出什么令来，忽然把素馨姊妹一看，说道：“有了，你们两个不是女儿么？”众人都笑将起来。春才道：“不许喧哗。如今各说一句女儿怕，女儿喜，也要押个韵。我是个令官爷，老苏先说。”笑官便说道：

女儿怕，金莲忽坠秋千架。　女儿喜，菱花晨对看梳洗。

春才道：“不大明白，吃一杯。”笑官饮了。素馨说道：

女儿怕，两行花烛妆初卸。　女儿喜，绣倦停针看燕子。

春才道：“花烛是最可喜的，反说可怕，不通不通。也吃一杯。”原来蕙若的才貌不减素馨，且是赋性幽闲，不比素馨放浪，自与笑官议亲，父母虽则瞒她，却已有三分知觉，往往躲避笑官。这日行令，见姐姐风骚，早已红晕香腮，因道：“我不懂什么令，情愿罚一大杯。”春才道：“你天天做诗写字，怎么不会行令？要不说，吃十大杯。”便倒着一大杯酒。蕙若怕他用武，只得吃了。说道：

---

① 簇新——全新，极新。

女儿怕，女伴更阑谈鬼怪。　女儿喜，妆台侧畔翻经史。

春才道："第二句最惹厌的，吃一杯。听我说。"蕙若又吃了酒。春才道：

女儿怕，肚里私胎栲栳①大。

又指着笑官道：

女儿喜，嫁个丈夫好像你。

蕙若羞得低头不语。素馨以足暗蹑笑官。笑官说道："这句不通。怎说像我？不说像你？也要罚一杯。"春才道："我这尊容不如你，人家不喜欢的。你不相信问她两个，还是爱我，还是爱你。"素馨道："不要说混话，快吃酒罢。"蕙若量小，因灌了几杯急酒，坐立不安，便要告退。春才扯住了与她猜枚，又吃了三四杯，哪里还搁得住，早已躲进香房，和衣睡倒。春才已有十分酒了，说道："他年小不经玩的，我们三个来罢。"这素馨与笑官是有心的，两个定下机关，不上半个时辰，早灌得他如泥烂醉。妹子做了陈搏，阿兄也就做了陈扁，倒在炕上，同化蝴蝶去了。笑官也装酒醉，伏在桌上。素馨问丫头道："太太可曾睡么?"丫头道："睡多时了。此时差不多三更尽。"素馨说："你们扶苏相公睡在炕上，各自去罢。"她自己也便走进房中去了。这丫头们扶笑官同春才睡在一炕，又拿一床被，替他二人盖好，都去睡了。

笑官酒在肚里，事在心头，听得众人睡着，把春才推了几推，又拧了一把，毫无知觉，便轻轻地起身，摸到素馨房中。素馨却还挑灯静坐，忙忙的两相搂抱，解衣上床，姿情取乐。素馨搂着笑官道："你我这般恩爱，要想个万全之策才好。"笑官道：

---

① 栲栳（kǎolǎo）——用柳条编成的像斗一样的容器。也叫笆斗。

"趁这几天先生不在，我们还是轩中叙会罢。"素馨道："天气寒了，轩中只好日里头，晚上不便。"笑官道："除了轩中，只有这里。我却不敢来。"素馨道："也不怕甚的。就是我妹妹乖觉些，丫头们懂得什么！我想一条计策在此，你可肯依？"笑官道："我有什么不依？"素馨道："我姊妹二人，横竖都是嫁你的。妹妹虽然年小，却也有点知情。今晚趁她醉了，你去与她叙一叙，你看好下手呢便下手，不好下手呢也只要同她睡一会，以后就不怕她碍眼了。"笑官道："那个我不敢。"素馨道："不入虎穴，焉得虎子？不要过于胆小。我先过去看看她，若醒了，我替你对她说明；若还是醉的，我脱了她衣裤，任你去摆布如何？"一头说，披衣起来。笑官扯住她道："姐姐不要去罢，只怕她年幼。"素馨道："你还没有聘她，就这样偏心护她。我前日难道不曾吃你的亏么。"说毕径自去了。

看官听说，那偷情的女子，一经失足，便廉耻全无，往往百般献媚，只要笼络那野汉的心。素馨此计未免太狠。她拿了灯台，一直到妹子房里，只见房门未关，灯火还是亮的。揭开帐子一看，蕙若朝外躺着，好像一朵经雨海棠，酣睡未醒。轻轻地扶她起来，替她脱去上下衣服。蕙若此刻正在酒浓时候，竟浑然不知。素馨扶她睡好，又细细端详了一会，方才盖上衾①绸，走到自己房里，扯起笑官说道："已经安顿好了，由你自己去。"那笑官还是害怕，素馨道："不要浓包势！她喊起来，有我在此。"

笑官真个一步一挨地走到那边，挂上帐钩，揭开锦被，好好地钻进被中，一手勾住她的粉颈，一手将她上下抚摩。这蕙若虽

① 衾（qīn）——指被子。

然大醉，却隐隐有些疼痛，将身掉转。笑官连忙缩手，这只左手却被蕙若压住，将手一缩，蕙若早已惊醒。见有人搂着她，这一惊不小，喊道："姐姐快来！"便欲起身。奈身子还是软的，动弹不得。

笑官恐怕声张，被春才听见，连忙放手，先坐起来，说道："好妹妹，原是我不该。只是我还未敢冒犯。"蕙若方知是笑官，说道："你是读书之人，怎好这般狂妄。我母亲、哥哥请你在房吃酒，你怎么就好欺负妹子。"笑官见她不喊，也就宽了一半心，说道："因仰慕芳姿，无由致意。今日天赐奇缘，万望妹妹俯就。"蕙若道："婚姻之事，父母已有成议。于归之日，小妹自然奉事闺房，所以昨席间，小妹不敢回避。只是苟且之事，宁死不从。别人知道，小妹要羞死了也。"笑官见她口角软了，说道："我也不敢妄想，只是冻极了，求妹妹把被角赏我略温一温，我就出去。"说罢又钻进被来。蕙若原有一片怜念之心，因见他吓极了，又赤着身子，苦苦哀求，只得由他钻进，自己却缩至里床，摸着小衣，紧紧穿好。笑官得了好处，便慢慢地挨将拢来，双手搂住，摩胸接唇，又扯她下边裤子。蕙若吓得心头乱跳，又不好再喊，只得哀告道："好哥哥，我们既为夫妇，怎敢不依你？只是我还年小，方才睡着，凭哥哥捉弄，已经晓得的了，若必要如此，岂不要我疼死么？望你忍耐一二年，可好么？"笑官道："妹妹说得是，我原是爱你，难道害你不成。好妹妹，你放开手，穿着裤子，凭我玩玩罢。"蕙若只得依他。两个摩挲了一会，蕙若催他起身，说恐怕姐姐晓得。笑官便将前后情形告诉了她，说今日此来，原是姐姐的主意。蕙若道："怪不得昨日行令，她暗暗踢你，若得如此，一发好了。你快到那边去罢，何必苦苦缠我！我家哥哥，是看来不到天明不醒的。”笑官真个依她，原到素馨房里。

素馨因恐怕笑官造次，妹子声扬，披衣坐等，听得妹子喊了一声，后来不见响亮，知道有几分妥当。正欲解衣安睡，未免醋意新添，却好笑官又来，把方才的情景告诉一遍。又说道：“如今是令妹央我来的。又是替令妹，又是谢媒人。只得又要如此。”鱼水重欢，两情倍洽。素馨道：“梁园虽好，非久恋之乡。你须要睡在炕上，天明方好遮人眼目。”于是替他穿好衣服，来到中间。那春才还鼻息如雷，喃喃呓语。笑官鏖战了一夜，也就力倦神疲，倒头睡下。这素馨把两边房门关上，然后安睡。

再说史氏是个粗人，晚上饮酒之时，只防他们酒后吵闹，到楼下听了一会，却见他们欢然聚饮，便喜欢起来，因吩咐丫头照应，自己先去睡了。一早起来，便到后楼看视，丫头们还未起身。自己走上楼来，只见桌上杯盘狼藉，当中榻上，笑官和衣睡倒，春才却枕着笑官的腿，一床被歪在半边。忙唤丫头们起来，收拾家伙，自己将被替他两人盖好。走到素馨房中，房门却是闩上的。素馨听得母亲脚步，忙披衣下床，开了房门说道：“母亲起得恁早。”史氏道：“也不很早了。你们昨日闹到什么时候?”素馨道：“差不多有四更。我们姊妹先睡了，他两个还闹开一会。”史氏道：“妹子年小，你该晓得了。你们姊妹两个何不并做一房，让一个房与他们睡？你看睡在这冷炕上，怕不冻坏了身子！自己兄弟也罢了，人家孩子是爱惜的。”素馨道：“昨日酒醉，一时失于检点。”史氏道：“也忒不留心。”说罢下楼，叫人做醒酒汤伺候。素馨暗暗地好笑，一面梳洗。

不多时，他两人也都醒来，蕙若也晓妆完了。各人相见，蕙

若那种羞涩之态，更觉可爱可怜。春才道："昨日很吃得畅快，我们今天还要照旧哩。"素馨道："天天这样闹，不要醉死了几个！方才母亲来了，你还不看看母亲去。"笑官道："真个么？我竟不知道。我们两个一同去罢。"正是：

开门揖盗①亏痴舅，诈酒佯疯谢岳娘。

这李匠山在广粮署住了五天，笑官整整地狂了五夜，暗约先生来时，原在轩中午叙。这日匠山到了，正如娇鸟投笼，老马伏枥，一个个整顿精神，留心书本。唯有笑官心猿既放，意马难收，终日神昏智乱。况且接连几夜，既竭精力，又冒风寒，那柔脆的骨头，怎禁这番磨刮，不觉得了发热恶寒、头疼身痛的症候。匠山着苏邦回去禀过万魁，忙进城中延医看治，请了一位王大夫前来看脉。这医生诊了脉息，略问根由，来到书房。匠山请他坐下，医生道："世兄此症，因风寒感冒，加以书史劳神，致成外感内伤之症。幸喜病根还浅，年纪还轻，不难救治。况秋分时节，不是正伤症。如今先为疏散，待外邪既解，再补脾肾两经，就无事了。"匠山道："全仗高明。"那医生援笔写了一方：

羌活（钱半）　防风（钱）　生地（钱）　川芎（钱）

苍术（钱半）　黄芩（钱）　白芷（钱）　甘草（八分）

细辛（五分）　加姜（一大片）　大枣（四枚）

写毕，送与匠山观看。匠山道："冲和汤乃四时感冒之要药，先生高见，一定不差。"王医生道："还祈老先生酌定，晚生告退了。"匠山送了出去。笑官服药之后，出了一身汗，这病也就轻

① 开门揖盗——比喻引进坏人，自招祸患。

了许多。到第三日，王医生又来看脉，写医案云：

外感渐除，脉空浮而无力，治宜调卫养营。

人参（三钱） 当归（三钱） 黄耆（三钱） 炙熟地（三钱） 川芎（一钱） 柴胡（八分） 陈皮（八分） 台术（二钱，土炒） 破故纸（三钱） 茯神（三钱） 炙草（五分） 细辛（五分） 加大枣（二枚） 莲子（七粒） 服五剂。

再说温素馨自与笑官连夜欢娱，芳情既畅，欲火难禁。自从先生到来，至园中走了四五遭，并不见笑官影子，春才又不见进来，日间只与妹子闲谈，晚上却难安睡。挑灯静坐，细想前情。想到一段绸缪，则香津频咽；想到此时寂寞，则珠泪双抛。辗转无聊，只得拿一本闲书消遣，顺手拈来，却是一本《浓情快史》。从头细看，因见六郎与媚娘初会情形，又见太后乍幸敖曹的故事，想道："天下哪有这样奇事，一样的男人，怎么有这等出格的人道？前日我与苏郎初次，也就着实难当；若像敖曹之物，一发不知怎样了。这都是做小说的附会之谈，不可全信。"心上如此想，那一种炎炎欲火早已十丈高升，怎生按捺得住？奈闺阁深沉，再无别法，只得打定主意，明日到园静候笑官，以图欢会。正是：

个中消息谁堪诉，只有芳心暗自知。

话说那乌岱云的父亲必元，乃江西临江府人氏，住樟树镇上。本无经纪，冒充牙行①，恃着自己的狡猾，欺压平民，把持

① 牙行——旧时提供场所、协助买卖双方成交并从中抽取佣金的商号或个人。

商贾，挣下一股家私，遂充了清江县的书办，缘吏员进京谋干，荣授未入流之职，分发广东。又使了几百元花边①，得授番禺县河泊所官，管着河下几十花艇，收他花粉之税。无奈土妓满河，这几根铜扁簪，供不得老爷的号件；几双臭裹脚，当不得大叔的门包，——这乌老爷也就可怜极了。然这个缺，银钱虽赚不多，若要几个老举当差，却还是一呼而就的。乌必元妻子归氏，生了一子一女，已是四十外岁的人了。于是吩咐老鸨，挑选四名少年老举，时时更换，只说服侍夫人、小姐，其实自己受用。必元得了这个美任，吃着烧酒，拥着娇娃，夜夜而伐之，好的便多留几时。内中有个阿钱，年方十六，色艺过人，并晓得许多闺房媚术，必元最得意他。只是四十多岁的人，精力有限，阿钱虽教导他春方秘诀，那扶强不扶弱的药物，也不很灵；更兼阿钱这个千锤百炼的炉鼎，赤金也要消化，何况银样蜡枪头？渐渐地应酬不来。幸喜得乃父虽是个绒囊，令郎却可称跨灶。这“有事弟子服其劳”一句，岱云读得很熟，自与阿钱两个打得火一般地热、饴一般地黏。一日，被必元撞破，醋瓶倒翻，每人打了一顿，将阿钱撵出另换；因思儿子在家，终不妥帖，缘与温商交好，故送他来读书。但是岱云常时要到家中，阿钱虽然撵去，后来者未必不如阿钱，又受了阿钱的教训，养得好好的龟，这些女子，哪个不爱此一员战将？

这日在温家读书，因万魁来探望先生，并看笑官的病，适值温商在家备酒相待，岱云至后园解手。因见折桂轩旁菊花尚盛，赏玩了一番，隐隐听见有人叹气，想道：“这里通着内闺，断没

① 花边——旧时对银圆的俗称。

有外人到此。久闻春才有个同年姐姐，我向来有意求婚，只怕他同春才一样相貌，所以尚未启口。今日且去看看，可就是她？”便向轩前走来。远远的望见一个佳人，坐在榻上，低头若有所思。岱云魄荡魂飞，想道：“天下有这般美貌女子！今日天假其缘，断断不可放过。”忙走近前来。

原来素馨静守笑官，正怀着一腔春意，听得有人走进，认是笑官，抬头一看，却吃了一惊。那岱云是莽撞之人，只叫得一声“小姐”，便抢步上前，双关抱住。素馨着了急，喊道：“什么野人，敢这等无礼？”岱云道：“我姓乌，天天在你家读书的。今日遇着小姐，正是奇缘。这里无人到来，就喊也不中用。”一头说，已将素馨揿①在榻上，将口对着樱桃，以舌送进，就如渴龙取水，搅得素馨津唾汩汩，身体酥麻。素馨支持了一会，苦尽甘来，觉得津津有味，比笑官大不相同，慢慢地两手拢来，将他抱住。岱云乐极情浓，早见淮河放闸，只道是打头一个破瓜，那知步了笑官的后尘，毕竟有积薪之叹。岱云扶了素馨起来，替她穿好衣裤，素馨却动弹不得。岱云轻轻抱置膝上，温存一番，再订后期；素馨自然应允。岱云去了。

素馨坐了一刻，方才缓步回房，只觉得精神疲倦，躺在床上像瘫化的一般，想道：“果然有此妙境！他面貌虽不如苏郎，若嫁了他，倒是一生适意。况且前日梦中原有此说，今趁苏郎不知，叫他先来下聘，我妹子嫁苏郎，我也不算薄情了。”念头一转，早把从前笑官一番恩爱，付之东流。明早岱云重至园中，素馨已实能容之，岱云则不遗余力。你贪我爱，信誓重重。岱云因

① 揿（qìn）——用手按。

请假至家，告知乃父。必元是势利之徒，与富翁结亲，希图陪嫁，忙浼①了一位盐政厅吕公作伐②。老温一诺无辞，订于十月十八日行聘。

下回再叙。

① 浼（měi）——请求、央求。

② 作伐——即为人作媒。

蜃楼志全传

经典书香·中国古典禁毁小说丛书

第　六　回

赫致甫别院藏娇　李匠山曲江遇侠

浊世佳公子，芳情属绮罗。百年余恨少，一事放怀多。粉黛迷离境，温柔安乐窝。羊城天路远，那问世如何。

三载辞家客，珠江手乍分。雪宁遭犬吠，鹤已去鸡群。日照韶关路，帆飞赣水云。班荆留缟纻①，何处再逢君。

话说苏笑官，自服了调卫养营汤之后，病根日减，又服了十剂十全大补汤，方才元气如常。因先生不许他出房，足足地坐了一月有余，方由他自便；因一心记挂素馨，到园中散步。这十月中旬，天气渐冷，穿着羽毛缎绵袍，外罩珍珠皮马褂，意欲从园中一路转至惜花楼，再到上房玩耍。走至折桂轩前，想起前情，低徊不舍，却好素馨轻移莲步而来。笑官一见，笑逐颜开，忙上前说道："姐姐，我只道不能见面了，谁知却又相会。"素馨原不晓得他生病，今日却为岱云而至，见他此话正触着自己病源，因淡淡地说道："此话何来？我不过因看芙蓉，暂到这里。"笑官道："这就是我与姐姐的缘分了。"挽她的手来到轩中，意欲就在榻上，试她一月多的精神。素馨不肯，说道："如今不比从前了，这里往往有人到来，倘然撞破，你我何颜？"笑官只是歪缠，素馨只得任他舞弄一番。笑官也觉得较前松美，素馨仍恐岱云闯

① 缟纻（gǎozhù）——白色绢及细麻做的衣服。

至，略一迎承。笑官病后虚嚣，早已做了出哇的仲子。素馨忙忙起身回去，心上要想个谢绝他的法儿，只得与岱云订于傍晚相会。后来笑官到园，再不见面，自己进去看她，又是个不瞅不睬的样子。正摸不着头路，却好乌家的聘期已到。

这日温家鼓吹喧阗，亲友热闹，匠山与万魁亦俱在坐，又邀请众同窗与席。笑官婉辞谢了，闷闷地坐在房中，想道："不料素馨这等薄情，竟受乌家之聘！怪不得前两天有这等冷淡神气。"又想道："她是女孩儿家，怎能自己做主？她父母已经许下，料也无可如何了。只恨我生了这场瘟病，弄得一些不知，不晓得她还怎样怪我呢，我如何反去怪她！但是，她果不愿意，为什么不透个风与我？这事实难决断。"又想道："前日轩中相叙，不但情意不似从前，就是那个东西，也不比从前紧凑，不要我生病之时，被这姓乌的得了手？若果然如此，我与老乌就势不两立了！"又转念道："如今实授是他妻子，我自己亏心，怎么还好与老乌作对？我只说道喜，进去见他，便知端的。"于是打个大宽转，从大厅弄中走到上房。只见史氏陪了许多女亲在那里忙乱。笑官作揖道喜，史氏道："大相公为什么不在前头吃杯喜酒？"笑官道："侄儿病后调养，吃不得厚味。多谢了！我还要到姐姐跟前去道喜。"史氏道："她害羞，躲在房里。我不得空，叫丫头陪你去罢。"笑官走至后楼，上了扶梯，只见素馨房门紧闭，忙敲了一下，说道："姐姐，道喜的来了！"里头再不做声。立了一会，觉得无味，只得扫兴下楼。却见蕙若从前边走进，笑官立住，说了缘故。蕙若低低地说道："我也不料姐姐这样改变。我前日得了消息，再三问她，她只说父母做主，挽回不来。我又细察来，其中还另有缘故，劝你趁早丢了这条心罢。但是你我肌肤既亲，生死靡改，须趁早与奴做主。倘有差误，唯命一条。此后见面为难，千祈珍重。”一头说，那泪珠早已流下，怕有人看见，缓步上楼，将手一摇，挥笑官出去。笑官也不更到外边，竟由花园中走出，一心恼恨素馨，一心爱怜蕙若，觉得蕙若方才的话，何等激烈，何等细密，却想不出这“另有原故”、“见面为难”两句意思。——看官听说，这是蕙若见了素馨破绽，恐怕岱云波及于她，所以借辞婉告母亲，求她请父亲将园门堵断。她父亲已经允了。

笑官昏昏闷闷地过了一宵，次早起来，服了些滋补之药，一面打算觉察岱云，一面打算回去恳告母亲，作速行聘。到了傍晚，看见岱云园中去了，他便慢慢地跟寻。走到轩旁，听得有人言语，因踅至后边细听。只听得说道：“不要尽命的用力，前一回因你弄得太重了，你妻子疼了半夜，小腹中觉得热剌剌的，过了两天才好。”又听得说道：“不用点力，有什么好处？明年娶你回家，还有许多妙法教你。”笑官想道：“果然有此缘故。”因好好地向窗缝中望去。只见素馨仰躺在炕沿上，岱云踮①在地上，着实的大往小来。看了这棒槌样的东西，也就自惭形秽，想道：“怪不得素馨这般冷落我。他们既为夫妇，我又何必管她！我只守着我蕙妹妹罢，不要弄到寻獐失兔了。快回转书房，禀过先生回家要紧。”正是：

花谢花残花满地，任蜂任蝶任春风。

再说赫公谋任粤海关监督，原不过为财色起见。从得了万魁这注银子，那几千几万的，却也不时有些进来。又出了一张牌

---

① 踮（diǎn）——提起脚后跟，用脚尖着地。

票，更换这潮州、惠州各处口书，再打发许多得力家人，坐在本关总口上，一切正税之外，较前加二，名曰“耗银”；其未当税之物，如衣箱、包裹、什用、器物等类，也格外要些银子，名曰“火油银”，——都是包进才的打算。

这老赫终日只守着这一班雌儿，渐渐地觉得家味平常，想尝这广东的野味。因与家人马伯乐商议，伯乐回道：“这事何难？广东花艇都系番禺县河泊所管辖，只要小的去告诉乌必元一声，叫他选几十名送来，候老爷挑选。小心伺候了，赏他们几个花边就是。”老赫道：“你认真办去！须要拿出眼力来。”伯乐答应了，便坐轿往番禺县河泊所来。

那乌必元听说海关差人，自然格外趋奉，忙赶至仪门，接住进来坐下。必元道：“小弟不知大爷宠光，有失迎候。”伯乐道：“没事呢，也不敢到这里。因奉着咱老爷的钧谕，有事相商。”必元心上一惊，想道：“难道海关也想监收花粉之税么？”因说道：“不知大人有甚吩咐？”伯乐道：“咱老爷带着官眷到来，使唤的人很少，要乌爷在河下挑选几十个女孩子进去。老爷收了，自然赏银子出来。”必元道：“这事自当遵办。但不知大人要年纪小的呢，还要大些的？”伯乐笑道：“乌爷又不是读书人，怎么说这呆话？这使唤的丫头，大的小的要他何用？不过十四岁以上，十八岁以下的就是了。”必元连声道“是”，一面备酒款待，一面叫老鸨商役们伺候。伯乐仍恐妓女们知风远遁，当日即同必元下河，从扬帮一路挑去。那疍户①虽不愿意，因见本官的大驾、海关的势头，只得任从挑选，选中的上了簿

① 疍（dàn）户——旧称水上居住的人家。

子。差不多选了两天，这伯乐挑上四十四名，雇了轿子，送至海关。必元亲自押送。

老赫看了禀揭，吩咐必元外边伺候，众女子进西花厅候挑。自己领了一班姬妾颠倒检阅，选得色艺俱佳者四名：琴韵、爱涛、阿钱、似徽；姿色纯粹、未经破瓜者四名：又佳、环肥、可儿、媚子。余外的一概发回，赏出一千银子。将八人分四院居住，各派丫头、老婆子伺候。又叫爱妾品娙、品婷二人教习仪制，内账房总管品娃按月各给月银四两。老赫慢慢地挨次赏鉴。正是：

位置群芳随蝶采，不劳盐汁引羊车。

这笑官从园中看破岱云、馨姐私情以后，也便丢下这一条思恋之心，回家将息几天，恳他母亲求聘蕙若。那毛氏对万魁说了，央媒求帖。温仲翁羡慕苏家之富，而且笑官是个髫年①美貌秀才，久已有心，再无不允。一切行盘过礼已毕，笑官方至书房读书。这回因定了亲，史氏等倍加亲热，而姊妹两人却躲得影都不见。温商因女儿们大了，也就叫匠人将惜花楼侧门堵断，连那乌岱云也只好面墙浩叹、有翅难飞。

光阴迅速，不觉已朔风吹冻，岭畔舒梅。李匠山会集东家说明即日解馆，并新正回家，不能再留之故。众人还未答应，万魁接口道："先生回府，允遂孝思，料想白驹难挽。只是小儿久蒙训诲，小弟又屡荷栽培，报德何时？此心曷已？"匠山道："三载栖迟，或幸免素餐之诮。但诸郎天资各异，弟贻诮青出于蓝，实还抱愧。"万魁道："趁温亲台、乌亲台在此，弟有肺腑之言，还

---

① 髫（tiáo）年——童年，幼年。

求先生慨允。”李匠山道：“未审有何见谕？”万魁道：“弟闻先生大世兄年已十四，弟女珠儿，忝①属同庚，敢烦温兄为媒，小女愿奉先生大世兄巾栉。”匠山大笑道：“苏兄此话，说得太远了。弟僻处乡隅，家素寒俭，男耕女织，稍事诗书。不要说令爱小姐，闺阁名姝，难于亵渎；就是吾兄这等品格，只怕筚门闺窦②，有辱高轩。此议断乎不妥！”万魁道：“小弟承先生开导之后，久知富不足恃，贫大可为。先生反以贫富之见居心，转非从前一番教训本怀了。府上道路遥远，只要先生一纸书来，小弟自当亲送小女到府。弟意已决，幸勿固辞。”说毕，身边取出红缎庚帖，包着双凤衔珠金钗一股，递与仲翁转送匠山；匠山只得收下，亦取翠玉镇纸一方，权为聘物。两下又交拜了，方才开筵畅饮，尽欢而别。笑官跟着父亲回去。这富翁与贫士结亲，旁人未免笑话，万魁转觉欣然，实是难得。

自此腊尽春回，匠山定了行期，各处辞行；众人送的程仪，概不收受。拜别申象轩，申公又嘱了几句，同着荫之，主仆五人，雇船回去。温商父子在码头饯行，乌岱云亦到，还有向来认得的几个朋友。唯有万魁父子不来与饯，匠山并不介怀，众人却深诧异。

匠山别了众人，开船至花田地面，远远望见一个花姑艇上，船头站着许多人，却原来就是苏家父子。拢船相见，说道：“亲台此去，正如黄鹤冲天，不可复接。弟深愧少年孟浪，作事乖张，未审临别赠言，何以起死人而肉白骨？愿奉明教，以毕余

① 忝（tiǎn）——谦辞。有愧于。

② 筚门闺窦——形容穷苦人家的住处。筚门，柴门；闺窦，小户。

生。”匠山道：“亲台赋性唯聪，觉迷最早！世间唯‘乐善好施’四字，庶可奉以终身。但不可祈求福田利益耳。”匠山又对笑官道：“吉士年正髫龄，自宜潜心经史，圣人‘三戒’一章，最当三复。”笑官答应了。万魁道：“亲台之训，愚父子时刻铭心。弟于前日接到京中来信，小儿加捐贡生，予作北闱张本。将来师生一同科举，还祈照应。”匠山道：“这个自然。”万魁道：“小弟附具绵衣一箱、铺盖一副，路途稍御春寒，千祈笑纳。”匠山道：“推解之蕙，固不敢辞。只是小弟幸不至如乞食子胥，吾兄可不必为绨袍范叔。”万魁道：“这衣被之物，不过长途应用。亲台若再推托，得无近于矫情？”匠山道：“领教承情，不敢言谢。”痛饮一回，分手别去。万魁谓笑官道：“方才先生的话，你当谨志。我趁此船，进城拜贺新正，大约两三天耽搁。你自回去罢。”笑官即同几个家人回家。

到了厅后，二门丫头接了毡包，来到母亲房里，卸了外褂，便躺在母亲床上，说道：“今日喝了几杯酒，走许多路，腿酸得紧。”毛氏道：“你那脸还是飞红的，想是走乏了。”因叫巫云替他捶腿。这笑官是见不得女人的朋友，自与素馨拆开之后，在书房着实难熬，只巴着放学回来，将丫头们解渴。无奈父亲更加严厉，只教他住在外书房读书，不过日里头有事进来，夜间都宿在外面，弄得笑官英雄无用武之地。这日巫云与他捶腿，他趁着母亲转眼，便捏手捏脚起来。巫云不敢做声，只是微微地笑。他便对毛氏说道：“父亲有几天回来，外边冷冷清清的，我就宿在里头房里罢。”毛氏道：“横竖那边是空的。我对你父亲说了几回，说你该睡在里头；你父亲不依，他说要等你娶了媳妇，才许进来。如今你父亲不在家，你就在里头睡几天。我叫丫头们收拾房

子去。那边原有两个小丫头、两个老妈子看守，你怕冷净，我再叫几个大些的作伴就是了。”笑官道：“好母亲，那不干不净的我不爱，就叫巫云去收拾罢。”那毛氏笑了一笑，就叫巫云、楚腰两个去铺床挂帐、暖被熏香。笑官与妹子们吃了晚饭，吃得酩酊①大醉。这毛氏叫巫云、峡云两个扶着，自己送他进房，看他睡好了，叫楚腰、岫烟在榻前作伴，吩咐道：“大相公晚上要什么，不许躲懒。”又叫两个小丫头、两个老妈子睡在两廊照应，自己回房。

笑官原不十分大醉，听得母亲去了，一个翻身，叫巫云拿茶。原来这巫云在众丫头中，最为姣丽，笑官久已留心。毛氏因她年纪大了，怕她引诱笑官，所以不叫她作伴。这里两个丫头，楚腰、岫烟，都是中材之貌，听得笑官唤茶，岫烟推楚腰上去。楚腰道：“他唤巫云，不唤你我。”笑官叫了两回，岫烟只得倒茶递上。笑官道：“巫云呢?”岫烟道：“巴巴地叫她做什么？她陪着太太没有来，难道我们就服侍不上么?”笑官道：“不是这等说。只你一个在这里？还有谁?”岫烟道：“还有楚腰。廊下四个原是向来在这里看守的。”笑官道：“这里不用多人，楚腰且睡在外房，一人一夜轮班伺候罢。”那楚腰去了。岫烟关上房门，来接茶杯。笑官扯住她的手道：“你不要打铺，我们一床睡罢。”岫烟道：“我没福，向来不惯与男人睡，还是去叫巫云来陪你罢。”即脱了手，带着笑去铺他的被褥。笑官赤身跳下床来，一把拿住，剥个精光，一同入被。说道：“你今年几岁了?”岫烟道：“奴十四岁了。”笑官道：“傻丫头。十四岁还不懂事？且试试看，

---

① 酩酊（mǐngdǐng）——大醉的样子。

我也不是童男子，你权做巫云。”这丫头只得咬牙忍受。到了次日，楚腰也难免这一刀，也就算笑官少年罪孽。三人缠了四五夜，万魁已自回家，笑官仍旧搬出去。

万魁吩咐道：“你丈人、岳母很想着你，你明日须进城一走。但灯节之夜，不可任性猖狂。”笑官在家纳闷，一闻此言，连声答应。到了次日，带了苏邦、阿青进城，来到温家，见过老夫妇及两位姨娘。温商有事出门，史氏摆了酒席管待笑官。笑官要请馨姐相见，素馨哪肯出来？因史氏着紧催她，只得出来，见了一礼。笑官还望她同席饮酒，谁知一福之后，即便回房。史氏道：“大相公不知，她今年三月出阁了。”笑官道：“原来大姐已定佳期，容日奉贺。”史氏与春郎陪笑官饮酒，宿了一夜。

次日，笑官辞了史氏，一路拜贺新禧。又到广粮厅递了禀揭，各洋商家亦俱拜贺。转来又至乌必元衙内，必元款留备至。笑官请拜见归氏，必元领至后堂；笑官趋步上前，深深作了一个揖。原来河泊所衙署狭窄，这归氏母女同住着三间房子，中间一个小小起坐。笑官进来，必元之女小乔未及回避，笑官早已看见，觉得艳丽过人，暗想道：“老乌竟有这么个女儿！与乃兄截然两样。”归氏一面请他坐下，丫头递上茶来，那小乔才慢慢地躲进房去，却在房门挂下帘子，把笑官饱看了一回，心上也十分羡慕。须臾，笑官告辞出去，因岱云不在家中，便欲告退。必元那里肯放，说道：“难得世兄到此，小儿因到中堂司去贺节，明日一定回来，务必暂屈几天。这里什么玩意儿都有，不过地方狭小，有亵世兄。”就叫人把苏少爷的家人留住待饭，一面备酒筵相待。必元因他是个富家公子，将来很有想头，执盏殷勤，酒席丰美；吃完了饭，亲送他至里边房中安歇，又告诉他道：“这是

小儿的卧房，蜗居暂住，幸勿见哂。这后门外，有一小园，可以散闷。弟还有点公事。只得少陪。”必元去了。

笑官有了三分酒意，就歪在榻上暂息。此时那苏邦禀道：“小的要买些零碎，到大新街去走一遭，阿青也要同去。”笑官道：“速去速来，不要与人家争论滋事。”二人答应出去。笑官躺了一回，却睡不着，坐起来拿岱云的书本翻看。乌家家人递上茶来，笑官叫他出去。一面吃茶，一面翻弄，只见一本书内夹着几个海外奇方，细细地看了一遍，想道：“怪不得老乌有此风流妙具，原来是服药养炼出来的！”忙提笔抄了。立起来闲晃，因见后门开着，想道：“老乌说有甚园子，不知是个什么模样？”出得门来，但见树木参差，韭畦菜垅，却无甚亭台。沿着一条砖路迤逦前行，远远望见有几树残梅，旁边有几间高阁，因走至那边。那房子里头也摆着几张桌椅榻床，上边挂着“止渴处”三字的匾额，阁上供着一尊白衣观音，却极幽静。玩了一会，转身出来，扑面看见乌小乔分花拂柳而至，喜得笑官连忙作揖说道：“小弟不知姐姐到来，有失回避。”小乔红着脸，笑吟吟还了一礼，也说道：“这是小妹失于回避了。”笑官再欲开言，她已冉冉而去。笑官望了一刻，赞道：“好个聪明美貌的女子，竟出二温之上！我今日一见，不为无缘。”也便慢慢地回转房中。正是：

恍睹姮娥①下九天，盈盈碧玉破瓜年。

前身合是张京兆，多少愁眉绕笔颠。

再说李匠山别了万魁，扬帆前进，过了佛山，一路听得船家议论：近来洋匪日多，某处打劫客商，某处烧毁船只，只这一条

---

① 姮（héng）娥——神话传说里的月中女神，即嫦娥。

路上，还平静些，夜里却走不得；又说塘房汛兵，一半是勾连强盗的。匠山听了，却不在意，申荫之颇觉担忧。喜得吉人天相，十日之内，已抵韶关。因水浅到不得南雄，要换船起驳，将一切行李搬上，主仆五人暂寓客店。这曲江县袁公，与申公有些年谊，荫之进县拜谒，袁公留他便饭，黄昏还未回来。匠山叫家人把万魁送的铺盖打开，内有六床被褥，四绵两夹，洋毯被单之属，件件鲜明，匠山颇觉感怀；又把他的衣箱开看，无非羽毛大呢的各色绵夹衣服，内有洋布包裹，觉得十分沉重，再打开看时，一个描金小匣，六只大元宝、赤金六锭、副启一通，写着：

先生高怀岳峻，大节冰坚，魁日游于陶育之中而不觉，窃自恧①焉。幸婚媾已成，攀援有自。奈文轩遄发，空谷音遥，耿耿此心，其何能释？谨具白银三百、黄金二斤，少佐长途资斧。心共帆飞，言不尽意。

匠山看了叹息道："难得苏亲家如此用情，再无转去璧还之理。只是这项银子，要替他想一个用法才好。"因锁上箱子，秉烛看书。听得隔房有人捶胸叹气，因想道："这饭店中愁叹的朋友，一定是异乡不得意之人。不知可是文人学士否？"又隐隐听得"怎么处"三字，匠山按捺不住，吩咐家人李祥道："你到那边去问这位客官，为甚的夜间长叹？"李祥走到那边，见是黑洞洞地不点灯火，便说道："我家少爷问你，为什么夜里头这等叹气？"那人道："少爷便怎么？他不许人叹气；若是老爷，就不许人家说话了？这饭店里头闹什么牌子？劝他休管闲事罢！"李祥道："人家好意问你，就这样野气！"那人大怒道："哪一个野？

---

① 恧（nǜ）——惭愧，自愧。

你在这地方使势，谁怕谁？”李祥正要说话，只见店家拿着灯火走来说道：“那汉子不要惹事，这两位老爷从省中下来，是本县太爷的亲戚，你省些事罢！”那汉越发大怒道：“就是本府太爷的亲戚，也管不着我鸟来！”匠山听得喧嚷，也就自笑多事，忙走出来喝退李祥，因赔笑拱手道：“仁兄息怒。小弟因仁兄浩叹，所以叫他致问。不料小价粗鲁，触犯仁兄，望乞看小弟薄面。”那人因匠山人物雅驯，言词谦抑，也举手答道：“是在下冲撞了。”匠山见他虽则粗蛮，但英伟过人，一表非俗。因说道：“仁兄有何不豫之故，可好移步到小寓一谈否？”那人道：“承爷见爱，怎好轻造？”匠山道：“总是客居，何分彼此。”即同至房中。

匠山吩咐店主备酒，那人称谢，一揖坐下。匠山道：“不敢动问仁兄尊姓大名，因何至此？”那人道：“在下姚霍武，山东人氏。因哥哥卫武做了这里抚标的参将，特地前来看他。不料到了省城，哥哥升任福建。在下一无依靠，流落省城，致受小人之气。幸遇洋商苏万魁老爷，送我五十两银子，算清饭钱，赎了行李，打算回乡。去年十月到此，打听得哥哥调任碣石副将，正想转去投他，那知祸不单行，病了两月有余，盘费都已用尽，还欠了几两饭钱。真是进退无路！即此就是长叹的缘故了。”匠山道：“原来从前抚标中军就是令兄！”霍武道：“正是。敢问爷尊姓大名？”匠山告诉了他，又说及苏万魁是亲戚相好。这姚霍武喜得手舞足蹈，酒菜上来，并不推辞，一阵地狼吞虎咽。匠山见他吃得高兴，尽叫添来，一面又问他“投奔令兄，是何主意？”霍武道：“在下一勇之夫，并无别技。只是这两只手可举一二千斤，弓马也还娴熟，想在这沿海地方，拿几个洋匪，为朝廷出力，博一个荫子封妻。酒饭够了，就此告辞。”匠山见他直截爽快，因说："吾兄自是英雄本色！小弟薄有资斧，即当分赠，以助壮行。"霍武道："怎么好叨惠？"匠山即叫家人开了箱子，将万魁所送三百银子取出，说道："此原系苏舍亲所赠之物，即以转赠姚兄。"霍武道："此去惠州，不过二三十金就够了，何用这些？"匠山道："缓急时有。小弟的盘费有余，姚兄不必过逊。"霍武道："李爷磊落，在下何敢固辞？只是还有一言恳求应允，方可领谢。"匠山道："有何见谕？"霍武道："倘蒙不弃鲁莽，愿乞收为义弟，不知可能俯就？"匠山道："意出天真，一言已决。"霍武扑地便拜，匠山扶起；重又交拜，兄弟称呼。

申荫之也便回来，见过，说起转请县里雇船。霍武道："洋匪横行，他哪里怕什么官府？即梅岭旱路，亦窃盗蜂生。兄弟送哥哥到了南安，然后转来。"匠山道："一发妙极！我也不忍遽①别。"

明早真个一同下船。路上匠山还有许多劝谕开导之处。霍武感激领命，一直送过梅岭，下了船，方才洒泪而别。

① 遽（jù）——匆忙；仓促。

第 七 回

希宠荣河厅献瓦 受屈辱关吏投缳

世间财色浑无数，有个难贪处。王章三尺九重天，更一生辛苦。 载宝藏娇，精神如许，看年华几度。鬓浓须黑白头来，悔恨终无补。

再说乌必元定于三月三日迎娶媳妇，衙中结彩张灯，肆筵设席。温家亦复如是，并邀请一班女客陪送。先期二日，请了施家母女、史大妗子、苏家母女，来看发嫁妆。陆续到齐，各人见过，史氏命惠若见了婆婆。四个少年姊妹，格外殷勤，情投意合，一群儿同到后楼。这阿珠、阿美，还是生疏。那施小霞十分熟溜，而且风流倜傥，口角出尖，更有许多取笑之话。素馨妆着娇羞，应酬诸位，只是见了二苏，未免又转念到笑官身上；幸得笑官却未曾来。

他已在乌家多时了。温家嫁妆到来，他也无心观看，同着岱云的一班少年朋友，竭意吃喝，调笑顽皮。你说那几个：一个叫做时邦臣，本系苏州的告老小官，流寓省城，开一爿①时兴古董铺，会唱几套清曲，弹得一手丝弦；一个名唤施延年，他父亲系关部口书目，自己却浮游浪荡；一个竹中黄，一个竹理黄，乃父原任菱塘司巡检，婪赃发觉，瘐死监中，二子无力还乡，闲帮过

① 爿（pán）——量词，商店、工厂等一家称为一爿。

目；一个叫做曲光郎，杭州人氏，一字不识，硬充沙包，已失馆多年了。这五位都是赌博队里的陪堂，妓女行中的篾片。一见笑官，认定他是个道地阿官仔，各尽生平伎俩，尽力奉承；笑官也就认做他们是有趣朋友。直谈笑到晚上，方才散去。岱云约他们迎娶之日，一定要来，这些人无不谨遵台命。

笑官也要告辞，必元父子再三留住，说要过了三朝方可回去。必元亲送至内房安歇，叫家人退出，唤那当差的老举上来递茶。笑官也吩咐自己家人回避。必元握手私语道："弟有一事奉求，未知允否？"笑官道："老伯有何见谕？"必元道："小弟这个苦缺，近来越发苦了。用度浩繁，所入不供所出，近来又为着小儿亲事，用了许多，目下实难措手。可好恳世兄的情，暂借银三百两，待冬间措置奉还？"笑官道："这事容易。老伯要用，明日着人取来就是了。"必元打恭致谢，又说："蜗居简亵，世兄暂宿几宵。这丫头也云，颇觉伶俐，叫他伺候便了。"笑官道："老伯请自尊便，但是小侄不安。"必元道："忝在通家，何须客套！"说罢，告辞而去。

那也云便上前脱靴扯袜，解带宽衣。笑官只道他是乌家的丫头，不好意思调笑，即上床睡下。谁知也云替他盖好被服，便关上房门，脱了衣衫，挨身入被。笑官还未动手，她倒一手勾住颈项，一手竟摸至下边。笑官正是养足之时，况且年纪又大了些，又服了许多药物，也可称"三日不见，刮目相待"之士了。一番云雨，两意酣恬。也云更有擅长献媚之处，笑官反觉得未曾经历。问她道："你是哪里人？在这里几年了？服侍哪一个的？"也云道："奴是香山县人，去年到省。向在船上，今年正月进府当差，服侍他家小姐的。"笑官才晓得她是个老举，因问道："你家

小姐多少年纪？性情怎样的？”也云道：“她才十四岁，性情和顺，像有点儿憨的。”笑官偎着她脸说道：“你若能撮合小姐与我一会，我送你一百圆花银。”也云道：“这有何难？她从前看见了你，像有思慕的样儿。我明日同她到园，你在白衣阁下守候。这里忙忙碌碌的，哪个走到后边来？怕她飞上天去！”笑官大喜道：“你怎么这样知趣！”着实奉承一回，方才睡去。

次早起来，笑官叫进苏邦，到银铺中去支银四百两应用。不一时苏邦取到，那乌家这日忙忙地请客待媒，笑官请进乌必元来，交付过了三百银子，说道：“还有句话禀过，老伯承情留住几天，小侄怎敢违拗①？只是外面客多热闹，小侄最怕应酬，不知可好不去奉陪否？”必元道：“横竖得罪世兄，既是尊意如此，自然遵命，另送酒席进来。”笑官道：“那个不必费心。”必元袖着银子出去。

也云送上汤来，笑官递与她一百两银子。也云磕头谢了，说道：“这汤是我在小姐房中做的。他问我送与哪一个吃，我告诉了她，她说怪不得你昨晚一夜不来。大约过了午后，我同她到园中去罢！”笑官道：“须要随机应变，不可露一些儿圭角。”也云道：“这个不消吩咐。”

再说乌小乔容颜既丽，性格尤奇。她终日嬉游，外面却带三分憨态。对于她的父兄淫纵之事，未免动情，自己却有个择木而栖的主意。从新年见过笑官，十分欣慕。近日哥哥娶亲，她母亲因她年小，不要她料理，她坐在房中呆想。也云走来问道：“小姐想还没有吃饭，我去拿来吃了，到园中玩去。呆呆儿

---

① 违拗（ào）——不顺从，违反。

坐着做什么?”小乔道:“你可曾吃过饭么?”也云道:“我陪苏少爷吃了。”小乔道:“他怎么就这样抬举你,同你吃饭?”也云道:“苏少爷人物风流,性情和顺,天下男子里头也算数一数二的了。”又掩着口说道:“小姐不晓得,他比我们还柔媚些。”小乔红着脸道:“呆丫头不要太狂了!”也云带着笑,拿了饭来。小乔吃了一碗,对镜掠了鬓云,携着也云的手,径往后园。

慢慢地行至阁边,也云说:“小姐且在阁中暂坐,我落了一根簪子,去寻了来。”小乔点头,一手扶着梅树,一手往上摘那小小的青梅。树枝扳到屋边,笑官早已看见,忙走出来说道:“乌姐姐不要扎了手,我来替姐姐摘几颗罢。”小乔蓦然听见,也觉得一惊,回头见是笑官,便笑嘻嘻地说道:“原来是苏家哥哥在此。”意欲转身。笑官扯她进阁,小乔并不做声,只是憨憨地笑。笑官即将她抱至里边,置诸膝上。盈盈娇小,弱不胜衣。因拥至榻前,如此如此。小乔初还憨笑,继则攒眉,她最不晓得这事有这般苦楚!笑官亦怜惜再三,温存万态,草草成章。却好也云走进,笑官叫她好好扶小姐回房,自己也便出外。晚上与也云计较,悄地开了后门,至黄昏人静,竟到她闺中,三人畅叙。

次日迎娶之期,这一班帮闲人都到,把笑官闹了出去。晚上花轿进门,一样地参神拜祖,撒帐挑巾,直闹到三更,方才客散安寝。那边一对新人,拿出两般旧物;这里四条玉臂,拥着一个情郎:这河泊所府中颇为热闹。

无奈欢娱未久,离别突来。过了三朝,素馨出房,见过公姑。必元因笑官是温家至戚,敦请相见。笑官倒也罢了,这素馨的一种羞惭,却是西江难洗。岱云只道是新人故态,那知别有根由。里边正在见礼之时，只见家人禀说："赫大人衙门马大爷要见。"必元出去一会，进来对归氏道："苏世兄不是外人，有事不妨商酌。方才马大爷披着红，拿着一千银子，说关部闻得我家小乔容貌，要聘他为二夫人。事成之后，还许我兼署盈库事务。我已含糊答应，此事你须主张。"归氏道："这也没甚不好，不过小乔还年小些。"笑官听了此言，这惊不小，忙插口道："世妹闺中待字，岂少望族清门，海关以妾媵①相加，似为太过。况千金也非难事，老伯还要三思！"必元道："我原未必甘心，只因这关部性子不好，所以勉强应他。"笑官见话不投机，只得辞出，暗暗地教也云约小乔晚上至园中商议。

谁知也云去不多时，小乔已从书房后门进来，泪痕满面，纵体入怀，哭道："小妹虽则痴顽，承哥哥辱爱。前日之事，非哥哥强逼妹子，实是妹子心上愿意，为妾为婢，都是甘心的。今关部以势焰相逼，父亲贪利卖儿，这是宁死不辱。望哥哥设法救奴则个！"笑官也凄然下泪道："这是你我私情，教我怎生设法？且事生仓促，尤难挽回。方才略说数言，我看老伯是一定不依的，只索你且从权，我们再图后会罢。"小乔大怒道："始辱终弃已非君子之居心，况式好方新，便出此等不情之语！奴恨有目无珠，君宁问心不愧？奴即一死以报从前错爱之情。"言毕跳出怀中，以头触柱。笑官忙一把抱住，再三地赔不是，安慰她道："有我在此，你且放心，晚上定有计较。"也云已吓得呆了，恐怕有人撞见，忙做好做歹的，扯她自后门出去。笑官担着一腔愁闷，心

① 妾媵（yìng）——古时诸侯之女出嫁，以妹妹和侄女从嫁，称为"妾媵"。后泛指侍妾。

上就像千百个胡蜂攒①来攒去地一般。

不多时，必元进来，告诉笑官道："方才的话，小弟实属没法，只得应允。定于初十日过礼。弟弄了这个苦缺，实在转运不来，将来署了盈库，就可奉还世兄之项了。"笑官料道事已难挽，只得说道："银钱小事，老伯到也不必提起。侄于明早告辞回家，预先禀过。"必元道："暂住几天，候小女出门，然后回府罢。"笑官道："已经住久了，明早一定要回去的。"

必元去后，笑官无情绪地等到更深。也云走来道："今晚不必进去了，小姐自到这里来。我看她样儿像是断不肯到关部去的，少爷须要狠狠地劝回心，万一闹起事来，恐怕大家不便。我做梦也不晓得她有这等烈性，若早晓得，再不敢撮合此事了。"

约到三更时候，小乔也不晚妆，乌云乱挽，粉颊馀悲，泪人儿地一般走来。笑官忙替她拭去泪痕，搂着她劝道："妹妹是知书识字的，那破镜重圆的故事，古今很多，务必权时过去，待我慢慢地设法救你出来。断断不可执一之见！"小乔道："我也没有乐昌公主的福分。那侯门似海，去了怎么还想出来？我也晓得哥哥实是出于无奈，不敢怪你薄情，只是从今夜相见以后，妹子的魂灵永远跟着哥哥罢了。"笑官道："那个断使不得！这不是你爱我，并且是你害我了。"小乔道："怎么，我死了就害起你来？"笑官道："那海关的威势，哪个不知？若为我丧身，他难道不要查明缘故？这也云又熬不起刑罚，万一说出真情，岂非因奸致死，送我一条性命？我爹爹单生我一人，妹妹须要怜念。"那也云也哭告道："奴家服侍小姐，并不敢得罪，求小姐救奴贱命

① 攒（cuán）——聚拢，积聚。

罢。”左劝右劝，劝得小乔有三分转意，说道：“奴为着哥哥强颜受辱，不知哥哥有何妙计，可以使奴再见哥哥？”笑官道：“昆仑押衙之辈，世上不少其人，我拼着几万银子，散财结客，或者有个机缘。只是水中捞月之想，妹妹还须忍耐二三年。”小乔道：“苟可重逢，两三年也还不久。只怕奴家命薄，不能服侍哥哥，你我还须望天拜祷。”真个两人拜祝了一回。笑官取腰间所挂琪璧，拿在手中祝道：“我与乔妹妹如果后会有期，此璧掷地碎为两块；若是此后无缘，则此璧零星碎散。望赐灵应。”说毕，即用力掷下，却好好地分为两半。笑官大喜，将一半自己系着，一半付与小乔，说道：“此即你我之镜，妹妹珍重收藏。”又吩咐也云道：“小姐若进海关，你须同去服侍，还好不时劝解。将来我自另眼相看。”也云跪下道：“奴蒙少爷辱爱，自当勉效微劳，日后还求少爷收用。”笑官扶起道：“这个自然。”解衣就枕，欢少悲多。正是：

今夜今时别，伤心欲断肠。

巫岫云阻处，那复见襄王？

请问这赫关差虽是骄淫，如何便晓得乌家有女？却也有个缘故：从前那个老举阿钱，被必元打了一顿，心上很不耐烦，后来进入海关，因老赫问他广中的美女，他就把乌小乔说得天花乱坠，竭力保举一番。老赫那里晓得“官之女，不可为妾”的理，便与家人马伯乐商量；马伯乐逢君之恶，一力担当。假如乌必元果能强项，也正言厉色、明白开导一场，老赫又管你不着，难道怕他来硬摘了木戳、砍了脑袋不成？无奈这势利小人，就是海关不要，他也巴不得自己献出；况有人来说了一声，自然双手奉送！这样看起来，不是做书的格外生枝，半是岱云的果报，半是必元自己无耻。

老赫收拾了几间院子，到了日期，一顶小轿，四盏官灯，把小乔抬进。老赫已是半酣，醉眼蒙胧的一看：

眉分新月，眼含秋水汪汪；脸似夭桃，颊带露珠点点。纤腰一搦，轻盈掌上之珍；莲瓣双钩，绰约云中之步。岂是巫山窈窕，行雨才来？应怜出水芙蕖，污泥着脑！虽觉泪容惨淡，偏教媚态横生。

老赫赞道："果然与众不同！"众姬拥入香房。那也云却一步不离的侍候，暗暗告诉小乔道："小姐已经破身，停刻须要仔细照应，不可使他看出破绽才好！"小乔是拼死之人，不过为着姓苏的暂活，那里听他的这些言语。一会儿老赫进来，众姬退出。也云上前磕了头，老赫道："你是向来伺候新姨的么？"也云道："小的是乌老爷新近挑来伺候的。"老赫道："这老乌很会巴结。你且出去罢。"也云带上房门自去。老赫扬起帐子，小乔却和衣睡下；扯她起来，小乔自知难免，只得宽下衣服朝里而睡。老赫趁着酒兴，扳将转来，贾勇而上。小乔觉得他身上粗糙，也不甚理他。谁知玉杵乍投，花房欲裂，急将两手支撑。老赫那管死活，一往狼藉，直至绿惨红愁，方才云收雨止。一窗红日，老赫才肯起身。那伺候的丫头姬妾，早已拥进一群。老赫吩咐小心服侍，叫小乔新姨，班列品娙①之下。

自己踱了出来，走至书厅坐下。跟班呈上一个禀帖，老赫拆开看去：

惠州油尾口书办董材跪禀大人钧座前。禀者：小的于嘉靖十

---

① 娙（xíng）——古时宫中的女官名。

二年十月充当油尾口书办，于去年十一月交卸，共该解额税银十三万五千二百四十三两三钱一分。陆续解过银十二万四千九百四十二两余，该解银一万零三百零一十两三钱一分，即奉差催，于本年二月二十八日趱办齐集，二十九日在陆丰县佥批起解。三月初四日，至海丰县羊蹄岭左侧，陡遇洋匪五十余人，蜂拥前来，手持刀铳器械，抢劫饷银及行李等物，陆丰县添差及夫役人等，均各骇散，小的现被刀伤左臂。窃思洋匪肆掠，以至商贾畏缩不前，正额税银每多缺数，乃胆敢横行内地，劫去饷银，罪恶已极！伏乞大人咨明抚提二宪，发檄各营会剿，以完国课，以慰商民。除赴海丰县报明严缉外，理合据实禀明。

老赫看完，踌躇了一会，叫门上问话。那包进才已伺候多时了，老赫把禀帖递与他看，说道："这事怎处?"进才回道："据小的想来，这事还未知真假。那董材于去年更换口书的时候，拿着二千银子，希图留办，因老爷不依，换了人。这一万多银子，是他向来亏空的，就算被劫是真，也要着他先自填补，待拿住洋匪，再给还他，并没有豁免的理。"老赫点头，即提笔批道："汝于去年十一月卸事，所该未完饷项，何得于今年二月始行起解？其中宁无弊饰？税饷正供，自当先行赔补。除咨抚檄营擒拿外，着委员碣石胡同知查明起解处有无情弊，并将董材锁解来辕，勒限追比。"写毕，即付包进才发出，又吩咐把乌必元兼署了盈库大使事。

话说那惠州八口，乃是乌墩、甲子、油尾、神泉、碣石、靖海、浅澳、墩头，各口设立书办，征收贷税。这油尾口书办董材，他原姓施，即施延年的父亲，温盐商的襟丈。浙绍人氏。自幼在广充当埠商，娶了家小后，因有了亏空，被运台递解回籍。

他因恋着粤中，做些手脚，改姓钻谋。这口书办向例一年一会，都要用银子谋干的。油尾的缺，向来是三千花边钱一年，包进才改了四千，所以被高才捷足者夺去。施材已十分失意，又平地起了这个风波！当日被惠防军民府的差人锁拿解省，再三央告差人，先到自己家中，设席款待。他晓得这项银子，定要缴偿，历年寄回家中也有一二万之数，所以不甚着急，只不过叹息数年辛苦。因与儿子延年商议，陆续赔缴。谁料延年因有了这挣钱的父亲，天天浪费，嫖赌吃喝，丢得精光，家中只剩得一二千金。施材这惊不小，与儿子闹了一场，叫他竭力挪凑，自己却跟着差人赴辕投文静候。

少停，老赫升堂，先论他一个自不小心的罪名，迎风便是三十毛板，吩咐道："据胡同知替你分说，没有什么情弊，我姑饶了你死罪。但国课正供，不能刻缓，限你十日偿清，三日一比。"这施材磕头谢了下来，到了第三日，将家中所有凑满三千，支离免打。第二限上，延年将他母亲、妹子的首饰衣服及自己的几个箱子，典当一空，仅凑得一千三百银子。海关因过了六日，所缴不敷一半，又重重地三十竹片。施材打了出来，着实把儿子痛骂。延年也无计可施，回来各处求亲告友。

看官听说，患难之时，何曾见有什么亲友？况且延年父子向来不近好人，所以笑他的颇多，帮他的却没有。喜得广省粗直，不似江浙地方刁滑。延年跑了一日，还是温商帮了二百银子。延年只得将房子变卖，另租几间小房居住，又将三个丫头及家伙什物换银。到了限上，整整的二千银子交付父亲，说明此事，又道："此外再无打算的了。父亲须要设法求免才好，究竟不是我们自己吞吃的银子。"这施材到了十日，偿过六千多银子，老赫

到还人心，又转限十日。这包进才因索诈不遂，着实挑唆，又打了几限。

施材虽是个浪荡之人，却也向来受用，何尝经过官刑？儿子又躲得影都不见。央人寄信回去寻他，却好家中母女因无食用，也央人到此寻觅。施材叹了口气，对那人说道："烦你去告诉他母女二人，各寻生路罢，我是照应不来的了。"幸得海关无甚牢狱，这施材虽锁了颈项，还是散手散脚的，到了晚上，痛哭一场，解带自缢。明早报了关部，老赫将看守差人打了一顿，吩咐发与尸亲收殓，所该余欠，注在元着项下，拿住强盗再处。

延年也打听了消息，跑来号叫了一番，声言到督抚处喊冤。这少不更事的人，懂得什么？看见有人劝他，他就生了勒诈之念。正在争论喧嚷，早到了南海县知县钱劳，将尸首验过，海关家人禀明：因亏空正供，情极自缢的。这钱太爷叫上延年，说他以尸讹诈，尖尖地打了二十，假意要着他身上追缴余银，吓得延年磕头哀告，方才着他具了甘结①，抬尸回去。这钱公却是包进才着人请来的，后来自然谢他，不必絮及。

延年领了父亲尸首回家，母女恸哭一场。只是四壁萧然，不要说棺椁衣衾一毫无措，已是绝粮一日。延年又是两腿棒疮，坐着喊痛。小霞只得将头上一根簪子，谢了抬尸的人。看了这带伤的死人，真是有冤莫诉；思想要去借贷，那前日的光景可知。叫延年再到温家，私自求他妹子，那延年说道："他家又不欠你什

① 甘结——旧时交给官府的一种画押字据，表示愿意承当某种义务或责任，若不能履行，甘愿接受处罚。

么，好意帮了你二百银子，你到夜里偷瓜，只拣软的。我是没有这副老面皮！”左思右想，再无别法。这五月天气，受伤的尸首又渐渐地发起胀来，思量唯有卖了女儿，才能入殓。

且看下回。

第　八　回

申观察遇恩复职　苏占村闻劫亡身

仕途何用苦排挤，自有凌空照夜犀。百折性存犹桂辣，九重天近岂云迷。新迁官职唐观察，旧著山川越会稽。老我封疆惯传舍，一琴一鹤过江西。

恩怨由来刻骨深，百年身世要扪心。桃虫有力飞难制，蜂虿①无情毒不禁。苞竹已教从楚炬，洞房那复拥香衾。可怜枉死陶朱子，碧海茫茫自古今。

话说苏笑官自与小乔分别回去，心头哪里放得下？奈父亲严厉，不许他进城，只得暗暗叫家人打听。后来晓得已经送去，自然流泪伤心，幸得海关未曾试出破绽，却还自己宽慰。因端节着人进城中去各家送礼，回来说学里老爷于十三日合学月课，务必请相公走走。笑官禀过父亲，万魁道："这个极该前去。这十八日不是广粮申公的生日么？你须备礼进去拜贺，并问你先生有无音信寄来，一直至十九日回来罢。只是不要又去叨扰亲友，就住在自己宅里，也好查查苏兴经手的账目。你也不小了，来年替你娶亲，这家中便是你的事。我也劳碌不来！"笑官答应了。

十三日清早进城，月课已毕，便到温家探望。宿过一宵，史氏提起施家的话，笑官觉得同病相怜，就有个替他填补的意思，

① 虿（chài）——古书上说的蝎子一类有毒的虫。

却未曾说出。明日饭后坐轿，回豪贤街旧宅而来。到门前下轿，听得对门哭声悲惨，便问门上道："这对面向来无人居住，如何有此哭声？"那门上小子名唤限旺，禀道："是新搬来的施家，向来是当海关口书的。因这施口书被海关逼勒自尽，家中没有棺木，要卖女儿，一时又无主顾，母子哭子好半天了。大相公做些好事罢！"笑官道："你不晓得，他与我们有亲。快过去说，我去探望。"那小子去了，笑官也便踱将过去。见有一间门面，里头大约不过三间，甚不成模样。早见施延年接将出来，笑官执手慰问，便请他母亲相见。笑官叙了一番亲情，他母子诉了一番苦楚。笑官便吩咐阿青去问苏兴要三百花钱，并着他去寻一口好些的棺木，即刻就来。这史氏便曳了儿子、女儿，一同拜谢。笑官一一扶起，也不觉地淌下泪来，又见小霞虽则泪容憔悴，却是哀艳动人。笑官触着心事，悲痛之余，不大留意。须臾银子取到，交与延年。延年谢了，即央苏邦置办一切。笑官说道："昨晚在敝岳处，他家还未知凶问，也须送一信去。"即叫苏邦拨几个人过来伺候，自己却告辞回去，想起海关怨毒，未免又伤感一回。

不多时，只见春才走到，因他母亲得信之后，叫他同家人过来探问，又送了两担米、十两银子过来。两人相见，春才道："那边不是人住的地方，可惜我那霞妹妹脏死了，叫她搬到这里来住罢！"笑官道："人家有了丧事，不是玩意儿的时候。"春才道："我有一句话问你，你又是同窗，又是娣丈，须要教导我才好。"笑官道："什么事呢？"春才道："我听得我妈说，明年替我娶媳妇。我想一个陌生人，有什么好玩，我心上很不愿意。他们已经说妥了，这第一天怎么一个法儿？"笑官道："这也没甚法儿，只要同他睡觉就是了。"春才道："你不肯教我罢了。怎说混

话！我见人家生男子、生女儿是怎样的?”笑官道：“你同她睡了，她自然会教给你，不要别人教的。”春才道：“原来妻子又是一个先生！只是我家馨姐姐嫁了两个多月了，还没有生出什么来，难道她就不会做先生的么?”笑官道：“这个连我也不晓得了。”

这里正在说话，家人苏邦禀道：“那边一切都办妥了。施相公没有寄放灵柩①之处，还求大相公指点一个地方。”笑官道：“城外指月庵是我们的家庵，叫人先去说一声，就寄放那边罢。”又唤苏兴吩咐道：“十八日是申大老爷寿诞。你晓得申大老爷是不要十分丰盛的，须酌量备一份贺礼。”苏兴答应了。笑官留春才住了一夜，明日又到施家，早已成殓停妥，一家子都穿着孝衣孝巾。笑官同春才备了吊礼，拜奠一番。可笑那施材，非无许多朋友交情，这日开丧，刚刚只得两人吊奠，其余都是帮吃饭的邻居。草草地出城安顿，回家之后，春才已经回去。笑官又过去安慰一番，因见房子窄小，请房东进来，叫他再腾出两间，房钱问苏兴支取；又拿二百银子，为他们日用之费。这三人的感激，自不必说。

到了十七晚上，延年备了酒席，请笑官过去申谢。先是史氏拜倒，延年、小霞也都跪着，慌得笑官也忙跪倒，平磕了头，然后入席。史氏请笑官上坐，延年主位相陪，自己关席，小霞执壶劝饮。酒过三巡，史氏说道：“先夫在日，相交的朋友颇多，不料祸到临头，并无一人照应，只有温姐夫借了二百银子。先夫自经之后，殡殓无计，只得欲将此女卖了，葬他父亲。承大相公格

---

① 灵柩（jiù）——装有尸体的棺材。

外施仁，殁存均感，愿将此女奉为婢妾，以报厚恩，望相公俯纳。”笑官道：“姨母这话，只怕太重了。不要说你我亲情，理该照应，就是陌路旁人，见了此等伤心之事，也要帮补些。只是小侄进城迟了几天，送了姨丈的性命，已经抱愧，何敢言恩？表姐阀阅名媛，岂可辱为妾媵？这事断不敢领命。”史氏道：“此是老身肺腑之言。小女虽然丑陋，也还认得几字，相公若使唤她，未必至于倒捧笔砚。”延年道：“小弟向来游荡，因受了此番景况，才见人心。妹子得进苏门，自然终身有靠。倘若执意不收，我母子三人岂不原是活活饿死？”笑官道：“但且放心。虽则小弟未知日后如何，日下自当照应。只是亲事断难从命。”说毕，即起身告别。母子再三挽留，小霞红着脸执壶斟酒递上，笑官只得立饮三杯而去，又叫人送了许多米炭吃用之物过来。——看官听说，笑官风流年少，难道不爱着小霞？只因此番周济，出于一片恻隐之心，并无私念，不忍收她；况她与小乔的一段情肠，还未割断。这都是笑官的好处。只是施家母子放不下笑官，那小霞素晓蕙若的性情，也十分情愿。

笑官到了次日，进广粮厅祝寿。申公因他是儿子的同窗，匠山的亲戚，而且笑官又非惹厌之人，所以十分优待，他的礼全数收了，回敬了十匣湖笔、百幅松笺、十匣徽墨、一部诗稿。又说：“匠山一路平安，在南昌有信寄来，顺候令尊。刻下想已到家了。世兄得便，不时进来走走。近得京中来信，我大约不能久任于此，以后就会少离多了。”笑官应诺，禀辞回去。

因无甚事，即日出城回家，将申公所送之物呈上父亲，禀明申公说话。又告诉施家之事：“因见他同我们一样受累，所以帮助他些。他要将女儿送与孩儿，是孩儿已经回绝的了。”万魁大

悦道："我只说你年小，还懂不得事。这几件却办得很是！将来守了李先生之训，成我之志，便是你一生受用了。"正是：

失足回头晚益难，人情沧海任君看。

荣枯得失何须计，自有天公算一盘。

再说申别驾原是翰林外补，观察降调。内里与他不合的宰臣姓冲名抑，本是微员，一言契合，二年中升至中极殿大学士之职。他受这等恩遇，就该竭力报效才是，不料大权在手，黜陟[1]自由，睚眦[2]必报，婪赃舞弊，辜负圣朝，擢发难数。各大臣钳口不言，还赖皇上圣明，赫然震怒，抄籍赐死，妻子戍边。依在下的村见，那冲抑一生乾没，半刻消亡，落得个财命两失，就算是天理国法昭彰，分毫不爽的了。可笑那班科道，平时不见风力，到了冲抑赐死之后，拿着一张绵纸搓就的弓、灯芯做好的箭，左手如抱婴儿，右手似托泰山，对着那死虎乱射，说有什么依附的小妖，又说有什么伏戎的余莽，乞亟赐诛殛以彰公道。幸圣恩宽大，将所抄一切趋奉、乞怜、送礼、馈银的书禀，付之祝融，教这些内外大小臣僚，惭于心而不必惭于面；无非要他改过自新，勉图报称的意思。

内有一个湖广道监察御史，姓高名凤，从前也曾参过老冲，此时他偏不肯乱道，上了一疏，却与众不同：

湖广道监察御史臣高凤为奏闻事：臣闻刑赏明而天下劝，善恶别而公道章，此"五刑五用"、"五服五章"所以并著于《虞

---

① 黜陟（chùzhì）——指官吏的升降。

② 睚眦（yázì）必报——睚眦，发怒时瞪眼睛，借指极小的仇恨。形容心胸极其狭窄。

书》也。伏见皇上乾纲独运，一怒安民，罢冲抑而赐之死，籍其家而戍其孥①，从恶之尤者并赐斥革，附恶之次者责令自新，圣谟独断，刑期无刑。臣职忝谏台，不胜欣跃。特是冲抑既已伏辜，而从前之触其怒而革职、逆其指而降调者，未蒙恩复，臣窃伤之。夫一夫不获，恐伤仁圣之明，况众誉攸归，宜锡褒崇之典。伏乞诏部查核，奏请施行。

旨："这御史所奏是，该部核实具奏。已故者赐衔赐谥，其现在革职降调者，俱以原官擢用。"此旨一下，这广粮通判申晋，放了浙江金衢严兵备道。朝报到了广东，各官都至粮厅道喜。此时八月初旬，那苏吉士进城伺候乡试，得了此信，连忙进署恭贺。申公待茶送出，又告诉他道："这里还有经手事件，大约十月才可起身。尔时还要到府一叙。"吉士谢了出来。

转瞬三场已毕，那温家备酒接场，延年又请晚叙。原来他母亲因受恩深重，必欲以小霞送他，与延年商议。延年道："我见他屡次偷看我家霞妹，心上未必不愿意，只是碍了亲情，怕于物议。如今趁他在此，留他饮醉，叫妹子去打动他。但不知妹子肯否？"史氏对小霞道："这是你终身大事，你须自己拿定主意。不是我叫你无耻，不过要你报恩，而且我母子将来有傍。"小霞道："女孩儿家羞人答答的，教我怎样？他不收我，我只是永世不嫁人就是了。"史氏道："不是这等说。我原不要你怎样，不过叫你服侍他。"小霞道："这服侍原是应分的。"主意已定，即沽②了上好的绍兴酒，整备精洁肴馔，待他晚上回来。

---

① 孥（nú）——子女，亦指妻子与儿女。

② 沽（gū）——买。

这笑官在岳家饮酒，已是半酣的光景，傍晚辞回，延年母子早已恭候多时，拥了进去。就在这后边两间、小霞卧房外点了烛，薰了香，恭恭敬敬地请笑官坐下。史氏道："大相公晓得我们小人家备不出什么酒菜，先到那好的人家去了。只是这里所有，虽然都是大相公的，难为我们一片诚心。"笑官道："姨母怎说此话？今日自当尽量痛饮。姐姐呢？"史氏道："这里只有一个小丫头，没有动得手的人。我叫她自已上灶，虽没甚菜，也还干净些。"笑官道："这个越发不当了！停一日我叫人寻一个会动手的老妈子来。"史氏谢了，母子二人殷勤递酒。史氏又替笑官宽了衣服。一会儿菜已上齐，那小霞穿着一身素服，越显得粉面油头，来至席前。吉士即忙立起，史氏捺住了说道："大相公正在这里赞你手段，你来劝相公饮一杯。"小霞道："奴做的菜哪能可口？相公不要笑话。只是这里同家中一样，相公须要畅饮几杯。"笑官道："怎么姐姐这样称呼？"小霞道："这叫做各言其志。"即斟满一大杯，双手递上。笑官道："这酒我不敢饮，须要改了称呼，才好领命。"小霞以目流盼，低低地叫了一声"哥哥"；笑官欢然饮了，即回敬一杯。小霞道："妹子量浅，小杯奉陪罢。"此时延年已经躲过，史氏只说照应厨房，也自去了。笑官已有八分酒意，拿着大杯强劝小霞。小霞只得干了，夹着一箸蒸透的春鸭送过去，又斟上一杯酒，接膝挨肩，殷勤相劝。这笑官又不是本来道学，见了这花一般的人儿，怎么不爱？一面地握她纤腕，蹑她莲钩，渐渐地接唇偎脸，摩乳扪肤，竟丢了酒杯进房安寝。这一宵欢爱，不过是笑官得些甜头，小霞吃些痛苦。

次早起来，谢了史氏，说道："承姨母厚情，当图报效。只是妹妹还需暂居于此，俟明春娶了温氏，再禀过父母，然后来迎。”史氏允了。笑官又叫人买了两个丫头、一个老妈伺候，一连住了四五夜，方才回乡。到放榜之期，又进城歇宿。那榜发无名，也算是意中之事，不过多吃了几席解闷酒而已。

直至十月初旬，申公已定行期，万魁在家恭候，叫笑官进城拜送、敦请，伺候了两日，方才起身。那马头上，官员盐商等类，都各设公帐饯行，总督、巡抚、供差、家人，持帖候送，关部更独设一帐，亲自饯行。申公各处领情言谢，又与老赫执手叮咛了一会，直到挨晚，方才点鼓开船。笑官一同在船，到花田上岸。这里灯笼、火把、轿马之类，齐齐地摆了一岸。申公同笑官来到苏家，那万魁早已穿了公服在门，迎进厅中，灯彩照耀辉煌。申公请万魁换了公服，安席坐定。申公道：“屡叨盛赐，渴欲到府申谢，奈为职守所羁。如今不是这里的官，就可以往来任意。无奈钦限甚迫，有负厚情！”万魁道：“职荷大人覆载之恩，未能报答于万一，自分永当结草于来生，再命职子芳衔环于毕世。”申公道：“忝关亲谊，这话不无已甚了！令郎天姿诚笃，温厚和平，可卜将来大器。令婿已掇高魁了，可喜！可贺！只是匠山落落不遇，又落孙山，深为扼腕。”万魁道：“便是，李亲家一去，音问杳然，职时时挂念。未知可有书信来否？”申公道：“尚未接到。昨阅制台辕门小录，知令婿已中十二名经魁。折桂①童年，将来正未可量！”厨役上了三汤四割，申公起身告辞，又嘱笑官将来便道枉顾。万魁父子送出大门，人役簇拥而去。

万魁知道女婿中了，暗暗喜欢；又定了来年正月替笑官娶

---

① 折桂——折，摘取；桂，桂树的枝条。我国古代把科举及第比喻为折桂。

亲，先行请期礼。到了年底，果然接着江苏来信说，“小儿既中之后，定于冬月跟我进京，俟会试之后，再当赴广行聘完婚。”这合家的欢慰，更不必说。万魁打点送各家的年礼，命笑官进城，各处算账辞年。笑官依旧施家居住。久离乍会，忞有余妍。小霞嘱他：“乘间告诉父亲，娶奴回去。你明年娶了蕙妹，奴自然做妾，但不可恋新弃旧，使奴白首无归。”笑官安慰一番，逐日到各家去辞年算账，收下利银，都交苏兴承管。

这日在洋行算账回来，偶从海关经过，触着心事，想道：“我听得延年说靖海门内天妃宫新来一个异僧，未知怎样？今日顺便去访他一访。”便叫轿夫住下，自己同阿青步至天妃庙前。只见围绕着许多人，看那盘膝而坐的和尚：

发垂盖耳，宛然菩萨低眉；鼻耸遮唇，还像金刚怒目。合着一双空手，硬骨横生；赤着两只毛腿，紫筋暴露。提篮内摊几个不伦不类的丹方，葫芦中藏数颗无据无凭的丸药，虽似西方佛子，还同海岛强梁。

笑官分开众人，高声喝道：“和尚你坐在这里，还是参禅？还是化斋？”那和尚开眼一看，答道：“禅虽不参，却参透无边的心事；斋虽不化，也化些有眼的英雄。”笑官见他答得灵异，便道：“弟子虽然肉眼未知，可能借方丈一谈否？”那僧篮中取出一纸，暗暗写了几字，付与笑官回去拆看，他依旧坐好。笑官只得回来，在轿中拆看。上写着：“苏居士可于今晚至五层楼下候谈心事。”笑官大惊，想道：“他如何晓得我姓苏？这僧有些异样，不可错过。”

回家到了黄昏，带了阿青上街。家人只道他对门过夜，再不阻他。谁料他到了施家，吩咐众人“不必守候，我还有事耽搁”，便同阿青出了仓门街，望北而行。阿青不知缘故，提着灯跟着，走出街口。笑官叫阿青住了："我去去就来。"阿青道："相公使不得，此刻夜静更深，一个人到哪里去？还是小的跟去好。相公要访什么情人，横竖小的再不敢学舌的。"笑官道："胡说，你懂得什么？只要你在此等候。多只二更，少则一更，我就来的。"阿青拗他不过，只得由他。

这笑官走至五层楼边，那和尚已席地坐候。笑官忙拜倒在地，说道："弟子不知活佛临凡，有失回避。"那和尚扶起道："老僧西藏人氏，来此结一善缘，哪里是什么活佛？"笑官道："师父若非活佛，何以晓得弟子姓苏？又知弟子有心事？"和尚道："这是偶然游戏。但居士有甚疑难，老僧或能解脱。"吉士道："真人面前怎说假话。弟子父亲无辜被责，恨之一也；弟子年幼，不良于御女，失去一妻，恨之二也；贞妾被豪强夺去，恨之三也。师父果能设法搭救，弟子定当顶礼于身。"和尚道："第二事不难，顷刻可以见效。第三事的对头却是何人？"笑官道："师父慈悲为本，谅来不肯害人。弟子切齿之人，关部赫广大便是。"和尚道："原来就是此公。我还要化他一分大大的斋粮！要趁汝心，须依我计。"笑官道："斋粮弟子尽能措办，只是计将安出？"和尚道："也不用什么大计。居士回去只要四布谣言，说新到番僧，善能祈子，顷刻间传入关部之耳，就可报命了。"笑官依允，和尚即于囊中取出丸药三枚，说道："服之不但为闺房良将，并可却病驻颜。尊宠姓名须要说明，此后不必再会。"笑官拜受了，又告诉他小乔姓名。和尚挥之使去。

笑官转来，已是三更时候，街坊寂静无人，阿青在街口哀哀地哭。笑官喝住了，跟着同行，到了施家敲门而入，那小霞还挑

灯坐守。笑官要叫丫头出来烫酒，小霞道："不必支使他们，这里有现成的，原是我预备着候你的。你到哪里去了这好一会?"笑官道："不过算账罢了。"小霞搬出几个碟子，两人接膝饮酒。笑官暗暗将先天丸噙化入口，觉得气爽神情，那一股热气，从喉间降至丹田，直至尾闾，觉腿间岸然自异，即搂住小霞，叫她以手扪弄。小霞一手摸去，早吃了一惊，解开看时，较前加倍。小霞细细盘问，笑官一一告诉，嘱她不可泄露机关。又吃了几杯急酒，解衣就枕。太阿出匣，其锋可知。慢慢地挨了一回，方觉两情酣畅。从此笑官已成伟男，小霞视为尤物，落得夜夜受用。

各处账目俱已算明，大约洋行、银店、盐商的总欠三十万余，民间庄户、佃户及在城零星押欠共二十余万。笑官收了五六万利银，交苏兴收贮，又支一千银子与小霞过年；自己急急回去，将城中买回之物分派与母亲、妹子、姨娘等，家人、丫头、仆妇俱有赏赐。万魁见他办事清楚，十分放心。

腊尽春回，吉期已到。万魁吩咐将笑官所住的内书房，改为新房，将花氏搬出另居，这院子改做外房，添了六个丫头、四个仆妇伺候。一切铺垫都已停妥。这温家的嫁资，十分丰厚，争光耀日，摆有数里之遥。苏家叫了几班戏子，数十名鼓吹，家人一个个新衣新帽，妇女一个个艳抹浓妆，各厅都张着灯彩，铺着地毯，真是花团锦簇。到了吉日，这迎娶的彩灯花轿，更格外的艳丽辉煌。晚上新人进门，亲友喧阗，笙歌缭绕，把一个笑官好像抬在云雾里一般。接宝迎龙，催妆却扇。酒阑①客散，婿入新房。吩咐众人退出，亲手替蕙若卸去浓妆，笑道："妹妹，久不会面，

① 酒阑（lán）——指酒筵将尽。

越发娇艳了。”一面调笑，一面宽衣就寝。罗襕甫解，贯革维艰，蕙若则丐君徐徐，笑官则怜卿款款。日上三竿，新人睡起。那新来的丫头仆妇，进来磕头，笑官一一赏过。三朝之后，见过公姑。万魁因儿子新婚，不忍叫他出门，但新年并未至各家贺节，只得自己进城一走。

从来说漫藏海盗。这万魁的豪富，久已著名，前日迎亲，又不该招摇耳目，那乡间地方眼孔小的多，何曾见过这样嫁娶？就有一班从前欠租欠债、吃过万魁亏的小人，纠合着与盗为伙的汛兵、沿塘的渔户，伺着万魁不在，四十余人明火执仗前来。到了门首，几个上屋，几个放火，几个劈门，呐声喊拥将进来。家人们睡梦里醒来，正不知有多少人杀进，各各寻头躲避。众盗却不知库房系家人经管、在中门外边，一直拥至上房，杀死了两个丫头。这毛氏躲在床后，众盗掳掠一空，各处寻新人房子。

这笑官正与蕙若取乐一番，交颈睡去，忽听喊声大起，情知有变，急起身下床，至天井中，一望火光冲天，喊声震地，便欲开门出去。蕙若赤着身，一把拖住道：“强盗放火，不过掠取财物，并不想杀人。你这一出去，不是碰到刀头上去么？快些躲避为是。”笑官道：“那边复壁之中，可以躲得。只是他若放起一把火来，不是我们活活的烧死？”蕙若道：“他在外边放火，不过是唬吓人，到了里头，他要照顾自己性命，再不放火的。”正在商议，听得门外人声聒耳，慌得两人穿衣不及。笑官忙扯一件自己的皮套，替她披上，好好的躲在壁中，也照应不来丫头仆妇。

不一时，那班强盗劈门拥进，倒笼翻箱，直到五更才去。这夫妻两口，抖做一块，天明还不敢出来。那些躲过的家人，天明进来看视，先到上房乱喊，毛氏才从床底下钻出，所有房中之物已都拿去；忙拥到笑官房中，只见箱笼也是一空。丫头们房内却分毫未动，一个个爬将出来，只不见了少爷、少奶奶，翻床倒架，那里寻得出来。笑官已明知是自己家人，但蕙若身上只披着一件大褂，下体赤条条的，自己也未尝穿裤，所以不敢做声。听家人喊道："不好了！少爷、少奶奶都被强盗抢去了！"收拾的收拾，进城报信的报信，忙个不了。

再说万魁进城，住在旧宅，清早起来洗面，只见苏兴喘吁吁的跑进来说道："老爷不好了！花田院子被强盗打劫了，大门大厅都烧了。"万魁这一惊不小，忙问道："可曾伤人么？"苏兴道："杀了一个苏正伯伯，两个丫头，还没有查出名字。"万魁正在悲痛，又见家人董茂跑来说道："不好了！家中各房抢劫一空，少爷、少奶奶都抢去了！"万魁一闻此言，霎时昏倒在地。家人们连忙扶到床上，灌进姜汤。万魁微微苏醒，只叫得两声罢了，已是呜呼哀哉。

下回分解。

第九回

焚夙券儿能干蛊　假神咒僧忽宣淫

冯谖弹铗于孟尝，收债市义三窟藏。番禺下士名苏芳，契券汗牛充栋梁。付之一炬何堂皇，钱虏咋舌讥滥觞①。侠客愧汗惊望洋，嗟彼延僧祈福祥。揖盗养虎寻豺狼，珠围翠绕众妙场。夜半罗衾佛放光，莲花坐涌莲瓣香。迷津普渡真慈航，愚智吾分上下床。

话说苏万魁在城惊死，幸喜苏兴尚有三分忠义，吩咐众人看守，叫几人下乡报信，听候主母到来定夺。这送信的人下乡，笑官已经出来料理各项，着家人报官看验。幸喜不过劫抢两房，库房及各房俱未惊动。失去金银首饰衣服之物，虽记不清楚，大约四五万金；伤人三命，烧了两进门厅。正要自己进城与父亲商议，那城中报信的已到。笑官大哭一场，举家都哭个不了。笑官吩咐将董茂锁住，候县太爷到来禀明发落，自己即领着一家大小进城。他同母亲妻妹先行，着两位姨娘细细地在后收拾，又派几个老年家人媳妇们等看守。

一会儿到了城中，抚尸大恸②。苏兴方晓误报之过，幸而自

① 滥觞（lànshāng）——原指水流发源处的水极浅小，只能浮起酒杯。《孔子家语·三恕》：“夫江始出于岷山，其源可以滥觞。”王肃注：“觞，可以盛酒，言其微。”后以此比喻事物的开始。

② 大恸（tòng）——极悲痛，大哭。

己没有亏心，上前叩见。笑官道："你很懂事，这开丧出殡之事，你与苏邦两人料理。各人派了执事，开单呈看。一切丧房事务，去请温老爷、潘老爷与那边施相公一同照应。里边请施太太、温太太主持。在花田地方看来住不成了，着老成家人去搬取库中存贮银两货物及小姐、姨娘房中物件上来。"苏兴、苏邦答应下去，一面买棺成殓，一面送讣开丧。笑官又将小霞之事禀过母亲，请她过来一体受孝。开了五日丧：第一日是往来乡宦及现任佐杂衙门；第二日洋行各店铺同事朋友；第三日是一切姻亲；第四日女亲；第五日是本族本支。停了五七，方才发引举殡。这各亲友的路祭，约有二十余家，一直出了大东门祖茔安厝①。

笑官因在家守制，将家中诸务料理一番：把苏兴升做总管，代了苏元，兼管库房、贷物房事务；苏邦管了仓廒②、一切乡间的银账、租账；苏玉承管城中银账；伍福管了大门；叶兴管了买办。皆立有四柱册子，着苏兴按月收付稽查，上了各项档子，自己一年一算。又定了规矩：男子十二岁以上，不许擅入中门，女子不许擅出正厅。后步中门外设下云板，门外着八个小子轮班听候差遣传话，门内着八个仆妇轮班当差或递送物件，晚间即于耳房安歇守夜。自己收拾两处书房：外书房在正厅西首，系阿青承值，外派跟班六名；内书房在女厅东首，四名识字丫头轮值。将五间大楼奉母亲、妹子居住，五间后楼住两位姨娘。东院六间，对面平房蕙若居住；西院的一样六间，小霞居住。以上各房都照旧派丫头、仆妇等伺候。家人生女，十一岁进宅当差，十九岁放

---

① 安厝（cuò）——指把棺材停放待葬。也指安葬、埋葬。

② 仓廒（áo）——储藏粮食等的仓库。

出婚配，生子亦照此例；其有情愿在宅者，听其自便。内里银钱，总管委了小霞，巫云、岫烟帮办；内厨房叫叶兴家里承管，又命苏兴家的、苏邦家的、伍福家的每人十日进内监察。这些仆妇丫头倘有不是，轻则自行责治，重则回明撵逐。后边园子派两房家人看守，承值打扫。共一百五十余名家人妇女，俱照执事轻重，发给月钱，从三两二两至五钱不等。外边苏兴，里边小霞，逐月发付。一番经理，井井有条，各人亦都踊跃。再老家人苏元，三子二女，长子听其出户归宗，余俱恩养在宅，月钱从重给发。其花田新宅，并行变卖，一面着人到番禺县去禀请追缉。

这番禺马公，从前已经看验过了，饬捕严拿；将董茂打了一顿，发回这里，也就撵了。后来捕役拿住两个乡民，一个叫做白阿光，一个叫做赖得大，都系苏家的债户。供称："因欠债破家，起意劫抢。共合伙四十六人，他们都已逃散，我们因得了双倍财利，剖分不匀，延迟被获。"番禺县当下将两人寄监，吩咐严拿余党。

家人回来禀明，笑官方知就里，心中想道："我父亲一生，原来都受了钱银之累！"感事伤心，不觉泫然泪下。因唤苏邦上来问道："你经手虽未多时，一切乡间银账及陈欠租项，共有多少？"苏邦回道："乡账本银不到三万，连利共该七万有余。租账共有三处：花县的田共三千二百余亩，系庄头王富经手，共欠粮米五千八百余石；东莞的田二千七百亩，系庄头郑升经手，共欠粮米一千二百余石；番禺的田共六千七百有零，系庄头包福经手，共欠陈租一万九千五百余石。这三人前日上来磕头，小的与他算过，叫他赶紧追讨，他们应许十分之二的。"笑官道："你将银账上的借券及抵押物件，由单文契，都查明封好；再唤齐债户，于三月初三日俱赴花田宅中聚会，我有话吩咐。”苏邦答应下去。

笑官在家闷闷不乐，却好施延年过来，二人饮酒消遣。那延年恨不得将天外海底之事，多造出几样来告诉笑官，笑官忽然触着道：“我去冬在城看那天妃宫的和尚，别无所长，不过善于求子，你须将这话替他传扬开去，也算善缘。但不可说明出自你我二人之口。”延年道：“这很容易。姐夫不晓得，我相好的朋友最多，这一人传两、两人传三，不消三五日就可以传遍省城的。”又低低说道：“姐夫守孝在外，哪里受得起这许多冷落？其实也不必过拘，还是进里边歇宿的好。”笑官道：“我也不过恪守①时制，在外百日，原一样进去、一样出门，大哥不必挂念。只是大哥须要赶紧寻一头亲事，事奉母亲，该用什么银两，我自当措办。”延年告谢出去。

到了三月三日，笑官坐了一乘暖轿，挂下轿帘，清早下乡来至花田。那看守的家人上前叩见，笑官吩咐两边伺候。苏邦领着许多乡户，陆续前来。但见：

鸠形的、鹄面的，曲背弯腰；狼声的、虎状的，摩拳擦掌。破布袄盖着那有骨无肉乌黑的肩膀，草蒲鞋露出这没衬少帮泥青的脚背。挤挤拥拥，恍如穷教授大点饥民；延延挨挨，还似猛将官硬调顽卒。

吉士吩咐叫几个年纪老成的上来。众人互相推诿，才有七八个人上来，唱了一个肥喏，意欲跪下。吉士忙叫人扶住，问道：“你们都是欠我银子的么？”那些人道：“正是！不是我们故意不

① 恪（kè）守——严格遵守。

还，实在还不起。求少爷发个善心，待今冬年岁好了再还罢！”笑官道：“我并不是替你讨债，见你们穷苦，恐怕还不清，所以待你们打算。你们每乡各举几个能书识字的上来！”因叫家人将他们抵押的东西，一齐拿出。那众乡户共有三十余人走上，笑官道：“众位乡邻在此，此项银两本少利多。当初家父在日，费用浩繁，所以借重诸公生些利息；此刻舍下各项减省，可以不必了。诸位中实受穷苦的，本利都不必还；其稍为有余者，还我本钱，不必算利。这些抵押之物，烦众位挨户给还，所有借券，概行烧毁。这是我父亲的遗命，诸公须要各人拿出本心，不可有一些情弊。”众人一闻此言，各各欢喜，说道：“蒙少爷的恩，免了利银。这本银是不论贫富都要还的，就着我们为首的人清理便了。”笑官道：“不须费心，诸位只要将抵押物件仔细发还，凭各人的良心便了。”说毕，即将许多借票烧个精光。众债户俱各合掌称颂，欢声如雷而去。笑官觉得心中爽快，下船进城，吩咐苏邦：“此事不可声扬。你回去速写谕帖三张，分送至各庄头，将所欠陈租概行豁免，新租俱照前九折收纳。方才这些债户倘有送本银进城交纳者，从重酌给盘费。”苏邦答应遵办。笑官还家，叫苏兴销了档子，自己至父亲灵前，哭禀一番，在家守制。不题。

再说那天妃庙前的和尚，本系四川神木县人，俗名大勇，白莲余党。因奸力毙六命，逃入中藏安身。为人狡猾，拳勇过人，飞檐走脊，视为儿戏。被他窃了喇嘛度牒①，就扮做番僧，改名摩刺，流入中华。在广西思安府杀了人，飘洋潜遁，结连着许多

---

① 度牒——旧时官府发给出家人的证明身份的文件。

洋匪，在海中浮远山驻扎。因他力举千斤，且晓得几句禁咒，众人推他为首，聚着四千余人，抢得百来个船只，劫掠为生。近因各处洋匪横行，客商不敢走动，渐渐地粮食缺乏，他想着广东富庶，吩咐众头目看守山寨，自己带了一二百名勇健，驾着海船，来到省城。将船远远藏好，同了几个细作，入城打听得赫关部饶于财色，他就极意垂涎；又不知那里打听得老赫求子甚虔，他就天天对着众人说："善持白衣神咒，祈子甚灵。"前日瞥遇苏吉士到来，说了几句隐语，吉士信以为真；殊不知他看见吉士面上有些心事，又见跟他的阿青拿着姓苏的灯笼，所以说那几句。幸得吉士没有请他供奉在家。他也一心想着关部，还算吉士的福运亨通。却不该将乌小乔的名字告诉他，要他做什么昆仑奴，这又是吉士的梦境。但那求子之说，吹入关部耳中。

此时老赫最喜乌必元的奉承，一切生财关说之事，颇相倚重。必元又与包进才结为兄弟，走得格外殷勤。只是小乔那种悲苦之状，一年来未见笑容，老赫不大喜欢。叫她父亲劝了几回，小乔只是不理。必元着恼，禀过老赫，将他拘禁冷房，只有也云服侍，无非要驯伏她的意思。这小乔到深为得计，淡泊自甘。

这日必元上来请安，老赫提起急于得子的话，乌必元就力荐此僧。老赫即叫人传进。这和尚大模大样，打个问讯，朝上盘坐。老赫问道："和尚本贯什么地方？出家何处？有无度牒？仗什么德能，敢在外边夸口？"那番僧回道："俺西藏人氏，向在达勒浑毒教主座下侍奉，法号摩剌，并无德能，不过善持解脱、白衣诸咒。奉教主之命，替人祈福消灾。度牒到有一张，不知是真是假？"即于袖中拿出递过。老赫接在手中一看，但见虫书鸟篆，尖印朱符，知是喇嘛宝物，忙立起身来双手奉还，说道："弟子有眼不识真如，乞望慈悲恕罪。”即延至后堂，请他上坐，自己倒身膜拜，每日清早同夫人胡氏虔诚顶礼。

约五六日光景，老赫要窥探他的行踪，独自一个潜至他房外，从窗缝里头张看。见这和尚在内翻筋斗玩耍，口里呐呐喃喃的念诵，穿的是一口钟衲衣，却不穿裤子，翻转身来，那两腿之中，一望平洋并无物件。老赫深为诧异，因走进作礼。摩刺坐下，老赫问道：“吾师作何功课，可好指示凡夫么?”摩刺道：“老僧有甚功课，不过作大人生男之兆耳。”老赫大喜道：“吾师如此劳神，弟子何以报德?只是方才看见吾师法象，好像女人，却是什么缘故?”摩刺道：“老僧消磨此物，用了二十年功行，才能永断情根。若不是稍有修持，我教主怎肯叫我入罗绮之丛，履繁华之境?”老赫信为真确，后来竟供奉在内院，里头姬妾都不回避。那品娃、品娇、品娙、品婷十数个北边女子呼为活佛，朝夕礼拜，争思得子，便可专宠后房。无奈老赫年纪虽然不过望四，因酒色过度，未免精液干枯，靠着几两京参广中丸药。日间还要闹小子，夜里又恋着这可儿媚子年幼的人，这一月中到不得两三夜。所以西院这些女子，长吁短叹的很多，虽天天求子，那不耕之田，未必丰收五谷。

这摩刺打听得银钱是品娃经手，便想先制伏她。一日早晨，众姬膜拜已毕，摩刺开言道：“众姬且退，单留娃姨在此传授真言。”即附耳说了几句。品娃出来，众人问她说什么。品娃道：“各人的机缘，谁敢泄露?你们只要信心奉佛，自然各有好处。”品娃到了自己房中，忙忙地收拾洁净，晚上遣开丫头，焚起一炉好香，一人静坐——原来是摩刺告诉她说，她命该有子，当于晚间焚香独候，我来传汝捷径真言，所以虔诚等候。直至月上二

更，见天井中一个黑影跳下，品娃心上一吓，那活佛已走进房中，据床趺坐①。品娃瞻礼已毕，即叩请真传；摩刺扶起她来，将她抱住。品娃晓得他是太监和尚，却也并不惊心。摩刺道："我有枕畔真言，系得子捷径，当于枕边密授，不知你可愿意?"品娃道："能与活佛同衾，奴家善缘非浅。况佛爷是我们一般的人，有何疑惧?"即替他解下衲衣，两股中真无物件。品娃也脱衣睡下。那摩刺却腾身上来，品娃倒笑将起来，说道："佛爷想是鲁智深出身，光在这里打山门则甚?"摩刺道："不进山门，怎好诵经说法?且看佛爷的法宝。"摩刺放开手段，品娃早已神魂荡漾，不暇致详；接连丢了两回，死去重醒，摩刺还不住手。品娃只得两手按住，再四哀求，摩刺暂且停止。品娃道："师爷原来有这等本事！但不知向来藏在何处?"摩刺道："这是纳龙妙法，俗人那知色相有无?"品娃打了他一下，由他再动戈矛，直至五鼓频敲，方才了事。摩刺起身趺坐，默运元功。品娃觉得满身通畅，四肢森然，反搂住了他说道："奴家有此奇遇，不枉一生。未知可能再图后会否?"摩刺道："后会不难，且包管你怀妊生子。只是你一人承值不来，须要伙着众人，方好略施手段。"品娃道："这同院姊妹四人，都是奴家的心腹。我明日约齐在这里，听你怎样，可够么?"摩刺答应而去。

果然次晚品娃告诉三人一同领教。这三人哪个不想尝异味?俱在品娃房里取齐，四个团脐，夹攻这一根铁棒。那摩刺忒也作怪，还逼勒着四姬，都递了降书、降表，方呵呵大笑，奏凯而还。这品娙腹痛，品娇攒眉，品婷立了起来，仍复一交睡倒，虽

---

① 趺（fū）坐——佛教徒两脚盘腿端坐的姿势。

得了未迄之奇，却也受了无限之苦。品娇道："这和尚不是人生父母养的，那东西就像铜铁铸就一般，我们哪里搁得住？如今我们这院子里的丫头，共有二十几人，除去小些的，也还有十五六个。我们一总传齐了，各领四人，与他拼一拼，看谁胜谁负？"品娃道："妹妹不要说痴话。我们向来上阵的，还抵不住他，何况这丫头们，只怕一枪一个死。何苦作这样孽！"品婷道："姐姐说得是，你我也算惯家，尚且输了，何况他们？我闻得东院新来的阿钱，他有什么法儿，何不叫他来盘问？他要奉承姐姐，再不敢不说的。倘若我们学会了，就可一战成功。"品娃道："我也听得老爷赞他，我明早就唤他来盘问。只是我们都要多吃两碗参汤，保养着身子，才好冲锋打仗。"

众姬商量御敌之策，只有乌小乔在冷室之中一些不晓，摩刺虽然记得姓名，幸得留恋众人，不暇计及。这日正与也云闲话，忽见门房开处，他父亲蓦地走来，小乔起身接进。必元见他云鬟不整，憔悴可怜，又住着黑暗地方，不禁潸然泪下，说道："我前日那样劝你，你偏不肯回心，致受这般苦楚，叫我看了怎不伤心？近来大人请了一位活佛，在府求子，他奶奶们一个个诚心顶礼，求他传授真言。你若肯去拜求，他原是我荐来的，一定教你。你将来生了儿子，得了荫官，你岂不就是一位太太了！好孩儿，你听我的话，将恶气儿捺下，将好气儿放些出来，我替你求一求大人，放你出去。若还是这样，就一世禁在这里了。你花一般的人儿，刚才开得一两瓣，岂不误了青春？"小乔哭道："孩儿自到这里，哪一样不依着他，我天生这个样子，叫我怎么来？"必元道："你在家中一样的会说会笑，而且笑的时候多，我还不时吆喝，为什么到了这里一点儿笑容都没有？大人原爱你，只嫌

你这一样。他说只要你笑了一笑，还要升我的官呢！你就算尽了点孝心，笑一笑罢！”小乔道：“那悲欢苦乐，如何勉强得来？爹爹要想升官，何不再养几个会笑的女儿，送与总督、巡抚，还可以升得知府、知州，不强似盈库大使么？”必元大怒道：“这贱人怎么倒挺撞起我来！你春风不入驴耳，从今不必见面了。”立起来，忿忿出去。小乔叹口气道：“我看你靠着这座冰山，只怕春雷一响，难保不消。我这污辱之身，自然不能再奉苏郎巾栉，天可怜再见一面，也就死而无怨了！”

必元惭忿走出，见过老赫，老赫问他道：“你去劝她，她怎说？”必元连忙跪下道：“生了这等不肖女儿，都是卑职的罪孽。求大人格外宽恩，暂时饶恕罢！”老赫道：“她原没有什么不是，不过是不讨人喜欢。迂拙孩子，我也不忍凌虐她，且过几时再处。”必元谢了站起。

老赫又问道：“我们应收税项，各处都有缺额，将来复命之时，我哪里赔偿得起？你须替我想个法儿。”必元道：“这事卑职也曾同包大爷议过，大人还须传他进来，通同商议。”老赫即唤进包进才问道：“那税项缺额，你同乌老爷怎样商量？”进才回道：“小的仔细想来……这税银是明明因洋匪太多，商贾少了，收不起，并不是那个侵渔的。此刻屈大人因报了贼匪歼除，海洋宁谧①，加了一级。人家得了好处，我们到代人受过，将来赔补额税，屈大人难道帮我们不成？依小的意思，老爷将这洋匪充斥、商贾不通的情形，奏上一本。现在各处禀报劫掠案件，不下五十余处。去春董材的被劫自经，今春姚副将又因不能剿办洋

① 宁谧（mì）——安定，平静。

匪，督抚参了，这都是证据，不是我们扯谎。”老赫道：“这主意很好！那姓屈的本来任性，不懂事。我也顾不得许多，你吩咐郝先生写下奏稿，拿来我看。”说毕，两人退下。

老赫踱至里边，来到西院，见品娃等同着阿钱说话。老赫道：“你为什么到这里来？难道也想拜活佛求子么？只怕轮你不到！”品娃道：“是我挑中了他，叫他过来的。老爷就这么动气？我要留他伺候我呢！”因吩咐阿钱道：“以后不许过去了，老爷喜欢你，难道不许我们也喜欢么？”品姪笑道：“我们这心下的同心上的搭在一块儿，恐怕他心里嫌不斯称！”老赫笑道：“我倒没什么偏心，只怕你们到有点儿寻气。我与活佛说话去。”

品娃一晚同阿钱在床，不知说了些什么话，学了些什么法，后来与摩刺对垒，四位女元帅也就战翻了一个贼光头。下回再叙。

第　十　回

吕又逵饭店联盟　姚霍武海丰陷狱

才下南安春早，梦绕池塘芳草。凭将只手欲擎天，削定海洋诸岛。平山村墅好，埋没英雄多少！横枪轮槊①订交情，笑看岭南天小。

职愈小，性弥贪。一赃官，刑偏酷，鼻都酸。要诬奸，三十两，最恩宽。　　风流女，忒刁钻，爱盘桓。因私仆，两情欢。祸临头，看果报，有多般。

话说姚霍武回转南雄，要到碣石，本有一条小路，可以逾山通岭的，因他不认得路径，就搭一只便船，直到惠州上岸。将一根生铁短棒，挑着箱子铺盖，大踏步而行。时值暮春天气，广中早稻都已插莳，绿野风来，神清气爽。这五六十里路，不消半日，已到平山。

走进客店，放下行李，那柜中一个彪形大汉，把他上下细瞧，举手问道："客官何来？可是要安歇的么？"霍武道："咱从惠州而来，到碣石去的。这里有空房？借宿一宵，明早赶路。"那汉道："客房很多，客官任便。"跳出柜来，替他拿行李。霍武这根铁棒，重有五十余斤，又加着这担行李，那汉两手提了提，笑道："客官好气力，拿了这家伙走路？"霍武道："也不多重。"

---

① 槊（shuò）——长矛，古代一种兵器。

一头说，走进一间房子。霍武坐下道：“有好酒好肉，多拿些来。做一斗米饭，一总算账。”那汉道：“有上好太和烧，是府城买来的。猪肉有煮烂的、熏透的两样，牛肉只有咸的，大鱼、龙虾都有。”霍武道：“打十斤酒，切五斤熏肉、五斤牛肉来，余俱不用。”那汉暗笑而去，叫伙计捧了两大盘肉，自己提了一大瓶酒，拿进房来。霍武一阵吃喝，肉已完了，便叫店家。

那汉慌忙赶来，问道：“客官可是要饭么？”霍武道：“不要慌。你这牛肉再切五斤来。”那汉暗暗吃惊，便叫伙计：“多切些牛肉，再拿五斤酒来，我陪客人同吃。”霍武听说他也会吃酒，便道：“你何不早说会吃酒，这里且先喝一碗。”这店家真个就坐在一旁陪吃。霍武道：“我看你这等身材，方才拿行李进来，不甚费力，也算有气力的了。你姓什么？”店家道：“小人姓王，名大海。本处人氏。向在庆制府标下充当乡勇，每月得银二两，堵御洋匪。后因庆大人去了，这乡勇有名无实，拿着洋匪没处报功，反受地方官的气，月银也都吃完了。所以弟兄们不愿当乡勇，各寻生路，开这饭店，权且谋生。”霍武道：“怎样没处报功，反要受气呢？”大海道：“从前拿住洋匪，地方官协解至辕，少则赏给银钱，多则赏给职衔。我这两三县中，弟兄十五六人，也有六七个得到职衔的。如今拿住洋匪，先要赴当地文武官衙门投报，复审一回，送他银子，他便说是真的；不送银子，他便说是假的，或即时把强盗放了，或解上去报了那有银子人的功。那出银子买洋匪报功的，至数十两一名，所以我们这班乡勇倒是替有银子的人出力了！这样冤屈的事，哪个肯去做它？”霍武道：“何不到武官衙门报去？”大海道：“武官作不得主。他就自己拿了洋匪，也要由州县申详，不过少些刁蹬罢了，况且武官实在有

本事的少。可惜我们一班无可效力之处！”霍武道：“这碣石镇姚大老爷可还好么？”大海道：“他是武进士出身，去年到此，做官认真，膂力也很强，武艺也出众。只是与督抚不甚投契①，一向调在海中会哨，不大进衙门的。我见客官这等吃量，料想也是我辈中人。还没有请教名姓？”霍武道：“咱姚霍武，东莱人氏。碣石姚协镇，就是胞兄。”大海道：“原来是位老爷，失敬了！请问姚爷因甚至此？”霍武说明从前原委，并说如今要到碣石去协拿洋匪的意思。大海道：“不是小人阻兴，那拿洋匪的话，姚爷不必费心。就是令兄大老爷这等忠勇，只怕也要被督抚埋没哩！”霍武道：“一个人学了一身本事，怎不货与王家？你们的见识太低了。”大海道：“小人辈虽有些膂力，却是无人传授，武艺平常，倘得师傅，也可助一臂之力。”霍武道：“这个何难！不是咱夸口，十八般武艺都有些晓得。你们倘情愿学习，当得效劳。”大海即忙下拜道：“师父如肯教训小人，当约齐众弟兄一同受教。”霍武扶起他来说道：“横竖家兄不在署中，我去也无用，就在此点拨诸位一番。只是打听得家兄转来，就要去的。”当晚尽欢。

次早霍武住下，大海着人分头去请众人。不多时，来了三个大汉，靠柜桌子上团团坐下。大海道：“今日相请众弟兄到来，非为别事。我们空有一身膂力，武艺却未精通。昨日店中来了一位姚爷，是碣石镇姚大老爷的兄弟。我所以约齐诸位拜他为师，学些武艺，将来很有用处。”内中一个许震道：“二哥，你见过他武艺么？”大海道：“虽没有看见，料想是好的。”一个吕又逵道：

① 投契——投合；意气或见解相合。

“二哥怎么长他人志气，灭俺自己威风！这姓姚的在哪里？且叫他来与我厮拼一回再处。”大海道：“五弟不可造次。我看这人，我们四个拼他一个，恐怕还不是对手。”又逵大叫道：“二哥怎说这样话？快叫他来！”一个尤奇说道：“二哥、五弟俱不必争论。从师一事，也不是儿戏的。如今且请他出来一会。你这一点点地方，也难比较武艺，西江书院门首，最是宽阔，我们吃了饭，大家同去玩一回。他输了不过大家一笑，他胜了我们就拜他为师。”众人称善。

大海进去请了霍武出来，各人见了，道过姓名。一顿的大盘大盏吃完，大海述了众人之意；霍武是个好胜的人，欣然应允。同至书院门前，果然好一个平正阔大的去处。霍武道：“若用兵器，未免不意伤人。我们还是较一较手技罢。哪一位先来？”这吕又逵力气最大，性子最爽，便上前道：“我来！我来！但我也要讲过，打坏了，我是没有银子替你买药的。”霍武笑道：“不消费心，我自己会医治的。”那又逵脱了上盖衣服，扑面地双拳齐上。霍武侧身躲过，就势里在又逵腿上两指一按，那又逵已好好地坐在地上，却不爬起来，伸起右脚，押他小腿一勾。霍武走进一步，又逵勾一个空，左脚早已飞起。霍武眼明手快，轻轻地一手接住。又逵躺在地下大叫道：“不要用劲，情愿拜你为师。”霍武放了手，又逵翻身就拜。霍武扶他起来说道：“何必如此？适才冲撞，幸勿见怪。”又逵道：“我的好师父，须要教我一世，才快活哩！”

尤奇道：“姚爷本事，我们自然都该拜服。这里庙前有三块大石，不知可好试试气力否？”霍武道：“我们就去。”众人拥着，

连这些看的约有百来人。转过庙前，只见端端正正摆下三块石，大小不同。尤奇道："这块小的呢，我兄弟们常玩的；中的只有吕兄弟拿得起；那大的却从来没有人举过。"霍武道："这石约有多重？我只好试试，举不起时诸兄休要见笑！"便将长衫撩上，大步向前，将那块中的轻轻拿起，不过千斤。霍武一手托住，叫众人闪开，用力一掷，去有一丈多长，那土地上打了一个大窟窿，石已埋住。又将这块大的掇将起来，不过多了五百余斤，霍武却毫不在意，两手拿到胸前，也是一手托起，在空地上走了一回，朝着那从前这块石头又一掷，听得天崩地裂的一声，底下这石变为三块。众人各各惊骇道："姚爷神力，真是天下无双！不知可肯收留小人们为徒弟否？"霍武道："承诸兄见爱，我们就兄弟称呼，说什么师父徒弟。"众人大喜，一同来到店中，杀猪宰牛，各各下拜，欢呼畅饮。霍武又叫人先去碣石打听，姚大老爷可曾回来，自己用心传授。大海又各路传集他相好兄弟褚虎、谷深、蒋心仪，武生韩普、戚光祖五人，一同学习。

光阴箭去，倏忽半年有余。霍武因同气相投，且哥哥没有回衙，不觉耽延有日。这日，隆冬天气，兄弟们在野外大路边较量弓箭，见驿骑飞马前来。霍武忙上前一把兜住马头，问他哪里来的。那人见霍武凶勇，回道："我是碣①石镇标把总，因大老爷有紧急军务，差到惠州提台大人辕下投文书的。快放了手！"霍武道："姚大老爷回辕没有？"那人道："哪得回来！还在海里。"霍武才放开手，早已扬鞭飞去。

① 碣（jié）。

霍武对众人道："承贤弟见爱，本不该就去。只是我哥哥有警，我当急去帮扶。"又逵道："哥哥若去，小弟情愿相随。"大海道："哥哥不须性急，且过残冬，来春我们大家同去。凭他什么洋匪，仗着大老爷虎威，我们众弟兄协力，怕他不手到擒来！"因同至家中。霍武准要明日起身，众人再三劝留。尤奇道："方才那把总说大老爷现在海中，这洋面比不得岸上，哪里去寻他？哥哥决意要行，也须打听一个真实。这里离碣石不过四百里，只要打听得大老爷回辕，三四天就到，有什么要紧。"霍武踌躇了一会，说道："也不须再去打听，新春一定前去。兄弟们且耐性等候，看着机会，我寄信到来。"众人都各依允，只有吕又逵说道："偏我不依！哥哥到哪里，我都跟到哪里。我又没有家小，天南海北，都跟着去。"当晚无话。

果然过了冬天，新春已到。众人依依不舍，初则苦苦劝留，继则轮流饯别，直迟至二月二十日，才得起身。又逵先挑着行李侍候，两人撒开脚步，逢店饮酒，不论烧、黄，直至月上一更，方到鹅埠。各店俱已客满关门，只有靠北一家虚掩了门，灯火还亮。两人进去投宿，里边却无一客，见一个老儿呆呆地坐在凳上，立起来说道："客官，这里不便宿歇。过一家去罢！"又逵道："你敢是欺负我们外路人不认得么？这点子鹅埠地方，少说也每年走四五遍。你家是个老客店，今日如何不肯收留？"那老儿道："老汉因有些心事，不能照应客人，所以暂停几天的。"霍武道："我们不过两人，不须照应，权宿一宵。望老人家方便！"那老儿道："既是不嫌简慢，暂宿何妨。"因叫伙计关上店门，自己领他至客房安顿，说道："请问二位尊姓大名？从哪里来？到哪里去？老汉好去挂号。"又逵

道："我到认得你姓何，你如何不晓得我姓吕？这位老爷是碣石镇姚大老爷的兄弟。我们从平山而来，一同到碣石去的。"何老人道："原来是位老爷。吕大哥也还有些面善，只是肥黑得多了。"霍武道："这客店之中要挂什么号？"何老人道："因近年洋匪紧急，去年这羊蹄岭侧，劫去饷银，所以官府于各店发了号簿，凡客商来往者，都要注明姓名及来踪去迹，以便稽查。"又逵道："我们是去拿洋匪的，难道也要挂号么？"霍武道："这是地方官小心之处，兄弟不可不报。"何老人道："老爷们想必未曾用饭，待老汉去做来。"又逵道："我们吃了一天寡酒，你这里有好肉好酒多拿些来，再做上二斗米饭。"何老人道："吕大哥的量是向来好的，我去叫人拿酒菜来。"二人放下行李，打开铺盖，酒菜已送进来。吃了一回，何老人走来说道："肉可够了？倘若嫌少，还有一个煮烂的猪头。"又逵道："尽管拿来。"这老人真个又去切了一大冰盘热烘烘的猪头。霍武叫他坐下说道："你也用些。"何老人道："老汉是一口长斋，酒肉都不吃的。"

霍武道："你这店家很老成，为什么不多留些客人？你有什么心事？"何老人道："一言难尽。老汉所生二子：阿文、阿武。这小儿子阿武才十八岁，恃着有几斤蛮力，终日在岭上捉兔寻獐，不管一些家务。大儿子阿文，认真做生意，老汉全靠着他。去年三月，替他娶了管先生的女儿，相貌既端方，性子又贤惠。不料阿文于去年十月得病死了。"话犹未毕，早已掉下泪来。霍武道："你老人家不要脓包势，一个人的死生寿夭都有定数，算不得什么心事。"何老人道："这还罢了。到了十二月里头，近邻钱典史叫家人拿了二十两银子，要买我媳妇为妾。老汉虽然痛念儿子，仍恐媳妇年少，守不得寡，且与她商量。媳妇一闻此言，号啕大哭，即往房中斩下一个小指头，誓不改嫁。老汉也就回绝了钱家。直至今年二月初八日夜里，忽有五六人跳过墙来，在媳妇房外天井中，捉住一个人。老汉着惊起来，看见这人，却不认得他，认做是贼。那班人说是捉奸的，当即打进媳妇房中，将媳妇从床上捉起，也捆住了一同报官。这牛老爷审了一堂，将贼押了，媳妇取保回家，却没有问得明白。今日差人到来，说明日午堂覆审，老汉打听得钱典史送了牛巡检三十两银子，嘱他断做奸情，当官发卖。媳妇闻知此信，今日又上了一回吊，幸得家中一个老妈子救下。姚老爷，你说这难道不是心事么?”霍武大怒道：“什么牛老爷，擅敢得了银钱，强买人家的节妇?”又逵道：“哥哥不知，就是这里巡检司牛藻。从前我们拿住洋匪，被他卖放了许多，最贪赃、最可恶的。”霍武道：“老儿你且放心。我明日在这里暂住一天，看他审问，倘断得不公，我教训他几句就是了。”何老人连忙拜谢，又进去打了几斤酒，搬些鹿脯兔肉之类出来。

听得敲门声响，何老出去开看。原来是他第二个儿子阿武回家，肩上背着一管鸟枪，手中提着几个獐兔，撞进门来。何老道：“你还只是天天在外。今日你嫂子又上吊了，还不在家照应照应。”阿武道：“怎么只管上吊?”何老说明缘故，阿武道：“我去把这贼典史、瘟巡检都一刀杀了，嫂子也可不必上吊了。”何老喝道：“还是这样胡说！快随我来，客房中有碣石姚协镇的兄弟在此，你去见他，一同商议。”阿武放下家伙，跟着进来。且不见礼，一眼望去，早见床前竖着一根铁棒，便抢在手中，晃了两晃，觉得称手，便问道：“哪一位是姚老爷？这就是他用的兵器么?”霍武道：“只我便

是。这算什么兵器，不过借他挑行李罢了。”那阿武才上前相见，各道姓名，同桌饮酒。说得投机，直至三更方睡。

次日起来，将他两人留住，何武也在家相陪。请至中堂，才吃完早饭，那催审的差人已到。见三人坐在一处，他并不做声，一直望里边就走。阿武立起身来，将手一挡，一个躲开，一个早已跌倒。阿武大喝道：“人家各有内外，什么鸟人，往里头乱闯?”那差人爬起身来，晓得阿武这个大虫，不是好惹的，又见这坐的两人，也是恶狠狠的样子，忙赔笑脸说道：“二郎，难道连我们都不认得了？我们是奉本官差遣，特来请你们大嫂上堂听审的。”阿武道：“慌些什么？我慢慢地同了他来。”何老已经走出，将两个差人留住坐下，自已进去领他媳妇出来。但见：

荆钗裙布，一味村妆。杏脸桃腮，八分姿致。弓鞋步去，两瓣白莲。宝髻堆来，一头绿鬓，似投江之钱女，玉洁余芬；比劓鼻①之曹娥，指尖带血。体态娇如春柳，精神凛若秋霜。

这管氏步至中堂，望着姚、吕二人纳头便拜。霍武忙叫人扶起，二公差同何老拥护而行。霍武吩咐又逵道：“吕兄弟，你在这里看守行李。我去看看就来。”霍武走到巡司署前，那牛巡检已坐堂审问。先叫那躲在天井中的人问了一会，那人一口咬定是奸；再问这班捉拿的人，也咬定是房中拿住的。即叫管氏上去，问道：“你这妇人如何不守闺训，败坏门风，快从实说来。几时起手？与他偷过几次?”管氏哭道：“小妇人从丈夫死后，原不打算独生，因公公年纪老了，所以暂且偷生的。去冬公公要将小妇

---

① 劓（yì）鼻——古时割掉鼻子的一种酷刑。

人转嫁，小妇人只得断指明心，岂有背地偷情的理？望老爷鉴察。”牛巡检笑道：“你因有了私情，所以不肯转嫁。这奸情一发是真了！快实说上来，我老爷也不难为你。”管氏道：“连这贼人小妇人也不认得，如何就有奸情？况且前日晚上，众人捉贼之时，小妇人的房门闩上，是众人打进来的。现有公公看见。”牛巡检道：“众人都说是床上捉住的，只你说是闩上房门，哪个信你？你公公是你一家，如何做得见证？你这淫贱妇人，不拶①如何招认。快把她拶起来！”左右走过三四人，正要动手——

那霍武在旁大喝道：“住着！你这官儿，如何不把众光棍夹起问他，到要拶这个节妇？”牛巡检吃了一惊，也大喝道：“什么人这般放肆，乱我堂规？”霍武道：“咱姚霍武的便是，我哥哥现任碣石副将。见你滥刑节妇，好意前来劝你，乱什么堂规？”牛巡检道：“你原来靠着武官势头，来这里把持官府。你哥哥因私通洋匪，从海道拿问了。看来你也是洋匪一党，左右与我拿下了！”两边衙役见他模样凶狠，恐怕拿他不住，走上十余个，要来锁他。霍武两手一架，早纷纷跌倒。那牛巡检立起身来，吩咐弓兵齐上。若论姚霍武的本事，不要说这几十个人，就添了几十倍也还擒他不住；只因他问心无愧，又记得匠山的叮嘱，戒他不可恃勇伤人，他恐怕略一动手，闹起人命来，自己到也罢了，又要连累着何老儿，所以听凭他们锁住，呵呵大笑道：“牛巡检，我看你拿我怎样？”牛巡检道：“你这般撒野，定是洋匪无疑。”即吩咐将奸情暂押一旁，叫差役起他行李，搜查有无赃物。

---

① 拶（zǎn）——这里指用拶子夹手指，古代的一种酷刑。

早有七八个差役，同着何老做眼，赶到何家。却好又逵、何武出了店门，寻个空阔地方较量武艺去了，差役们一涌而进，把霍武的包裹、铺盖、箱子，都起到堂上。打开细看，并无别物，只这六锭大元宝，路上用了一锭，馀五锭全然未动。牛巡检饿眼看见，吩咐快拿上来，“这不是去年劫去的关饷么！”即问霍武道：“你这五锭大银是哪里来的？”霍武道：“你问他怎的？”牛巡检笑道：“我看你不是好人，果然一些不错。我且问你，去年打劫董口书的税饷，共有几人？馀赃放在何处？若不实招，可知道本司的刑法厉害。”霍武大怒道：“牛藻，你不要做梦。我老爷的银子是朋友李匠山送的，什么税饷？什么馀赃？”牛巡检冷笑道：“好满口的油供，我老爷居九品之文官，掌一方之威福，人家送的号件不过一元半元，从未曾有人送过大锭银子，何况你这革职的武官兄弟，谁肯奉承你？你这强盗骨头，不夹如何招认？快夹起来！”那霍武站在当中，这些差役七手八脚的想扳倒他，正如小鬼跌金刚一般，分毫不动。霍武将左脚一伸，早又碰倒了三四个。牛巡检道：“贼强盗这等勇猛，快多叫些人来，上了手拷脚镣，权且禁下。点齐了防海兵丁，解县发落。”霍武并不介意，由他做作，跟到禁中。

牛巡检无处出气，叫上管氏，拶了一拶，发出官卖。把何老儿打了三十，吩咐道：“你擅敢窝藏盗匪，我且不究治，候赴县回来，从重讯究。”牛巡检发落下来，已有钱典史家人前来议价。那管氏与公公哭别一场，乘着众人眼空，跳河而死。正是：

好将正气还天地，从此香魂泣鬼神。

何老儿媳妇已死，自料断无好处，也便回家自经。牛巡检一时逼死二命，老大吃惊，还只望拿住大盗，可以做到他窝赃洋匪，畏罪自经上去。即吩咐地方盛殓，点齐了一二百弓兵，即日解霍武赴县。霍武却不担什么忧愁，只怪着行李如何起来？为何不见吕又逵之面？只怕又逵并未晓得，将来一定闹起事来。一路的由凤尾、羊蹄等处来至海丰，已是二更时分，叫城进去。

知县公羊生，听说是巡检司亲解大盗前来，忙坐堂审问。先是牛藻上前参见，禀明姚霍武系参员姚卫武的兄弟。卫武私通洋匪，已经革职待罪。这霍武在卑职衙门，当堂挺撞，卑职疑他是洋匪一流，起他行李搜查，果有五个大元宝。这广东地方，通用的都是花边钱，藩库纹银，都是十两一锭的，唯有洋行及各口的税饷方是五十两一锭的，库秤这大元宝已是可疑了，况且这人勇力异常，四五十人近他不得，大老爷也要小心防他。”知县吩咐他退下，因传齐本县民壮、头役及巡司的弓兵，两旁排列，点上百余个灯笼火把，带上霍武。霍武还是立而不跪。知县喝问道：“你在巡司衙门挺撞官府，到了本县这里，还敢不跪么？”霍武道：“牛巡检逼掳节妇为奸，咱说他几句是真的。咱又没有什么罪名，要跪哪一个？”公羊知县道：“你哥哥私纵洋匪，督抚参了，你还敢倚势横行，巡司难道不要查问？现今海关的真赃现获，怎么还不成招？”霍武从前听了巡检说他哥哥参官的话，只道故意胡言，今闻知县又提此言，想来不假，即跪下叩头道：“不知我哥哥参官是假是真，还求太爷说明原委。”知县道：“你想是洋面上逃回的，怎么不知，倒来问我？”霍武道：“实在不知。”因将前年到省及至南安转来、平山教习的缘故，说了一遍。知县道：“那李匠山是何等之人，客店乍逢，就有许多银子赠你？一定是去年在平山时，同这些无赖之徒，劫抢伙分的。你哥哥的事，或者还可辩复，有了你这一案，只怕他的事也就真确了。”霍武又叩头道：“小人实是冤枉，求太爷行文江苏问明，开豁我兄弟二人性命。”知县道：“那个不能。你且把行劫之事从实说来，我不牵累你令兄，就是情面了。快快供来!”霍武道：“小人并无此事，如何招认。”那公羊生忙叫用刑，霍武由他夹了三夹棒，只是佯佯不采。知县没法，吩咐暂且收监，候拿余党定夺，赃银贮库。

下回细表。

第十一回

羊蹄岭冯刚搏虎　凤尾河何武屠牛

君不见岭南白额恣吞嚼，丰草长林负崖崿①。英雄何吕两少年，铁棒钢叉纷击搏。虎惊而起死相持，人虎空中互拿攫②。铮然棒叉中虎膺，咆哮怒目光闪烁。片时酣斗力不支，掉头竟去顿遭缚。彼牛何似此虎凶，残喘游魂还振作。牵之上堂剚③之刃，海瘴冤氛一清廓。

再说吕又逵、何武二人，一个提了铁棒，一个拿了钢叉，走出街口，寻一块较量武艺的地方。何武道："这里都没有空地，须走去二三里，一带山冈，接连到羊蹄岭，才是个大宽展处。我天天去打猎的。"又逵道："我们就多走几步何妨?"二人上了山头，千峰错落，一望无涯，约有二三十里长、四五里阔，捡了平阳之处，你叉我棒，交起手来。那何武虽有一身勇力，却没有家数，敌不住又逵，丢了钢叉，扑地便拜，说道："小弟自恨无师传授，恃着几斤蛮力，终不合用，望哥哥收作徒弟，情愿随镫执鞭。"又逵呵呵大笑道："我哪能做你师父？师父现在眼前，你不去寻他，却来缠我!"何武道："哪个是师父?"又逵道："你店中

① 崖崿（è）——山崖。
② 攫（jué）——抓取。
③ 剚（zì）——用刀刺入。

姚霍武哥哥，不是第一好教师么？我们这样武艺，三四个还近他不得。”那何武便要回去拜从，又逵道：“慌什么？我替你说，不怕他不收你做徒弟的。昨日吃的野味颇好，我们何不寻些回去，就算你的仪贽。”何武正搔着痒处，便同他上下抓寻。

约有一个时辰，转了五六个山头，只弄得几个兔子。又逵道：“这七八个兔儿，还不够我半饱，须得寻个大些的才好。”正在商议，忽地里呼呼的大风吹来，吹得那树摇草偃。何武迎风一嗅道：“这是虎风，它送按酒菜来了。我们各拿家伙伺候。”话犹未毕，一只斑斓大虫跳至面前，照着何武只一扑。何武伶俐，躲过一边，那虎扑一个空。何武却尽力一叉，那虎已望又逵扑去，这叉却打在虎背上，那虎还未知觉。又逵正要使棒，见虎兜头扑来，他却把头一低，钻进去，拦胸一棒。那虎负痛，趄转身来，把尾巴一翦。何武二叉打去，这虎尾却磕着钢叉；何武震得两手生痛，叉已落地，那虎的尾巴也就软了。又逵觑得亲切，又是一棒，着在腰腹之间。那虎伤重飞跑，二人纵步赶去。

只见南山来了一个大汉，大步迎来，两只空手，将这虎颈一把抱住，那虎用尽气力，再也挣不开。何武大喝道：“兀那汉子，这虎是我们两人打败下来的，不要夺人家的行货。”那大汉道：“原是我赶下来，原是我捉回去，怎说是你们的？”何武大怒，便要向前厮拼。那汉放了虎，也便走来打架。又逵仔细一看，喊道：“不要打，你不是冯大哥么？”那汉看了一看，也说道：“原来都是一家人！吕兄弟，你怎得到此？”当下三人各唱了一个肥喏，又逵便将去年投师、昨日同到这里的话，细述了一番。那汉道：“别后年余，弟兄们都有了传授，一定武艺精进了。不知我也好去投他否？”又逵道：“有什么不好？今日这位何兄弟，也要去拜从，我们一同去罢。”这人姓冯名刚，武将之后，也是乡勇出身，庆总制曾授他千总之职，后来弃官回家，偶然上岭闲眺的。他不但一身勇力，而且习于弓马，广有机谋。当坂看那大虫，已是伤重死了。何武背着，三人一同下山。

到了何家，已近黄昏时分，只见静悄悄的没有一人。何武将死虎拖进，喊了一会，才走出一个老妈子来，满眼垂泪。何武问道：“那客人呢？我们爹爹、大嫂呢？”那婆子道：“你爹爹、大嫂都死了，棺木还停在巡司署后。那强盗解到县里去了。”何武道：“怎么说？”那婆子道：“我已吓死了，不晓得仔细。二郎去问邻居，便知端的。”何武忙到外边去细问一回，回来告诉二人，如此怎般。又逵大怒道：“怎么赖我哥哥是盗？牛巡检这等可恶，不杀此贼，此恨怎消？”何武道：“这贼逼死二命，与我不共戴天，我怎肯甘休？望二位哥哥助我一臂之力。”冯刚道：“二位不可造次。他草菅人命，诬良为盗，我们可以向上司衙门请理伸冤。倘我们竟去杀了他，这强盗不是弄假成真了？”又逵道：“这些贪赃官府，哪一个不是官官相护的？谁耐烦与他说话。冯大哥不去，我们二人去了来。”冯刚忙劝住道：“现据方才的说话，牛巡检不在衙中，去也无用。”二人道：“他不在家，且先杀他一家暂时出气，迟日再去杀他。”说罢，何武便去拿了两口刀来，决意要去。冯刚拗他不过，只得说道：“就要杀他一家，此刻还早。我也不好袖手旁观，且吃了饭，我们三人同去何如？”何武撇了刀，翻身拜谢，忙走到里边，同这老婆子一齐动手，顷刻间摆上虎肉。又逵气忿忿地酒都不吃，尽管囊饭。冯刚叹道：“吕兄弟最喜饮酒，今日生了气，酒都不饮。真好义气朋友！”

三人一阵地吃完，早已三更初了。冯刚拿了铁棒，两人各执

腰刀，来到署前。冯刚道："牛巡检无恶不为，我与吕兄弟也曾受过他的狗气，就杀他一家，也不为过。但我们须要小心。吕兄弟从旁边进去，杀他外边的男人；何兄弟从后边进去，杀他里面的女人；我把定宅门，挡住外路的救应。办完了，都于宅门口取齐。"二人应了。

何武便转至后门，上屋跨下天井，寂无人声。心中想道："必须寻出个人来，才好问他家房户。"侧耳细听，觉得左边有人声响，因走至那边，却原来是后墙，听不清楚。因轻轻地又上了屋，到了前边跳下，见靠南两扇大门，半开半掩的，这里一带六间房子，分为两院，腰门也开着。何武走至那说话的地方，还有火光射出，听得里边有男人口气，低低地说道："我多时不进来弄你这个东西，又紧得多了。"那女人道："亏得爹爹解盗去了，才有这个空儿。"那男人道："今日的事，有些冤枉。那何家的媳妇，好个标致模样，硬断她官卖，可惜跳河死了。假如你我的事破了，你不要官卖么?"那女子道："不要乱嚼，她是百姓，我是千金小姐，如何卖得?就是爹爹知道，也要装体面，不肯难为我们的。你尽管放心。"一头说，底下啧啧地乱响。何武大怒，抢步进房喝道："狗男女，做得好事!"灯光下明亮亮的，照着那男子"擦"的一刀，头已落地。那女子赤条条白羊也似地跪在地上，磕头道："奴原不肯从他的，因这小子再三哀恳，奴一时错了主意，依了他。奴听凭你要怎样，饶了我一命罢!"何武笑道："我倒认真审起奸情来了!贱淫妇，你且实说，与他偷过几次?几时起手的?"那女子道："奴再不敢说谎。去年六月，爹爹上省去了，奴在天井里乘凉，与他偷起的，共睡了二十一夜。爹爹回来，就不能进来了。今日不过第二次。"何武道："你这宅里共有多少人？房户都在那里？说个明白，我便饶你。”那女子道：“一个母亲、一个姨娘与三岁大的小兄弟，房在东首；这里对门住着妹子，通共三个丫头。”何武不待说完，早将她一刀杀死，想道：“这牛贼的小女，且不要管她，先去杀了老乞婆再处。”即走过东首来，先走进西边房内。床上问：“是何人？”何武应道：“是你老子！”揭起帐子，只一刀，杀死大小两个；转到东边，趯①开门进去。这奶奶听得喧闹，已起来叫唤丫头，何武扑面一刀，料也未必肯活。桌上点着灯，放着几封银子，何武道：“这些赃银，且拿去买酒吃。”走出房门，两个丫头叫喊，也各人赏了一刀。

那又逵已从外边杀进，何武道：“你的事妥了么？”又逵道：“不过六七个人，直得甚杀？”何武道：“我也只剩了他一个小女儿，暂饶了她，留些有余不尽罢！”二人一同出来，只见冯刚提着铁棒，靠门站着。又逵道：“我们的事都办完了，出去罢！”冯刚道：“我并未遇一人，却不爽快。那衙役们等，与我们无甚冤仇，还是越墙而去罢。”

三人跳过墙来，回到何宅。冯刚道：“此处不可久居，二位且同到我家暂住。”又逵道：“何兄弟，你的气已透了。只是姚哥哥解到海丰，未知生死，须要设法救他。况且你我做了此事，将来一定干连到他身上。冯大哥须替我出个主意。”冯刚道：“一不做，二不休！我们还当到海丰去劫他出来，另寻安身立命之所。”又逵拍手道：“好大哥，我们今夜就去。”冯刚道：“海丰虽然小县，有城郭沟池，有一二千人马，比不得鹅埠地方。吕兄弟，你休辞劳苦，连夜赶至平山，约齐了众弟兄到来。我同何兄弟暂躲

---

① 趯（tì）——踢。

一天，晚上这里会集。”又逵道：“大哥计较得是。我此刻就去，明日三更准于此地相会。”何武道：“吕哥哥须吃些酒饭，才好动身。”又逵道：“我哥哥在狱，望眼欲穿，此刻非吃酒的时候。你拿大碗来，我喝了几碗就走。”真个一口气吃了四五碗，提了铁棒，撒开大步，飞奔而行。

到日出东方，已到王家门首。大海正做买卖，见又逵走来，出柜接住，说道：“五兄弟为什么这等来得快！敢是被哥哥撵了么？”又逵便将前后的事，说了一遍。大海道：“既是哥哥有难，我们理当救应。幸得众弟兄还未散去，你且吃些酒饭，我打发人去邀来。”又逵饭未吃完，众人已到。闻了又逵之言，一个个拍案大怒，说道：“我们就此起身。”尤奇道：“众弟兄不须性急，我们此番举动，是舍身拼命之事，须要弄个万全。弟兄们也不可一时高兴，到后来翻悔。”众人道：“我们又没有千万贯家私，有什么舍不得？只要救出哥哥，有藏身的地方固好，假如没有，一直下海去了，岂不畅快！”尤奇道：“既是弟兄们同心合意，如今先将各人的家口，聚在我家，着蒋兄弟料理看守。俟我们有了定局，悄地来迎。我们各家的雇工伙计，愿去的同去，不愿去的听凭自便。”当下计议已定，除蒋心仪与四五个闲汉看家外，八筹好汉领着十二个勇壮伙伴，吃饱了饭，各藏暗器起身。

却好三更到了鹅埠①。冯刚、何武已在门首探望多时，一见大喜，同至堂中，打圈儿作揖就坐。何武开谈道：“小弟自愧无能，以致父亲自经，姚师父陷狱。今幸众豪杰帮助，自然拨云雾而见青天。但未知计将安出？”尤奇道：“姚哥哥系弟辈恩师，理

① 埠（bù）——码头，常用于指有码头的城镇。

当誓同生死；只是连累着冯大哥，此事还祈冯大哥定夺。”冯刚道：“我与秦述明大哥、曹志仁三弟，虽同时受过职衔，他二人已占住军门岭落草去了，只我困守家园，还无出头之日。众弟兄的师父，就同我的师父一般，理应赴救。我已经与何兄弟商议，先要设了盟誓，再打算往海丰。”众人都道：“冯大哥主见极是。快排起香案来，一同拜告。”那何武已预备了三牲礼物、纸马香烛之类，韩普写了疏头。王大海道：“姚哥哥虽不在此，须要上他姓名，料无翻悔的。还有一个蒋兄弟，在家看守家小，也须写上。”冯刚道：“这才是必交的朋友!”那韩普粗有几句文理，写道：

维年月日，姚霍武、冯刚、尤奇、王大海、吕又逵、许震、蒋心仪、褚虎、谷深、戚光祖、何武、韩普等，谨以香烛庶羞之物，昭告于过往神明之前曰：《雅》歌《伐木》，《易》象《同人》，唯性情同二气之甄陶，故朋友补五伦之缺陷。某等仗此心坚，耻其姓异。或籍东莱，或居粤岭，既一海之遥通；或夸官胄，或隶编氓，幸寸衷之吻合。羡关、张之同死，陋管、鲍之分金。刺血联盟，指天设誓，有神不昧，何鉴其忱。

众人依次拜毕，焚了疏头，各刺臂血和热酒分饮一杯，然后入席饮酒。冯刚道：“我们这许多人，日间不便行走，趁今夜醉饱，分作水陆二路，同至我家取齐。明晚进城行事。”又逵道：“横竖是夜里，何不一路同走，还热闹些?”冯刚道：“吕兄弟，你不晓得。这为首的罪魁，是鹅埠司牛藻，却饶他不得。我们昨晚杀了他一家十三口，他今日得了信，自然连夜赶回。如今分了两路，他就逃不去了。”又逵道：“好大哥！真个算得到!”冯刚道：“吕兄弟，你是认得我家的，你同尤、何、王、许四位领着

众人走水路，我们五人走旱路，如何?”又逵道：“很好。”何武道：“小弟还有一事相烦。众位哥哥，钱典史那斯也饶他不得；况且他家有数万之富，拿来也充得粮草。”冯刚道：“也好。只是恐怕牛巡检走过了，我们着三两个把住街口，其余都往钱家去来。”

当晚众人酒醉饭饱，各拿兵器，一拥出门。这钱家有多大本领？不消半个时辰，杀个干净，抢个精光。其有邻居听得喧嚷，出来救获者，都被众人吓退。陆续到了街口，已交五鼓，牛巡检却还没有回来，即分作两路迎去。

又逵等到了河边，却有三只小船系着，船上无人，就跳上了船，叫伙计们推着走。原来这凤尾河二十余里，两岸都是高山，这水不过一二尺深，使不得篷，摇不得橹，又无从扯牵，所以只好推着走。一直走到渡头，却不见有牛巡检的船只。又逵只道他从旱路去了，正要上岸，听岸上人嚷道：“那不是有船来了么!”何武远远望去，却见十数个人，拥着一乘轿子，轿中却好正是老牛，便告诉了又逵。两人便要到岸上去拿他，尤奇道：“这个使不得。此时天已大亮，来往人多，我们在此杀人，岂不招摇耳目？这冯大哥家就住不成了，怎好去救哥哥？不如权且寄下这颗狗头，将来原是我们囊中之物。”又逵倒也罢了，这何武仇人相见，分外眼明，忿忿地怎放得过？尤奇等再三劝住，上岸起程。

只见一个差人走至轿前，不知说了些什么，牛巡检便叫：“快快拿来!”即拥上七八个人来扯又逵、何武。二人便随着差人来到轿前。牛巡检问道：“你这小子是何阿武，那一个是何人？可是姚霍武一党么?”二人还未开口，那差人禀道：“老爷不必问得，前日小的去拿管氏，阿武推了小的一交，这黑脸大汉，同姚霍武一同坐在他家的。”牛巡检道：“你这两个该死的囚徒，既系盗党，本司一家十三口，一定是你们杀害的了。快与我锁着，回衙细审。”衙役正要锁他，又逵两手一推，纷纷跌去。何武便抢进轿里，将牛巡检一把抓出，挟了便走。尤奇等见势头不好，各拔刀向前。衙役们拥来，尤奇大喝一声，砍翻两个，又逵掼死一人，王大海也杀死了一个跟班。吓得各店关门，观看的众人躲避。何武挟了牛巡检说道：“众位走罢，不要理他了。”众伙计扛着钱家的银两，又逵领路在前，尤奇等在后，一路望东而行。牛巡检在何武腰间，大喊救命。又有几个差役，同着一班地方百姓追来。尤奇喝道：“我们奉军门岭秦大王之命，冤有头，债有主，只要巡检司牛藻一人，你们不要讨死！”许震抽箭搭弓，射死了一个，方才退去。走不到三里，已至冯刚家内。

这冯刚原是有根基的人家，家中房子高大，后槽养着四五匹好马，有十三四个家人，二十余名庄客，七八个马夫，弓箭、刀枪，无一不备。众人来至中厅，冯刚等已到多时了，大家相见。何武将牛巡检放下，已挟得半死。冯刚问：“是何人？”又逵道：“大哥难道不认得了？这位就是鹅埠司牛老爷，我们顺路请来的。”何武将他剥得赤条条的，绑在柱上。众人坐下，将方才的话，细述了一番。须臾，酒菜上来，何武拿着一把尖刀，指着牛巡检喝道：“牛藻，你这狗男女！你在鹅埠诈人害人，我何老爷都不来管。你为什么得了钱典史三十两银子，就要诬我嫂子为奸，一连逼死二命，陷害姚二老爷，还要拿我？今日被我拿来，有何理说？”牛巡检哼道：“总是我的不是，懊悔嫌迟。只求何老爷饶了我这条老命，自后洗心做官，便是天恩了。”何武道：“你诬我嫂子为奸，哪知她贞烈自尽。你家大女儿与小子通奸，你可

晓得么?”牛巡检道:“实在不知。”又逵跳起来道:“这样赃龟,兄弟与他说什么闲话?早些结果了他,与我们省口气罢!”何武道:“牛藻你须听着,钱典史带着许多花边钱,在前途候你,你快赶一步寻他去罢。”将刀向他胸前一划,鲜血斜喷,早已劈然两半,心肝五脏,淌将出来。冯刚叫人收拾过了,何武拜谢各人,然后入席饮酒。

王大海道:“何兄弟大仇已报,只是姚哥哥的事,冯大哥做何商量?”冯刚道:“不要慌,我已着人进城打听去了,待他回来,我们才好陆续前去。只是救了姚哥哥出来,此处料想不可安身,还须商量一条长策。”尤奇道:“小弟也仔细想来,下海终非善计。既是秦、曹二兄在军门岭驻扎,我们何不径去投他?”冯刚道:“此计亦不很妥。我们自然可去,据众兄弟说,姚兄长何等英雄,他未必肯寄人篱下。我看这羊蹄岭绵延四十余里,是海陆二县的咽喉要路,只须数百人守住,整万人也飞不过去。我们翦①其荆棘,驱其豺狼,尽可安身立命。”众人道:“此计大妙!我们都听大哥指挥。”冯刚道:“我是一勇之夫,武艺又不精熟,不过住在这个地方,熟悉情形,所以偶作此想。将来须要候姚兄长出来定夺。但是目下起手的人,也就很少,跟众位来的不过十余人,连我家中还不过五十余人,做得甚事?我也想来,这岭西五六里路有个宏愿寺。寺中住持大和尚,叫做空花,也有十分本事;手下徒弟共有二百余僧,都是动得手的。这空花奸淫邪盗、无所不为。因他交结官府,出入衙门,人都没法拿他。况且寺中大富。我们只要杀了空花,降了他徒弟,收了他钱粮,就可做得

① 翦(jiǎn)——同“剪”,除去。

基业。”一席话，说得众人手舞足蹈。大家说道：“冯大哥直是一位上好军师，我们恭听号令。”

过下午，冯刚的家丁飞马而回，走进来禀道：“海丰县昨日接了牛巡检一门杀死之信，将姚老爷打了一顿，仍旧寄监。今日又得了途中劫去巡检、杀死家人衙役五名及钱典史举家被杀之信，公羊生即吩咐四门严紧盘查。因营里巡海未回，城中兵少，大约两三日内，就有官兵下乡巡察的。”冯刚道：“众兄弟不可稽迟。趁他兵马不多，人心惶惑，我们才好行事。”因叫又逵、何武、尤奇三人进狱；许震、王大海去杀守城兵卒，即守住城门；褚虎、谷深挡住文衙；自与戚光祖去挡武衙；韩普领众家丁在城外接应。二更爬城，三更动手，都于文庙取齐，一同杀出口中，都挂着军门岭旗号，不可乱杀平民。众人各遵了令，结束起程。

下回便见。

第十二回

闻兄死图圄腾身　趁客投阇黎[1]获宝

宵小困英雄，更阑浩气冲。梦埙篪[2]何处相逢？双手拨开生死路，离狴犴[3]，脱牢笼。　　佛力本无穷，淫僧覆厥宗。逞凶残狼藉花丛。幸得将军天际下，头落处，色皆空。

话说海丰县知县公羊生，一榜出身，五年作宰，为人虽则贪财，却不残酷，生平嗜酒，不论烧、黄。他也晓得，姚副将是个好武官，不过因洋面上迷路失机，断不是交通洋匪。那牛巡检解到霍武之时，他原有心开豁，因听了牛藻五十两一锭元宝，定是税饷的话，所以夹他几夹；奈霍武不曾成招。后又晓得牛巡检逼死何姓翁媳二命，把牛藻着实教训一番，发狠要揭参他的官，牛藻再三磕头哀求，也就饶了。直至接了他一家被杀的信，因叫他连夜回衙，也就疑心是霍武余党，提出霍武来夹打了一回。霍武仍然不理，只得依旧收监。后又得了牛巡检途次被劫、钱典史一门杀死二十三人的报，因事情重大，有关自己前程，仍复提出霍

---

① 阇（shé）黎——意为高僧。亦泛指僧人。

② 埙篪（xūnchí）——埙和篪皆为古代乐器，埙，土制；篪，竹制。这两种乐器合奏起来，声音合谐。《荀子·乐论》：“埙篪翁博”。后用为赞美兄弟亲密和睦。

③ 狴犴（bì' àn）——古代传说中的走兽，古时常把它的形象画在牢狱的门上。这里指牢狱。

武，也不打他，喝骂道："你这大胆匹夫，我倒好意看你哥哥面上，没有办你。你如何纵容党羽，杀官杀吏，劫抢横行，目无王法？我如今也不管你招不招，将这案件申详上去，怕你飞到海里去不成！"便叫该房叠成文案，即日申详。霍武道："小人是异乡之人，哪里有什么党羽？我一死不足惜，只怕连累着哥哥，望大爷怜悯。"公羊生道："我今早见辕门报上，你哥哥已定了死罪，不久就处决的了。你也寻你的死路去罢。"因吩咐小心监守，一面檄营会缉，一面严紧搜查。

霍武吃了一吓，闷闷地下监，心中想道："那杀人的事呢，一定是吕又逵做的。他因何不来见我，一味横行？这哥哥处决的话，却是为何？今日这知县申详上去，我若顺受，断然也是一死。难道我兄弟二人的性命，就都送在广东不成？我今夜且越狱出去，打听哥哥消息。他生我死，他死我生，庶可留姚氏一脉。只是我这一走，有犯王章，可不又负了匠山哥哥的教训？"左思右想，暂且从权。到了一更有余，将手一扭，那铁肘纷纷断落；又去了脚上的镣头、颈上的链条，将身一纵，跳过墙垣。正是月尽的光景，虽则一天星斗，却无月亮当空。霍武走上街坊，认不得途路，乱走一阵，依旧到了县前。听得喊声四起，霍武认是拿捉他的人，心上却也不怕，且一直往西行走。

谁知此刻已是三更时分，众英雄爬城进来，各各动手。又逵、何武、尤奇劈开监门杀进，各处寻到，总不见霍武一人。因拿住一名狱卒吓问，狱卒引至狱底霍武锁禁的地方，但见刑具满地，并无人影。因问那狱卒道："你还是要死，要活？"狱卒道："小的一般是爹妈所生，怎敢不要活？"又逵道："你既要活，须直说。这姚老爷是他们谋死的，还是藏在何方？"狱卒道："今日

傍晚审了就押在这个地方，本官又没有讨病状。小的并不敢说半句谎，小的是向来持斋念佛。”又逵大怒，不待他说完，一刀杀了。因垂泪道：“我哥哥料想被赃官谋死，这是我害了他了。我与你且杀进官衙，以消此恨！”尤奇忙劝道：“兄弟且不要悲伤。你看这地上刑具是扭断的，姚哥哥何等样人，怎肯轻易遭他谋害？除非是自家越狱，逃往他方，倒是未可定的事。”

又逵道：“你还不知哥哥的性情，他是最不肯越狱的。况且今日傍晚审问，此时逃到哪里去？”因与何武放起一把火来，大喝：“众囚徒要命的都跟我杀出去！”那狱中有二百余囚人，发声喊，跟了一大半出来。出得狱门，撞见谷深、褚虎。那知县正与小妾行房，一闻此报，吓得魂不附体，以后就成了不举之症，忙吩咐众人堵御，自己急往床底下乱钻。外面衙役、民壮、禁卒、夜班，聚有五十余人，哪里够五人的砍瓜切菜？一阵杀的杀，跑的跑，弄得毫无人影。又逵因不见霍武，定要杀进县衙，四人再三劝住说：“且到文庙前候冯大哥到来再议。”又逵只得同他们来至庙前。

却好冯刚、戚光祖杀散武衙门救兵，方才走到，见五人同着许多囚徒到来，即上前喊道：“请姚哥哥相见！”又逵听说，不觉放声大哭道：“我哥哥已被公羊生谋死了。万望冯大哥替我报仇雪恨，兄弟情愿一力当先，死而无怨。”冯刚问是怎说，何武将方才情景及尤奇的话说了一番。冯刚道：“尤兄弟的见识不错，姚哥哥必不曾死。”又逵嚷道：“你们都不是真有血性的男子！我只杀了知县，与哥哥报仇，不用你们帮助。”说罢，即依旧望原路而行。冯刚、尤奇一把扯住，说道：“兄弟不可性急。既然要杀知县，也须同去拿他细审一番，才晓得哥哥下落。你若杀了他，岂不是死无对证了？就杀了一百个知县，有何用处？”

正在争闹，只见黑影里三人走来，当头一人大喝道：“吕又逵，你还要杀何人？还不随我出去！”又逵见是霍武，喜得拜倒在地，说道：“哥哥果然未死！我的哥哥，可不急死又逵也！”霍武扶他起来道：“兄弟，你任性杀人，致我受累。还是这等胡行！”又逵不敢分说，冯刚上前说道：“兄长，恭喜出狱！我们且出城细说，怕有追兵到来，又要杀伤人命。”霍武道：“此位却是何人？从未识面。”尤奇道：“是冯刚冯大哥，诸事全仗他的。”霍武道：“小弟且出城再谢。”众人簇拥着霍武，一路出城，并无一卒阻挡。韩普早领着众人迎上，又替众囚徒解了铁链，教他们各自逃生。众人都情愿跟着一同前去。冯刚道：“且一同到了舍下，再作商量。”

这四五十里路，直得甚走？红日才升，已到冯府。冯刚于厅中放下一把交椅，请霍武上坐，自己纳头便拜，说道：“小弟久仰兄长大名，如雷贯耳，今日得见，庶慰渴怀。望乞收之门墙，以备臂指。”霍武道：“蒙冯兄搭救之恩，尚未致谢。今忽行此礼，小弟惶恐何安？”忙跪下平拜了。何武亦上前再拜，口称：“望师父收留小弟，情愿犬马终身。”霍武亦忙扶起，冯刚代他说明杀死牛巡检一家的原委。霍武道：“原来令尊令嫂，都已被他逼死！这个自然该杀的。吕兄弟，我刚才错怪了你，你休介怀。”又逵大笑道：“我今日得再见哥哥，不要说怪，就是打死也愿意的。”

众人都说道：“如今哥哥已经出狱，我们就于今日扶哥哥为主，商量起手事情。”于是冯刚、尤奇将姚霍武按住坐下，众人各各下拜。慌得霍武跳下座来，忙一同拜了，说道：“众兄弟的

说话，岂不是灭族之谈！愚兄前日被巡司拿住，何难当即脱身？一来问心无愧，二来记得李匠山哥哥吩咐，说断不可恃着一身的勇力，抗拒官府，违背朝廷，致成不赦之罪，所以俯首就拘。昨日听了公羊知县的言语，说我哥哥已问成死罪，我因兄弟们杀人多了，我的死罪却也难逃，因想兄弟二人，俱死广东，岂不是姚门无后？自分没甚大罪，只得死里逃生，打算到省中探问哥哥消息。如今弟兄们要我为不忠不义之人，将来何以见匠山哥哥之面？这事断难从命。”冯刚道：“兄长在上，听小弟一言告禀。小弟虽然粗莽，祖父曾经仕宦，自己也曾受过职衔，难道甘自居于不忠不孝？只是众弟兄已经犯下弥天大罪，兄长若飘然远举，何以使众弟兄立命安身？惠州碣石倘猝然有兵马到来，岂不是一个个就缚待死？兄长遵了一个李匠山之言，却送了十一个兄弟之命，恐非仁勇者所为。至令兄老总戎，既膺①二品之荣，自当以生死听之皇上，宽严听之执法，是非听之公议。这里不妨差人前去打听。兄长必要亲身前去，一来海丰必定画影图形拿捉，未必到得省城；就是仗着兄长的本事到了省城，也无补于令兄之事。依小弟愚见，还是暂且从权，有一日天恩浩荡，招抚我们，也可将功赎罪。”众人俱各大声嚷道：“哥哥一去，我等一定死的，不如死在哥哥面前，也显得为朋友而死。”各人拔出腰刀，便要自刎。霍武慌忙拦住道：“兄弟们断不可如此，我今日权且依从。只是诸事还须冯大哥做主，我只好暂听指挥。”冯刚道：“哥哥不可太谦，兄弟们前日已定了次序。”即叫韩普将盟疏底子拿出，照着排下坐位，众人依次坐了。冯刚拿些衣服与众囚徒换了，同

---

① 膺（yīng）——承受，承当。

着家丁庄客，分班参见，赏他们外厢酒饭。

这里十一人同坐一桌。酒过数巡，霍武停杯说道："愚兄蒙众位不弃，患难相扶，今日又推我为主。目下海丰碣石，必有官兵到来，冯兄弟想已定了主意，愿道其详。"冯刚便将前日如此怎般地商量，告诉霍武。霍武道："愚兄虽属外省，这里的山川风俗，也曾打听一番。兄弟的主意很是，我们依计而行。冯兄弟即于今晚率领众人，上羊蹄草创基业；我与吕、何二兄弟去招收宏愿寺僧。只是各人的兵器俱未齐备，还要商量。"冯刚道："小弟家中还有祖上留下的兵器，叫家丁都搬将出来。"又逵即上前取了一柄大斧，约有五六十斤，使了一回，颇觉趁手。众人都各挑选了。何武道："哥哥的铁棒，量来用他不着，就给小弟做兵器罢。"霍武允了，但自己的兵器，俱选不中，只捡得一柄二十余斤的腰刀。冯刚道："哥哥神勇，自然与众不同。舍下藏有三号大刀，系考试时习练所用。"即叫众人抬来。霍武一一试过，取了中号的一柄，约重百三十余斤。按兵器古秤一斤，今重六两，霍武所用之刀，已不下五十斤重矣，岂非奇勇乎！当下吩咐家丁，刮磨候用。那众囚与庄客等，亦各给发器械；其有不全者，俟打造另给。到了傍晚，冯刚吩咐合家收拾上岭，叫众人斩木为城，缝布为帐，将自己房子亦拆毁，上山叫匠人盖造。霍武却领了又逵、何武，望宏愿寺而来。正是：

跣足科头①惯跳梁，草茅宁不戴君王。

漫营五岭当三窟，自笑山牛日月长。

再说牛藻一门被戮，署中单剩了一个十五岁的小女儿，名唤

---

① 跣（xiǎn）足科头——赤着脚，光着头。

冶容。还有一个丫头，先在大女儿房里服侍的，因有了私情，怕丫头碍眼，叫她睡在妹子房中，所以侥幸得脱。外边剩了一个牛藻的侄儿山美，因他晚上解手，趁便躲在茅厕上头，又逮未曾寻到。早上起来，着差役赴县报明。不料次日又得了牛巡检被劫之信，晓得必然伤命，此署不能久居。因与冶容商议，只说一同赴县哭诉，叫冶容收拾细软，却还有一二千金，自己押着先行。雇了两乘轿子，叫妹子与丫头随后进发。那山美晓得囊中有物，也不管冶容死活，多与脚夫几两银子，一直反往惠州路上去了。

冶容坐着轿子出署，衙役们晓得本官已死，躲个精光，由着四个轿夫抬这一主一婢，望海丰大路而行。轿夫见是两个女子，又无人跟随，一路诈她两个的酒钱，慢慢地延挨时刻。过了羊蹄岭，他也不走大道，竟抬至宏愿寺前歇下，走进去不知做了些什么鬼，只说吃茶去了。

从里走出两个十七八岁的和尚，一个叫做智行，一个叫做智慧，各拿朱漆盘托了一杯茶，至轿前送饮。见了冶容，智慧两只眼睛注定，魄荡魂飞，暗暗与智行打算道："好个活宝！我们弄她进去，每人一夜受用。但不可泄漏与当家的知道，又来夺去。"因上前打个问讯道："小姐轿中纳闷，何不至寺中随喜一回?"冶容道："师父，不进去了。"智慧道："轿夫还有好些时候才来。我这宏愿寺中，出名的活佛，祈福消灾，有求必应的。小姐不可错过。"那冶容原非是什么有教训的女子，听得佛有灵感，思量前去拜祷，又有个顺便小解的意思。随即唤丫头来扶着，步入寺门，拜了三尊佛像。智慧请她各处随喜，冶容红着脸，对丫头说了一句，丫头对智慧说了。智慧道："这个很便，有极僻静的地方。小僧引道。"因弯弯曲曲，引至自己房中，推上房门，一把抱住。智行也把丫头领到间壁房里，自己却来争这冶容。智慧已扯下裤子，挺着下光头，上前说道：“先是我起意的，又在我房里，让我得个头筹，再由你罢。兄弟们不可伤了和气！”这小小女子，怎禁二秃的恣意奸淫，弄得冶容吁喘不停，奄奄一息。

谁知事机不密，已有人报知住持。空花大踏步赶来，慌得智行连忙歇手。空花骂了一顿，把冶容一看，妖媚怜人，即替她穿好裤子，说道：“娇娇不须生气，这两个畜生，我一定处治的。我同你去吃杯酒，将息将息罢。”冶容昏不知人，闭着眼说声“多谢”。空花将她抱着，问智行道：“还有一个呢？”智慧即到那边去扯来。空花道：“这个赏了你两个罢！”他便抱了冶容，来到自己密室，却有五六个村妆妇人，七八个俊俏小和尚伺候。空花道：“众娇娇，我今天娶了正夫人了。你们快拿酒来，把盏合欢。”又吩咐小和尚道：“你去叫厨房备酒，合寺替我贺喜。”顷刻间大盘大碗的拿来。空花拿了一大杯酒，送到冶容口边，说道：“美人，请吃杯合欢酒。”冶容坐在空花身上，片时神魂已定，开眼一看，见一个竹根胡子、铜铃眼睛、蛮长蛮大的丑和尚抱了自己，料想没甚好处，垂泪道：“师父饶了奴家罢！”空花笑道：“美人且饮一杯，不消过虑。”冶容怕他，只得吃了一口。空花忙自己干了，又拿菜来喂她。冶容不敢不吃。慢慢地冶容一口，空花一杯，俱有三分酒意。空花解开她的衣襟，扪弄她的双乳。这钉耙样的手，摸着这粉光脂滑的东西，怎不兴发？直到掌灯才歇。空花替她将这浪荡山门揩净，重又抱起她来，也不穿衣，一同吃酒。这冶容伏在空花怀里，宛转娇啼，求他释放。空花道：“在这里天天取乐，还你畅快，回去做什么？”有词道这和尚的恶处：

秃秃秃，世间唯有光头毒。饿鹰觅食，连皮带肉。

花心搅碎还羝①触，光郎崛强难驯伏。一声声，是惨红愁绿。

空花将一件僧衣披着，把冶容裹在怀中，喝了一回烧酒……正在好顽，忽外面喊声大起，四五个和尚跑进来说道：“师爷不要玩了，一个长大汉子杀进来了！”空花听是一人，哪里在他心上。喝道：“什么大惊小怪！你们拿去砍了就完了。”和尚道：“我们四五十人，近他不得。已被他杀死许多了。”空花大怒，放下冶容，取了两柄戒刀，正要穿好衣好，那霍武已破门进来。空花不及穿衣，赤着身体，飞起两柄戒刀，风滚地一般迎来。霍武见他来势凶猛，因地方狭窄，不好施展，虚晃一刀，回身便走。退至殿中，那空花左手一刀，当面砍来。霍武掠过一边，顺手将腰刀劈过。空花双手一架，觉得沉重，不敢轻敌，恶狠狠地尽着生平本事，死战一阵。那酒色过度的人，又本领原及不得霍武，十数合之中，早见光头落地。吓得众和尚四散奔逃，无奈前门是何武的铁棒，后门是又逵的大斧，牢牢把住，早又伤了数人，只得跑回，一一跪求饶命。

霍武喝道：“我原打算杀尽众僧，你们若要饶恕，须一齐还俗，搬了寺中粮草，跟我上羊蹄岭去。倘若失去一物。走去一人，教你们一个个都死。”众僧都磕头道：“愿随好汉还俗。”霍武发放他们起来，去寻那些躲避的和尚。都至大殿，除了杀死的，老弱的还有二百多人。霍武重又吩咐一番，叫他们各处各房去搬取金银粮食。这几个村妇与冶容主婢二人，都来跪在地下，叩求开释。霍武道：“你们各回本家去罢，以后不可这等无耻。”

---

① 羝（dī）——指公羊。

众妇人都拜谢了。只有冶容满眼垂泪，哀诉原委：“现在无人可靠，情愿为婢妾服侍，望好汉收留。”霍武道：“你既是牛藻的女儿，理该一刀杀死。但你既遭淫毒，也算天道昭彰，任你自寻死路去罢。哪个要你！”喝她退下。那众僧搬运已齐，便招了又逵至前门，三人前后押着，一同上羊蹄岭而来。冯刚已搭起几处营帐，众人各于帐内安身。明早又到宏愿寺，将殿宇拆毁上山，各处捉了许多瓦木匠，日夜盖造。

一连七八日，盖有一半光景，正要商量制造衣甲兵器，早有探卒报道：“海丰守备梁尚仁，协同碣石左营游击吴日升，领了一千马步军兵杀来，离山不过十里了。”霍武大喜道：“这是送衣甲马匹来的！”因叫冯刚、许震领一百人守住岭头炮台；尤奇、王大海、谷深、韩普各领十人四面巡哨，以防别路；戚光祖着紧督理匠役；自同又逵、褚虎、何武迎敌。冯刚道：“割鸡何用牛刀？哥哥山寨之主，不必轻动。小弟同三位兄弟代哥哥一行。”霍武允了。

冯刚与三人领着二百名半僧半俗的兵卒，跑下山来，才走得二里有余，早望见官兵摇旗呐喊而至。先锋千总史卜远，一骑马，一条枪，奋勇杀出，大喝道：“无知的强盗，擅敢杀人劫狱，啸聚山林，阻挡朝廷的官路，还不跪下受缚？”又逵大吼一声，飞步抢出，喝道：“不必闲话，快拿头来，试爷爷的斧头！”“当”地一斧劈来，史卜远把枪用力一架，已在马上两三摆，正欲拔马逃转，那又逵已一纵跳上马来。史卜远一枪刺去，又逵顺手接住，只一扯，卜远已经坠地，再加一斧，结果了性命。吴日升见卜远落马，飞骑来救。何武跳出阵前，拦马头就是一棒，马头落地。吴日升即跳下了马，并两员千总一力向前。何武是未经习练之人，凭着这条铁棒，横冲直撞的打去；冯刚一枝铁戟，褚虎两柄刀，领着众人一拥攻进；又逵使开大斧来帮何武。转眼处，一员千总落马。吴日升手中兵器一松，又逵手起斧落，也活不成了。梁尚仁大呼："放箭！放炮!"自己却策马先逃。冯刚从斜刺里赶来，梁尚仁不敢交战，反跳下马来，如飞地跑去了。那官兵见主将死的死、跑的跑，大家弃甲丢盔，没命地逃走。冯刚吩咐不必追杀，抢了百余匹好马、四五百副盔甲、二三十个炮及器械之类，大笑还山。

霍武出寨迎接，摆酒贺功，将马匹、器械分给各人，将炮架于山南山北两头，以备后用。那巡山四人，也都回转。大家开筵畅饮，霍武吩咐道："我们此举，原属不得已之极思。众兄弟第一不可杀害平民，第二不可劫抢商贾。打听那贪酷的乡宦、刁诈的富户，问他借些钱粮。山头四面各竖一根'招贤纳士'的大旗，着人看守。房屋造完之后，南北各设一关，以防官兵冲突。再于平旷地方，设一教场，轮班演习。"众人各各遵令施行。

第十三回

初出山论将谈兵　权落草封官拜爵

谈兵纸上自矜奇，漫说偏隅可创基。从古书生最饶舌，未经肱折即名医。　　从来螳臂惯当车，海瘴平空混太虚。试向循州询往事，几多技击已耰①锄。

博罗布衣白希邵，道号遁庵，小筑数椽于罗浮山下。贫无担石，壁有琴书；曾藏不测之机，指划先天之数，行兵布阵，件件皆精；草帽葛袍，飘然自得。他于三年前曾占一卦，预知沿海一带有几年兵燹②之灾，到后来以盗攻盗，可仍为国家梁栋，自己亦在数内。但不知起于何时？

这日正在沿溪垂钓，听得往来行人纷纷议论，说羊蹄岭上近来有草寇屯驻，虽不劫掠平民商贾，但这一条路是不通的了。遁庵笑问道："老兄的话说错了。那强盗不打劫财物，何以得生？"那人道："先生你不晓得，这大王是姚副将的兄弟，要想报效朝廷。他有天大的冤屈在身，专杀贪官污吏，打劫那为富不仁之徒，不惊动一个好百姓。"这遁庵偶然触着心事，即罢钓回家，想道："听方才说来，这姓姚的有些稀罕。但自古从未有窃据山

---

① 耰（yōu）——古代用于弄碎土块，平整田地的农具。
② 兵燹（xiǎn）——战争造成的焚烧破坏等灾害。

林，可以报效朝廷的情理。我姑占一卦以卜行藏。”因焚香布蓍①，占了一卦，得师之九二。大喜道：“九二在下为群阴所归，上应于五而为所宠任，将来王三锡命，正合着从前之数。他哪知天壤间有我，我须自去寻他。”于是撇了药炉茶灶，别了茅舍竹篱，飘然往惠州进发。

不日到了鹅埠，三三两两传说：“姚大王占住了羊蹄岭，前月杀败了碣石镇兵马，这几日提标就有官兵到来征剿。我们不怕强盗，只怕官兵一到此地，定要遭瘟。趁早收拾躲避。”遁庵听在心里，吃了点心，竟出街望旱路走来。上山不到二里，望见一座高关，关上竖着一根“招贤”二字的旗号。

此时羊蹄岭上已有千余人马。定下规模：正中大寨姚霍武、冯刚居住；前寨何武；左寨韩普；右寨谷深；蒋心仪已送家眷到来，居于后寨；南关王大海、戚光祖把守；北关吕又逵、许震把守；尤奇、褚虎另立一寨于凤尾河边，以防水道。

这日正从教场中演武回来，听得北关来报，有一书生投见。霍武忙叫请来。只见许震领着一人，昂然竟入。霍武起身相迎，遁庵长揖就坐。许震替他道了姓名，霍武问道：“姚某一介武夫，别无才智，蒙白先生枉顾，未审何以开导愚顽?”遁庵道：“方今圣天子在上，遐迩一体，众庶会归。不识将军雄踞此山，意欲何所建立?”霍武道：“某世受国恩，宁敢安心叛逆? 只是众兄弟为赃官所逼，某哥哥又被谗就戮，心窃不甘。会当扫除宵小②，杀

① 蓍（shī）——蓍草一种多年生草本植物，茎有棱，叶披针形，花白色。我国古人常用它的茎占卜。

② 宵小——盗贼，坏人。

尽贪污，然后归命朝廷，就死关下。此是姚某的本心，唯天可表。所以只取婪赃家产，不敢擅害良民。”遁庵道：“将军此言，未必不光明磊落。但赃官点点家私，岂能供众人大嚼？后来原要波及良民。况羊蹄岭弹丸片地，岂能控制粤东？万一督抚发下文书，提标兵马攻其北，碣石镇标兵马攻其南，潮镇兵马从东南掩至，不要说众寡不敌，他三面架起大炮，远远的打来，这山既不甚高，又无城郭沟池之固，诸公虽有冲天本事，恐亦插翅难飞。若不思患预防，宁非燕雀处堂，不知栋梁焚之祸烈乎！”霍武等瞿然离席道：“某等只图目下苟安，实未想着后来祸患。愿闻先生万全之策，某等敢不拜从？”遁庵道：“羊蹄岭系海、陆二县进省的要路，不取二邑，断无宁静之期。为今之计，先取碣石，后图二县，再收甲子，然后遣一将以重兵扼住惠来界口，一将镇守此山，虎视惠、潮，抚绥嘉应。二县的钱粮，除军饷之外，存贮仓库，将来归还朝廷。此乃高枕无忧之算也。”霍武道：“先生此论，自然确当不移。但不知何以要隔着海、陆二县，先取碣石？”遁庵道：“海丰现遭挫败，自然日夜戒严；陆丰接壤之区，怎肯不为守备？况城池高厚，恃着碣石的救援，攻之未必即克。唯碣石自恃险远，断不提防；且主将会哨未回，只须数百人，乘夜袭之，断无不破。所云出其不意、攻其无备也。碣石一破，二县丧胆，彼既孤立无依，取之直摧枯拉朽耳。”霍武大喜，便欲拜为军师，又恐众心不服，因吩咐传齐众弟兄，明日正寨会议。

次日，聚义厅上，设了三个席面。姚霍武、白希邵、冯刚居中，众人各分左右坐定。酒行三爵，霍武开谈道：“姚某蒙弟兄们不弃，一力相扶。只是我们都是武夫，不晓得出奇制胜之理，今幸白先生惠顾，某意欲暂屈帮扶，众兄弟以为可否？”众人道：

“哥哥招贤纳士，一片诚心，但未知白先生果有真才实学否？”霍武道：“白先生才学自然纬地经天。请问先生：自古有名将、军师之号，未知何等人物、如何学问，才称其名？”遁庵道：“军师、名将，迥然不同。智勇兼备，名将之任也；运筹帷幄之中，决胜千里之外，军师之事也。不但为六军之师，且可为三代以下王者之师，才不愧军师二字。师尚父是古来第一军师，留侯、武侯、魏元成、李药师、赵学究、刘秉忠、本朝刘诚意皆其流派也。孙武子为名将之宗，韩淮阴、周公瑾、郭汾阳、岳鄂王、韩蕲王皆其尤者，其次则战国之乐毅、赵奢、李牧、白起，汉之周亚夫、李广，冯异，唐之李光弼，宋之曹彬及国初徐中山、常开平辈，亦其选也。其有似军师而不得谓为军师者，夷吾之佐齐桓，范蠡之营勾践、陈平之策汉高、王猛之启苻坚是也。其有似名将而不得谓之名将者，先轸之谲而无礼、穰苴之未逮大功、孙膑之仅图私报、田单之乘机复齐、邓艾之行险入蜀是也。引外瑕瑜互见①，褒贬交加，则更仆难数矣。”一番议论，说得众人心服。霍武道：“先生大才，本不该小用。既蒙俯就，当暂屈为军师之任，某等愿听指挥。”遁庵慨然应允。

当日，同至教场，聚集众军听令，请白希邵登坛。霍武拔所佩宝剑奉上，自己先拜了两拜，说道：“自姚某与众弟兄起，下及军卒人等，有不从令者，即以此剑斩之。”遁庵答拜受命。众弟兄参见过了，一旁坐下。遁庵登坛，晓谕道：“我法简而易明，严而可守：

劫掠平民者斩；

---

① 瑕瑜互见——比喻优点与缺点并存。

奸淫妇女者斩；

泄漏军机者斩；

窃取财物者斩；

闻鼓不进，闻金不退者斩；

前队先登，后队不继者斩；

一将失利，诸将退后者斩；

不依部伍，擅自行止者斩；

其余小罪，各依轻重捆打。”

众人各各声喏。

遁庵便叫谷深听令道：“你领二百步军，至凤尾河上流筑坝，将下流的水戽①干，昼夜守住。临期别有号令。”又叫蒋心仪听令道：“你领步兵一百名，搬运木石，在凤尾河北口两岸埋伏，身边各带火枪、火箭等物，倘有官兵进口，不许堵御，静候号令。”又吩咐吕又逵、许震北关多备炮石、滚木、弓箭，倘遇官兵攻打，不许出战，只许炮石打退，便算头功。众人各受令去讫。遁庵下坛，与霍武等回寨，叫匠人打造火龙、火马、火鸦、天雷炮、地飞车之类。霍武问道：“先生方才发凤尾河兵卒，未知是何主意？”遁庵道：“四五日内，自见分晓。”一连三日饮酒，不理别事。

早有北路探卒报说：“提标中军贺斯光，调集三千人马，战将二十员，已到鹅埠下寨。请令定夺。”遁庵赏了探卒，即取令箭一枝，付与韩普道：“你到南关去吩咐王、戚二将，关上刀枪

① 戽（hù）——戽斗，形状像斗的用于汲水灌田的旧式农具，两边有绳，两人引绳，提斗汲水。

旗号，一齐撤下。领着本部人马下山，于东路一二里下寨，以防海丰县出兵来攻。你就在营相助。”又取令箭一枝，叫帐下头目去北关吩咐：“恪遵从前号令；倘有故违，虽胜必斩。听得山头炮响，方许下山冲杀。”又取锦囊两个，叫人分送蒋心仪、谷深遵令行事。再传冯刚、何武、尤奇、褚虎四人，领四百名兵，各带火器，在于凤尾河两岸伏下，听得山头炮响，各向河中射去。自己与姚霍武在高阜处安放号炮，静候捷报。正是：

曾标国士无双誉，且看羊蹄岭上功。

再说提督军门任恪，是个智勇兼备的元戎，与姚卫武最为投契。卫武失机，督抚参奏，任公不但不肯会衔，并有札致督抚，祈他宽宥，准其戴罪立功；无奈两衙门不允。任公料得姚副将断无死罪，也就罢了。后来在洋面上接得禀报，羊蹄岭有强人占住，他还不大关心；后又接到碣石、海丰的告急文书及督抚的移文，方知姚卫武已经斩首，这为头的就是卫武的兄弟霍武。恨他不畏朝廷的法度，不顾父母的体面，因谕本标中军贺斯光领兵征剿，叫他活擒到来，自己细细审问。

这斯光乃是永乐时大将军邱福曾孙。邱福因出塞全军覆没，次子邱贺逃窜粤西，改姓为贺。那贺斯光系提标第一员勇将，臂开两石之弓，手提百斤之棍，任公向来用为先锋，战无不克；奈他恃勇轻敌，更有信陵君醇酒妇人之癖。奉了任公将令，正要起兵前进，却好督抚的檄文又到，因挑选马步军兵二千，七八个参、游、守备，鼓勇而来。因主将勇悍荒淫，部下效尤更甚，一路上逢人家就抢，逢妇女便淫，非理分外地凶狠！到了鹅埠，放起一把火来，烧做白地下寨。斯光吩咐即刻踏平了羊蹄，再吃早饭。众军呐喊上前，那关上的火炮、木石，雨一般地打下来，不能前进。斯光说道：“贼匪既作准备，且吃饱了饭，寻一个计策破他。”因吩咐一面埋锅造饭，一面叫人四下打听上山路径。早有探卒报道，各处都无路可上，唯有西南大路，虽新设一关，却无人把守；且凤尾河中浅水新涸，不必用船。贺斯光道：“这伙贼匪，他知道我从北路杀来，所以这里加紧把守。我如今转去攻他背后，叫他迅雷不及掩耳，可不一个个都死！我们日间不可移动，恐怕他参透机关。一面故意攻山，晚上从凤尾河进去，他就防备不来了。”众将叹服。

斯光吃了半日酒，到了晚上，留一二百名老弱看营，摇旗擂鼓，虚张声势；自己同了众将，潜从凤尾河进发。河中无水，人马爽快而行。走不到十里路，听得山头震天价一声炮响，霎时间两岸火把齐明，无数火器尽行搅入。斯光大吃一惊，情知中计。急叫快快转去，谁知火器着了衣甲，烧得个个着忙。山上的火箭，又如飞蝗一般乱射下来，到得口头，来路已经塞断。回顾手下兵卒，已烧死一半。斯光计无可施，大叫众兵拼命杀上岸去，死里逃生：自己奋勇一跃，便有二丈多高，一手扳住树木，一手挥棍挨上岸来。谁知这树根已被火伤，怎禁斯光的神力？树根折断，却又倒栽葱跌下河来。那上流之水，忽然淹至，一千多焦头烂额之人，都做了烧熟的鱼鳖，也辨不出什么将官、兵卒、马匹了。那老营中二百余人，已被又逵等杀散，抢了许多辎重、器械及粮饷等物。

霍武、遁庵已知大获全胜，天明坐在寨中，各路都来报捷。遁庵吩咐将山南人马撤还，俱延至寨中吃庆贺酒席。霍武将所得粮饷银钱，分赏众兵卒，叫他们亦各欢饮一天。席间，遁庵说道：“惠州经此番大衄，自无人敢再来。任提督又在外洋，也未

能骤至。只是督抚两标兵马，数旬之内，必然掩至。趁此刻秋凉闲暇，众将军当不辞劳苦，先取碣石，再定海、陆二邑，以为根本。”众人都齐声应道：“愿听军师号令。”

停了三日，遁庵拨尤奇、吕又逵为第一队，何武、韩普为第二队，自与冯刚为第三队，许震、谷深为第四队，各领二百人马，声言攻取海、陆二县，摆齐队伍而行。二县得此消息，各各登城守御，昼夜提防。谁知羊蹄岭人马并未惊动海丰，到了陆丰，远远的在城外屯札了半天，连夜往碣石卫进发。三更已至卫城，毫无守备。遁庵即吩咐爬城。这五六里大的城，不过一丈多高，顷刻攻进。遁庵叫第一队杀向中营，第二队杀向左营，第四队杀向右营，自同冯刚杀往协镇府。军民同知衙门，本无兵卒，不必管他。这里各路杀来，可笑这几营将官，还在床中睡觉。闹到五更，遁庵坐在协镇府中，那尤奇、又逵已解到守备沙先、游击曾勇；韩普、何武提了参将费时的头、擒了两员千总解至；许震等也拿住守备常棣夫、同知胡自省来到。遁庵吩咐一面竖起招降旗二面，贴了安民榜，将拿来文武概行寄监，其家口亦查明，分别看守，不许杀害一人，候姚将军定夺。不一时，有二千余军跪在辕门求降，口称愿见姚二老爷。遁庵一一抚慰，每人赏银一两、军民府所贮仓谷五斗。休兵一日，就着尤奇、何武留本兵四百，降兵一千镇守；自己领了诸将并千余降兵，回陆丰县来。

那陆丰知县苟又新，已得消息，便邀游击杨大鹤商议。大鹤道：“前日贼匪从这里经过，我原要领兵截住，杀他个片甲不回。因太爷必要坚守，养成此患！如今且候他回山时节，与他对垒一番，再作计较。”苟又新道：“我因贼匪勇悍，前日海丰、惠州两处，都遭丧败，所以立意坚守。如今前后受敌，料难请讨救兵，全仗将军英武，与贼人厮拼一阵，但不可小觑这厮。”大鹤道：“但请放心。太爷只管守城，我只管出战，各尽其职就是了。”大鹤即同一员千总、三四员把总，领着一千二百兵，出城扎住。次日晌午，早望见羊蹄岭人马浩浩荡荡而来。大鹤忙将人马摆开，自执大刀，在阵前弹压。

这遁庵已知陆丰兵马挡路，晓得大鹤是一员战将，急唤许震、谷深，吩咐如此如此。却暗传号令：后队改为前队，缓缓地退下。许、谷二将领了二百余兵，上前大喝道：“何处不怕死的鸟将官，敢来挡我的去路！难道没有驴耳，不晓得我羊蹄岭英雄的厉害么?”大鹤也喝道：“贼少死的囚徒，我来拿你，与贺将军报仇。”一刀砍过。许震战了四五合，回马便走；谷深上前战了六七合，也就飞马而逃。大鹤呵呵大笑，招动军马，奋力赶来。二人且战且走。又逵看见两人败下，便欲向前，遁庵连忙止住，吩咐暂退十里之遥。查点兵马，却未曾少了一个，不过二十余人带伤，发在后营调养。众人问退兵的缘故，遁庵道：“我们不在乎杀他一将，必要取陆丰县城。杨游击负城立寨，他若败了，一定进城固守。这陆丰有小苏州之号，攻之就费时日了。如今骗他离城十数里，便可用计破他。调虎离山，取陆丰如反掌耳!”因叫吕又逵、韩普领六百兵马，打着杨大鹤旗号，连夜赚开城门，先据定城池；冯刚领三百人马，抄出背后，天明听得炮响，前兵夹攻；自与许震、谷深衣不解甲，三更造饭，五更进战。

大鹤胜了一阵，得意洋洋，离着遁庵的营二里下寨，告诉千把们道：“吴日升本属无能，贺斯光误遭诡计，所以致败。诸公明日看我一鼓擒他。”众人道：“全仗大老爷虎威，将这厮们斩尽杀绝。”大鹤吃了一回贺功酒，吩咐众人不许解甲，枕戈而卧，

恐防贼人劫寨。

到了天明，众人饭未吃完，听得炮响三通，羊蹄岭人马一齐涌至。大鹤忙绰大刀上马，摆开兵将，跳出阵前，大喝道："杀不尽的毛贼，还敢来送死么？"许震早一骑飞出，战有二十余合，招架不来。谷深即拍马助战，那边千总挺枪敌住。正在酣斗，冯刚早从背后杀来，画戟起处，纷纷落马；遁庵亦挥兵杀进。大鹤前后受敌，众兵四散奔逃。奈许震敌不住大鹤，拖刀败走；冯刚上前接住厮杀。那谷深已挑死千总，即拍马夹攻；许震又回马助战。大鹤渐渐力怯，手下已不上三百余人，只得拨马逃走。这里全伙追来。大鹤跑至城边，谁知又逵等已得了城池，从城门杀出。大鹤才上吊桥，见不是头，翻身转出；冯刚却好追到，撞个满怀，一把擒住，喝叫绑了。

遁庵进城，于县堂设一旁座，一面出榜安民招降。又逵解上苟知县，冯刚送上杨游击。那苟又新再三磕头道："卑职原不敢抗拒大王爷的，因杨游击恃着勇力，冒犯虎威。卑职还有八十岁老母在家，望大王爷开天地之恩，矜全微命。"遁庵笑道："老父台何必如此！你命中该死该生，我也不能做主。暂且同尊眷监下，候众百姓主张。"又新又连连磕头道："卑职因办事认真，众百姓不大喜欢的。还求大王爷的恩典。"遁庵也不理他。吩咐监着。那杨大鹤已大喊道："苟太爷如何这等卑污？快先杀我罢！"遁庵道："杨将军英武，名震海南，倘能同举义旗，不胜荣幸。"一头说，忙走下座来，替他解缚，扶他上坐。大鹤道："我是此城城守，城池已破，自当以死殉之，再无别议，难道好帮你们反叛不成！"遁庵道："弟辈原不敢反叛，皆因有激使然。将来就了招安，也还想替王家出力。杨将军既不屑为伍，这是士各有志，我又何敢强留?”因唤左右：“快取杨将军器械、马匹过来，我当亲送出城，任从尊便。”大鹤见遁庵恩礼交至，又且磊落光明，即下拜愿降。遁庵大喜，扶起一同就坐。即着人送一纸书到海丰去，劝他全城归降；又着又逵领三百人马，上岭报捷，并请霍武移驻陆丰，吩咐将县衙改为公府，自己退居公馆。不数日，海丰回报：“义民窦弼丕纠集居民执了公羊，全城归附，梁尚仁逃走。窦弼丕在外候见。”遁庵传进，奖谕了几句，叫把公羊生监下，一切赏罚候主军到来定夺。

次早，霍武已到。他因得了两处捷报，留王大海、褚虎镇守山头，自己即日同蒋心仪、戚光祖与吕又逵就道，于路又接到海丰归附之信，所以并无阻碍，一直径进陆丰。遁庵领着众人，摆齐队伍，迎接入城。进县署坐定，杨大鹤、窦弼丕上前参见，霍武亦安慰一番。遁庵道：“众将军在此，我等仗着姚将军威福，众兵士协力，二旬之内，连得三城，那甲子一城，可以不劳余力。学生愚见，欲暂奉姚将军为丰乐公，主此一方政治。不识众意如何?”众人道：“军师之见，允协众心。某等即于今日扶哥哥即丰乐公之位。”霍武道：“白先生不可造次，众兄弟不可遵依。姚某一介武夫，暂时躲难，赖白先生及众兄弟之力，苟且偷生，方将思患预防，岂可妄自尊大?况姚某才略，不如白先生，智勇不如冯兄弟。诸公须要三思。”遁庵、冯刚齐声说道：“主公不必太谦，某等已经定议。”说毕，即同众人罗拜。霍武推辞再四，方才允了，改去“公”字，自称“丰乐长”。诸人禀见，行再拜礼。礼毕，旁坐禀事，称申闻。

次日，祭告神明，刊刻印绶①。以白希邵为军师，知军民重事；冯刚为中营将军，督理各路兵马；尤奇、何武为镇海将军，控制碣石卫诸路；王大海、褚虎为镇北将军；蒋心仪为镇抚海丰使；许震为前营将军；韩普为左营将军，兼知陆丰县事；戚光祖为右营将军；谷深为后营将军；吕又逵、杨大鹤为左右龙虎将军，兼挂先锋使印；命窦弼丕权海丰事。弼丕禀道："小人纠众缚官，原不过依了众人的心愿，如何便好做官？有本县典史林老爷莅任九年，允符民望，求将军升他知县，则万民感戴矣。"霍武准其所请，重赏弼丕，以典史林始泰知海丰县事。惠防同知，本无甚职守，暂时裁革。民间词讼，归镇海府委员讯理。又出了一张招贤榜文，并招告海丰知县公羊生、巡检余星、陆丰知县苟又新、典史伍箴仕、巡检曲薄、训导贡南金、碣石同知胡自省的告示，大约言"各官有无贪刻罪案？在押之虎，无虞其再噬；已死之灰，宁虑其复然？公道自在人心，冤抑何妨理诉"等语。养兵一月，即遣冯刚为大将，杨大鹤为先锋，何武为合后，领一千五百人马，望甲子城征进。

① 印绶——旧时称印信和系印的绶带。借指官爵。

第十四回

郎薄幸忍耻吞声　女多谋图奸尝粪

闺阁徒怀脱幅伤，狂且心事费推详。忍教鞭打玉鸳鸯？饮泣泪从肠断落，包羞棒拭粉花香。追提往事怎相忘？

花月场中着脚，风流队里都头。小姨窈窕态温柔，瞥见难禁馋口。　好事相期月下，佳期暗约河洲。满妆清粪下咽喉，逃去丧家之狗。

姚霍武羊蹄岭起义之时，正苏吉士守制家居之候。如今掉了陆丰，再谈省会。从前苏笑官表字吉士，此后书中称吉士，不称笑官矣。吉士百日已满，出门拜客。先从各衙门、各行、各商起，一切亲友如乌、时、曲、竹诸家，无不都到。回家另换素衣，依然进内，见过母亲、姨娘、妹子，来到蕙若房中。蕙若与小霞置酒同饮，蕙若说："这廿四日，我哥哥娶亲，请我们两个回去。我们是有服之人，还是去也不去？"吉士道："过了百日，自己至亲，本无忌讳，就去走走何妨？横竖我也要去耽搁几天的。"是晚宿在蕙若房中，久旱逢甘，其乐可想。

早上方才起身，巫云上来说道："外边传进话来，有什么时邦臣要见。"吉士梳洗过了，踱至外边，吩咐请时相公书房相见。邦臣见面，便倒身拜下，说道："昨蒙大爷枉驾，逢荜生辉，敬来谢步。"吉士道："承诸公惠及泉壤，弟乃分所当然，何谢之有？"邦臣坐下说道："晚生在舍下，敬备一杯，为大爷散闷。望

赐宠光。”吉士道：“弟还未及奉屈诸公，如何先要明扰?”时邦臣道：“晚生忝在大爷门下，不过略尽一点孝心。大爷若不赐光，晚生何颜见这些朋友?”说毕，又打一拱。吉士见他请得志诚，也就允了。时邦臣连忙告辞道：“下午再专人敦请，晚生还要去请施舅爷、乌少爷奉陪。”吉士留他早饭，他再三不肯而去。吉士吩咐苏兴，叫人写了几封书，禀谢那路远的亲友。

过了下午，施延年走过来说：“时啸斋请我奉陪姊丈，又着人来邀了两回了，我们同去罢。”吉士道：“我已应允了他。即叫家人备两乘轿子，一路同去，省得人家守候。”当下两人上轿，祥琴、鹤庆与施家小子阿福跟随，望双门底一直出去。

这时邦臣年逾不惑，妻子早亡，剩下一个十六岁的女儿顺姐，住在纲局左侧，开一个杂碎古董铺，与竹中黄兄弟间壁邻居。这日特延吉士到家，不过为亲热走动之计。将房子收拾干净，焚了些香，预备下两个唱曲的女孩儿，在家伺候。竹氏兄弟已邀同一处。守了好一回，吉士、延年已到，邦臣等忙至轿前恭候。吉士下轿，挽手进来，说道：“承时兄盛情，弟不胜惶愧。”邦臣道：“穷人家备不出什么可口的东西，不过尽点儿穷心。我们苏州人有名的苏空头，大爷休要笑话。”忙忙地递上两人的槟榔。竹中黄又替他递茶，吉士、延年俱各致谢。

邦臣吩咐家里的小子阿喜道：“怎么乌少爷还不见来？快再去请！”那阿喜道：“小的方才去了。他家爷们说请这里先坐罢，他略停一会就来。”邦臣道：“有什么正经么?”阿喜道：“像是在家里同少奶奶合气的一般，小的再去请就是了。”邦臣对着众人笑道：“乌少爷怎么就敢和少奶奶闹起来？少停罚他个夫纲太正。”竹理黄道：“他少奶就是大奶奶的令姊，闻说最贤惠的。这一定是老乌寻事了。”施延年道：“老乌因他令尊兼署了盈库，气象大不似从前。”竹中黄道：“舅爷这话一些不错。”吉士道：“如何一个人会改变？我只不信。”竹理黄道：“时啸斋请了苏大爷来，难道就是一味清谈？内里预备的东西，也要拿出来摆个样才好。”时邦臣道：“正是。到累大爷受饿了，快拿出来。”吉士道：“不要慌，候着乌姐夫来，同领盛情罢。”正在摆那攒盘果碟，乌岱云已下轿进来，半酣的光景，众人一齐迎接。

时邦臣道：“少爷来得怎迟！想必晓得我家没有什么东西吃，在衙中吃饱了才来？”岱云道：“我那里有闲工夫吃酒？因多时不见苏妹丈，所以来陪他一陪。”吉士道：“多承记念。只是来迟的缘故，还要请教。”时邦臣道：“且请坐下了再谈。”吉士便逊岱云上坐，岱云更不推辞，居然坐了第一位。吉士虽不介怀，延年觉得岱云有些放肆。第二坐，吉士还要推逊，延年、岱云道：“妹丈坐了罢！他们料想不敢僭①我们的。”众人也都推吉士坐了。延年、中黄、理黄、邦臣依次坐下，家人送上酒来。邦臣却将第一杯递与吉士，中黄、理黄便递与岱云、延年，各人饮了一杯。

吉士又问方才的话，岱云道：“这温家的越发不是人了。从去春到了我家，我怎么的看待她？我爹爹得了盈库，带着母亲去了。这河泊所衙中人少，因取了一个妾，叫做韵娇，也不过图热闹的意思。她天天寻事吵闹，新年上被我骂了一场，觉略安顿些。今早起来，我到父亲那边去了，小妾韵娇起身略迟了些，她竟闯进房门，将小妾打骂。我回来问她，她千不说，万不说，到

---

① 僭（jiàn）——超越本分，冒用。

蜃楼志全传

经典书香·中国古典禁毁小说丛书

说小妾与小子通奸，所以打的。我家闺门严正，别人不知，苏妹丈是尽知的。她将这恶名见图赖人家，我如何不生气？我着实的打了她一顿。她那嘴头子淮河也似的，说要寻死，我把她锁了，方才略软了些。”吉士道：“拿奸是假，吃醋是真。只是老姐丈还要格外宽恕些才好。”岱云道：“你不懂得！假如老施的妹子是你小老婆，你家奶奶也这样吃醋，你难道不要生气么？”吉士便不做声，延年飞红着脸。

邦臣见二位没趣，忙拿话岔开，再三劝酒，说道：“晚生预备着两名唱曲女子，伺候苏大爷、乌少爷，不知可能赏脸？”岱云道：“既有唱的，何不早些叫来？”邦臣即忙唤出。一个阿巧，一个玉儿，都不过十二三年纪，还未梳拢，到了席前，插烛地拜了两拜。岱云即搂过阿巧，坐在脚上，说道：“好孩子，你是哪一帮？记得多少曲子？快捡心爱的唱一个来，你小爷就吃一大杯。”阿巧道：“小的是城内大塘街居住，还没有上帮。少爷吃了酒，小的才唱。”因双手捧上一大杯，岱云真个干了。玉儿琵琶，中黄鼓板，邦臣打着洋琴，阿巧按理弦索，低低地唱道：

两个冤家、一般儿风流潇洒，奴爱着你，又恋着他。想昨宵幽期暗订在西轩下，一个偷情，一个巡查。查着了奴实难回话，吃一杯品字茶，嬲字生花，介字抽斜，两冤家依奴和了罢！

唱毕，岱云道：“绝妙！绝妙！但是只许你爱我，不许你爱苏大爷。”吉士笑了一笑。邦臣叫玉儿劝苏大爷的酒，玉儿也递上一大杯，自己鼓板，阿巧三弦，邦臣吹笛，唱了一只《醉扶归》的南曲。端的词出佳人，魂消座客，吉士也干了，众人都说唱得好。岱云道：“我不明白曲子，不喜欢玉儿。”因抱着阿巧肉麻说道：“我只守着你罢。”阿巧道：“少爷请尊重些，旁观不雅。”岱云道："我怕那个旁观！"因与他三四五六地划起拳来。岱云输了七八杯，酒已酣足，摸手摸脚地，弄得阿巧无可躲闪。

施延年道："老乌这等爱她，何不娶她作妾，带我们吃杯媒人酒儿。"岱云道："我也有此心，只要等这不贤之妇寻了死，才可称心适意。"延年道："假如你少奶奶真个寻了死，温姨丈就没有话说么？"岱云道："我怕他怎么的？他一个败落盐商，敢来寻我现任少爷的事？好不好一条链子锁来，还要办他串通亲戚、侵吞税饷呢。"延年听他说话钻心，急问道："串通哪一个亲戚？"岱云道："小施你不要装痴做聋，你家该缴的饷银，偿完了么？"延年道："偿也不关你事。"岱云大怒道："我爹爹现为盈库大使，怎说不关我事？你靠着谁的势，这等放肆？我明日就办你，不办不是人养的！"延年道："我怕你这种未入流的少爷，也不姓施。"吉士见不是话，便喝住延年，忙劝岱云道："老姐丈不须动气。时啸斋请我们吃酒，不过是追欢取乐，我们在这里争闹，这就是难为主人了。看我薄面，省一句话也好。"岱云道："你是个忠厚人，我不寻你，你不要帮着你那丫头小舅子。"延年接口道："谁是丫头小舅子？你才是赫广大的丫头小舅子呢！"岱云越发大怒道："我就与你比一比，哪个小舅子势大！"吉士与众人再三劝慰，岱云也不终席，忿忿而回。

吉士也要回去，时邦臣拦门挽留，只得依旧坐下。吉士道："施大哥也不要生气，也不必着忙，他就认真办起来，横竖不过几千银子。我去缴还了他，他就拿不着讹头了。"时邦臣道："大爷说得是。这小乌再不晓得变到这样！莫说他令尊是五日京兆，就是实授了，这八九品的官，搁得住什么风吹草动？牡丹虽好，须要绿叶扶持，怎好这等得罪亲友？施舅爷不要理他。"延年道：

"他走进门来，这目中无人的样子，是大家看见的。我何尝去寻他？他为了自己老婆，又牵上我来，叫人怎按捺得住？"竹理黄道："原说这人不终相与的。施舅爷有大爷做主，怕他怎的？我们畅饮几杯。"吉士依然放量饮酒，两个唱的殷勤相劝。吉士每人赏了三两银子，然后同延年辞谢起身。到了门首，又嘱咐延年："不必虑他，诸事有我。"延年致谢回去。

吉士一直至厅中下轿，走至中门，早有许多仆妇丫头拥上。两个接了毡包①，两个打了提灯，两个拿了手照，望西院而来。小霞接住问道："今日面上没有酒意，倒像有什么心事的样儿？"吉士便将岱云糟踏素馨的话，告诉一番。小霞道："当初原是我姨丈误对此亲。只可惜我素馨姐姐，何等才貌，误适匪人。"吉士又道："岱云还要办你哥哥的未完税饷，我也担承了。"小霞道："也不要你担承。当初我爹爹并非吞吃饷银，活活地被海关逼死，我哥哥少不更事，又受了屈棒。奈彼时家徒四壁，无处申冤，只得歇了。此仇此怨，时刻在心。他不办也罢了，若果然办我哥哥，我劝你这几千银子不要瞎丢了。"吉士道："这是怎说？"小霞道："我哥哥虽则无能，也还硬朗。我却还懂得一点人事。这不共戴天之仇，如何饶得他过？有了几千银子，我若不扳倒关部，断送乌家，我施字倒写与他看。"吉士笑道："我又遇着一个女英雄了！你哥哥做硬汉，惹起许多闲话来。你何苦学着他呢？"小霞道："我哥哥鲁莽之人，我须还有三分主意。现在督抚与关部不和；况且督抚就回护关部，还有圣人在上。这几千银子，难道盘缠不到京师么？我也再不肯出乖露丑，只须做下呈词，叫哥

① 毡包——用兽毛编织的或用毛毡缝制的袋子，用于盛放衣物等。

哥告去。他原是失过风的人，也不过再尝尝板子的滋味，想来未必有什么死罪。我的好大爷，你就依了我罢。”说毕，那粉腮上早淌下泪来。吉士叫丫头们出去，自己上前替她拭泪道：“不要悲伤，且看老乌办不办再处。”小霞道：“蒙大爷厚爱，奴怎敢多言？只是此事若闹起来，切不可向老乌说情的。”吉士允了，于是同人衾绸。睡到晌午起身，即着人去打听岱云消息。

原来这日岱云回衙，温家得了他夫妻反目之信，史氏叫家人来接素馨，被岱云一顿臭骂，来人雌着一头灰回去了。岱云走到房中，说素馨叫娘家人接她，又狠狠地打了一顿，逼素馨上吊。这妇人家的情性，起初以死吓人，直到叫她寻死，她却一定不肯的。当下素馨受打不过，只得软求。岱云骂道：“饶你这淫妇，明日再打罢！”自去与韵娇宿了一夜。

早来就到盈库署中，与父亲商量收拾延年之事。必元道：“你不要多事，都是至亲，何必计较？况且苏少爷面上，怎好意思？”岱云道：“他倚着苏吉士的财势，才敢这等大胆。我的意思，还要连吉士都办在里头，不过看他忠厚，权时放过，将来也要与他一个手段。”必元道：“胡说！苏吉士有什么得罪我家？你这等无义！你娶亲之时，还亏借了他三百银子；后来我升官的贺分，他十倍于人。你要害他，就没良心了。况且此刻督抚因大人奏了洋匪的实情，要将大人参奏，包大爷刻刻提防，你就办上去，也不依的。”几句话说得岱云如冰水浇炭地一般，默默而退。

回转河泊署中，叫丫头烫酒解闷，他同韵娇坐下，吩咐丫头把素馨的练子开了，带上房门出去。自己把素馨剥得精赤，拿着一根马鞭子喝道：“淫妇，你知罪不知罪？”素馨已是斗败的输鸡，吓得跪下道：“奴家知罪了。”岱云道：“你既知罪，我也不

打你。你好好地执壶劝你韵奶奶多吃一杯。”素馨道：“奴情愿服侍，只是求你赏我一件衣服遮遮廉耻罢。”岱云就“呼，呼”的两鞭，抽得这香肌上两条红线，骂道：“淫妇，你还有什么廉耻，在这里装憨？”素馨不敢回言，忍耻含羞，在旁斟酒。岱云搂着韵娇，慢慢的浅斟低唱，摸乳接唇，备诸丑态。吃了一会，又喝道：“淫妇，你把你那头毛剪下来，与韵奶奶比一比，可如他阴毛么？”素馨不敢做声，吓得筛糠也似地乱抖。那岱云又跳起来，将马鞭子乱抽，喝道：“还不快剪！”素馨忍着疼痛，只得剪下一缕与他。岱云付与韵娇，要扯开她裤子来比。韵娇不肯，说道：“这油巴巴的脏东西，比我什么呢！”便一手撇在火上烧了。岱云呵呵大笑道：“贱妒妇，你如今可也晓得不如人了？停了几日，你家讨兄弟媳妇，好好地与我回家。离门断户，省得你丫叉萝卜地装在眼前，教你韵奶奶生气。但凡房里的东西，一些也不许乱动。”说毕，竟同韵娇去睡了。这素馨前后寻思，终宵痛哭，却不敢高声。正是：

褰①裳悔赋狂童句，江水难湔②满面羞。

苏吉士打听得岱云没有动静，也就置之不言。转瞬间温春才吉期已到，温家着人敦请，蕙若、小霞带了家人、媳妇、丫头们回家。温仲翁将折桂轩、玩荷亭两处住他二人，十数个仆妇丫头各一其主安歇，五六个家人小子把住园门，听候差使。将惜花楼侧门仍旧开了，通着里边。此时素馨已早回来，带着自己的两个伴嫁丫头，居于藏春坞内。姊妹们相见，素馨自然泣诉苦情。蕙

① 褰（qiān）——撩起，揭起。

② 湔（jiān）——洗去，除去。

若倒还不大伤悲，小霞深为惋惜，说道："姐姐，事已如此，且在这里住几年再处。"又告诉岱云前日与延年寻闹的话。素馨道："我是死囚一样的人，毫不晓得。只是妹妹也要防他，我是与他恩断义绝的了。他还认得那个？"小霞道："他既不认亲，我们也只得各办各事，且看后来。"这里闲话休提。

那温商娶的媳妇，是南海县主簿苗庆居的小女儿花姐。这迎娶之日，宾客盈门，笙歌聒耳。好笑乌岱云不知为什么缘故，倒欣然而来。温商只做不知，一般看待，与吉士都在前厅。岱云虽不理延年，却背地与吉士陪个不是，说是酒后多言；吉士也就替延年说了个酒醉冲撞。

席散之后，众人都去迎亲，岱云一个人先去认认新房。那新房在惜花楼下，岱云玩了一会，就望园中走来。丫头们晓得大小姐住在园中，不好拦阻。岱云踱进园中，也还想起从前与素馨私会的光景，见一个丫头走来，却认得是自己的，因问道："你在这里做什么？"丫头道："小姐同苏奶奶都住园中，我在此服侍的。"岱云道："苏奶奶在哪里住？你领我去认认。"那丫头怎敢不依，领着他一路走来。

才过沁芳桥，见一美人身穿白纺绸单衫，外罩元青湖绉马褂，腰系元色罗裙，两瓣金莲窄窄，一头云鬓沉沉，虽然一味素妆，越显娇姿玉面。忙问丫道："这是哪一个？"丫头道："是苏二奶奶。"岱云想道："怪不得小苏这等帮衬延年，原来有这样绝色佳人送他作妾。"即紧步上前，拦住作揖道："表妹，愚姐丈奉揖了。"小霞最不妨这里有男人到来，吃了一惊，忙回一礼。岱云道："前日令兄在时家，与我寻闹；我因看表妹面上，没有计较他。表妹可晓得么？"小霞听说，知是岱云，心中大怒，见他

光溜溜两只贼眼，注定在身，且说话间带有三分邪气，却回嗔作喜道："愚妹感恩不尽，只是无可报答。"岱云道："表妹既知报恩，也不要费银钱，不拘那件都好。难道妹妹不懂么？"小霞道："妹子除此身之外，毫无所有。实在不知怎样报恩？"岱云笑嘻嘻地走进一步，将手指着小霞裙中说道："报恩原只在妹妹身上，这是很容易的。"一头说，像要动手动脚的样儿。小霞红着脸，低低地说道："青天白日，许多丫头们瞧着，成什么规矩？你不要性急，若果有奴心，可于今夜三更，在玩荷亭左侧守候。"岱云大喜道："谨遵台命。只是不可失信的！"又把小霞的小手一捏，说道："妹妹为何带这银镯儿？"小霞转身走去，回头带笑道："我是不失信的，信不信由你。"冉冉走去，心上想道："这泼贼欺我哥哥，辱我姐姐，还敢欺侮奴家，最也饶他不过。"因走至折桂轩中，将岱云调戏可恶、必要报仇的话，告诉蕙若。蕙若道："我们一个女人，也不要忒胆大了。这人性子不是好惹的。"小霞道："我怕他怎的？他也过于欺心大胆了。晚上如此如此的，玩他一回，替大姐姐出口恶气。"蕙若笑道："凭你怎样玩，我是最怕的。"

小霞别了出来，便暗暗地遣兵布阵。这晚温家新妇进门，春才也一般的照常行礼，又暗暗地与吉士说了几句什么话，吉士微笑点头。岱云见外面诸事已毕，三不知溜进花园，东躲西闪，听得鼓打三更，才往玩荷亭走来。这玩荷亭四面皆水，从一条白石桥过去，无可藏身。听得里头还很热闹，正在左顾右盼，寻一个暂躲的地方，那槅子响处，一个小丫头走来，黑影里低低叫道："可是乌少爷么？"岱云道："正是。姐姐快领我进去，我重重赏你。"丫头道："我们二奶奶说，此刻有你们少奶奶、我们大奶奶在里头，房子小，人又多，无处躲避，这里又怕人撞见，少爷权在左边河滩下躲一回。停刻我来请你，万万不可冒失。少爷若守候不及，请转去了明晚再来罢。”岱云连声说道：“我暂躲一躲，姐姐你须照应。”即慢慢地一步一步走下河滩藏好，思量道：“这施奶奶好算计，在这个地方，仙人也寻不到的。看来倒是个惯家，可怪我们这不贤的姊妹，偏有许多闲谈，耽搁我的好事。不要管他，停一会儿就尽我受用了。”正在胡思乱想，听得上面窗棂“刮刺”一响，一盆水就从窗内倒下来，淋得满头满面。岱云想道：“是什么水？还温温的。”把手摸来，向鼻间一嗅，赞道：“好粉花香，想是施奶奶洗面的。不过衣裳湿了些，也无妨碍。”将脸朝着上头，望那窗子，想要移过一步，却好一个净桶，连尿带粪倒将下来，不但满身希臭，连这耳目口鼻都沾了光。岱云觉得尿粪难当，急忙移步，那地下有了水，脚底一滑，早已跌在河中。狠命地乱挣，再也爬不上来。上头又是泼狼泼藉的两桶，实在难过，又不敢做声，低头忍受。听得一阵笑声，一群儿妇女出去。

岱云将河水往身上乱洗，还想有人来捞他，谁想亭门已经闭上，却有许多人摇铃敲梆巡夜而来。一个说道：“这亭子四面皆水，料来没有贼的。”一个说道：“也要两面照照，省得大爷骂我们躲懒。”即有一个小子，提着一碗白纱灯走来，说道：“这滩底下还是大鱼呢，还是个乌龟？”就有两三个跑来，拿火把一照，喊道：“不好了，有贼！”众人蜂拥将把他扯起，说道：“好一个臭贼，想是掏茅厕的。”各人手拿短棒，夹三夹四，雨点般打来。岱云只得喊道：“我是乌姑爷，你们如何打我？”众人道：“我们是苏府巡夜的。你既是乌姑爷，如何三四更天，还在这里？且拿他出去，回明了大爷、温太爷再处。”岱云道：“我因来这园里与我少奶奶说话，失脚掉在茅厕里头，在这河边洗一洗的。我这副样子，如何见得他们？求众位替我遮盖了罢！”一个年老的说道：“这话想是真的，兄弟们放他去罢。乌少爷，不是我说，你这里是我家奶奶们住的地方，不该深夜到此。第二遭打死莫怪。”岱云不敢回言，望藏春坞走去。素馨已经睡了，敲不开门。挨到天色微明，捉空儿跑回去了。温家也不查点到他。

岱云到了家中，气了一个半死，猜是小霞诡计，打算寻机报仇。却好因水浸了半夜，受了惊，又挨了打，生起病来，延医调治。

第十五回

三奸设阱　四美潜踪

以色为香饵，游鱼惯着魔。丝纶空在手，奈此直钩何？

十旬莲座下，五体总皈依，从此飞升去，长看玉麈①挥。

吉士等在温家，住过三朝，才辞谢回去。见过母亲姨娘等，回到蕙若房中。蕙若把姐姐如何受辱，及小霞捉弄岱云之事，细说一遍。吉士也替素馨伤感，说道："馨姐姐自取其辱，也只罢了。只是霞妹太狠了些，将来结仇更甚。我们虽不怕他，可不要难为施大哥么！"小霞道："我也顾不得许多。"吉士又告诉蕙若道："前日新人进门，你家哥哥问了我许多痴话。这两日我问他怎样，他再不肯说，说是苗小姐吩咐他，不许告诉人家。这么想起来，一个呆头，竟被他教训好了。"蕙若道："我哥哥虽痴，难道夫妻床上的话也告诉别人么？我爹爹替他援了例，听说来年恩科，还要下场呢。"吉士笑道："这个劝他不必费心。他若中试，你们姊妹怕不是殿元么？"

只见巫云走来，手中捧着一封书信说道："二门上传进，说是京里送来的。来人在外伺候。"吉士知是李家来信，因拆开看时：

国栋白：占村亲台足下：珠江别后，一载余矣。足下高尚其

① 麈（zhǔ）——古书上指鹿一类的动物，其尾可以做拂尘。

志，淑慎其身，心旷而德修，道高而业进，孤芳遁世，又何闷焉？弟入都后，六街灯火，灼人肺肝，九陌繁华，炫人耳目，诚道学之气不敌物缘也。小儿侥幸释褐，殿试三甲，恩擢词林，上命在庶常馆读书。婚姻之事，又迟而又久矣！吉士想已精进，唯冀其伐毛洗髓，勿以离群而有他歧。是则区区之心，所堪持赠者耳。申象轩到浙，即署理粮储道，因专摺奏除积习，已超擢浙藩。东莱姚霍武系台翁所赏识而解推者，伊非寻常流辈，乃人中虎也。倘在省垣，当饮食教诲之，以匡其不逮。国栋顿首。

吉士看完，对蕙若二人道："我妹丈已入翰林，门楣大有光彩。爹爹择婿，果然不差，可惜不及见了！"因哭了一阵，起身出外。问了来人备细，留些酒饭，给与盘费，又叫人写一封回书带去。

却好时邦臣到来，作揖就坐，说道："连日大爷在令岳处，晚生不便过来请安。适有小事奉求，祈大爷慨允。"吉士道："啸斋有话，但说无妨。"邦臣道："晚生开着一个小铺，不过为一家衣食之谋。近因店中货物短少，要到肇庆去制买，须得百金本钱。"一头说，袖中摸出一张屋契，夹着一张借票，打一恭递上。说道："求大爷慨借百金，冬底本利奉还。"吉士道："啸斋说什么话？银子只管拿去，契券断乎不要。冬间还我本银就是了，何必曰利。"邦臣又打一恭。吉士叫取出一百十两银子，付与邦臣道："我也不及饯行，这十两银子权为路费罢。"邦臣笑纳了，作谢出门。

回到家中，吩咐女儿顺姐道："你与我收拾行李，明日要到肇庆去置货。"顺姐道："爹爹哪里弄到本钱了？"邦臣道："承苏大爷见爱，借我一百两银子，又送十两程仪。这十两留与你同丫头吃用。我多则二十日，少则半月回家。须要小心门户。"顺姐道："孩儿晓得。这苏大爷不是从前在这里吃酒那个又年轻又和气的么？"邦臣道："正是他。在我面上极有情分。"次早邦臣起来，到隔壁竹家辞行，兼托他弟兄们照应，带了阿喜，一直竟往肇庆去了。

这中黄对理黄道："老时不知哪里打算到了银子，又做买卖去了。今冬又顺顺溜溜地过年！只我们两个雪里挑盐包，一步重一步，这把式再也打不开。"理黄道："我昨日在豪贤街口，看见老时在苏府出来，满面春风，想必是那边借到了银子。"中黄道："老时不过费一席酒，老苏就上了他的算。我们弟兄也破些钞，备席酒请姓苏的，再邀老施、老曲在旁帮衬一两句好话，自然告借不难。"理黄道："苏吉士父亲有名放官债的，借了须要还他。我们且同老曲商量，有什么算盘，多寡弄些也好。"

他弟兄刚刚出了街口，却好曲光郎高高兴兴地走来。中黄忙喊住道："曲弟兄，三日不见，面上白亮得多了。在那里得了采？"光郎道："得什么采？从前日输了五百文钱，一连两日，身无半文，实在过不去。我打听得时啸斋借到了苏家银子，正要去寻他。"理黄道："老时已到肇庆去了。我们且进城吃三杯罢。"光郎听说有吃头，脚已跟定，一同进了文明门来，至品芳斋楼上坐定。理黄吩咐拿了一碗走油鳝鱼、半碗酒焖肉、一大盘炒面筋，打了二斤太和烧酒，三人乱嚼一会。理黄说起时邦臣向苏吉士借银子，我们一样弟兄，偏没有这样造化，光郎道："借了要还，并无可羡之处。只是我少了几两请酒的本钱，若是有了，不弄苏吉士一二千银子，也不算手段。"中黄道："兄弟，你且莫夸口。我听得苏吉士是个不好男风的。"光郎道："大哥只晓得他不好男风，可晓得他专好女色？我昨日去望乌少爷，他得了相思

病，是为着老施的妹子。”中黄道：“乌少爷想施延年的妹子，也还容易到手，何至害病?”理黄道：“哥哥原来不知。老施的妹子就是老苏的小奶奶了，乌岱云哪里想得到手?”光郎道：“原来如此！乌少爷呢，我们也不必管他。只看老施为了官司以后，何等苦恼；从妹子进了苏家，终日的抬轿出入，大摇大摆，好不兴头。可知老苏是一味在女人身上使银子的。”理黄道：“这话又远了。你我又没有什么姊妹，可见能说不能行的。老时倒还有个女儿，你替老苏做牵头罢。”光郎道：“若也像老施这样，便是秀才抄袭旧文，决不中式的了。我另有妙计。我们虽没有姊妹，这种人可以借得的，只要五六两的本钱便好。”理黄道：“你有什么计较，且说来大家商议。五六两银子还可以典当挪移。”光郎便附在两人耳边说道：“只要如此这般，不怕他不上钩的。”中黄道：“果然绝妙。”理黄又沉吟了半晌说道：“且不必另借，也省得四圆花边。横竖不与他着手，就是我家的，也还有几分姿色，我回去与他商量。只是银子到手，我须要得个双份。”光郎道：“若得如此，一发万妥万当。二哥自然该分双股。”三人商议定了，又吃七八碗面，会了钱回家。正是：

只说京兆泥腿多，每图淫欲受人讹。

广东烂仔刁钻甚，未免英雄唤奈何。

吉士家居无事，白日与蕙若、小霞、两个妹子在园避暑，吟诗消夏，载酒采莲；打听得岱云生病，也就心上宽了许多。这日听说高第街竹相公要见，便走出前厅。竹理黄上前作揖，吉士道：“天气炎热，何必如此盛服盛冠？且请宽了。”理黄道：“今日晚生兄弟备了些瓜果，恭请大爷光降，不敢不衣冠而来。”吉士道：“这种热天，何必费事？我也不得空儿。”理黄道：“晚生

打听得大爷无事，才敢进府。因天气炎热，所以傍晚才来，坐中并无别人，恐怕又闹故事。”吉士道：“如此说，我若不去，岂非辜负盛情！”因吩咐家人备轿。理黄道：“晚生已预备着凉轿带来。因舍下地方窄小，恐怕有亵尊从，二爷们求少带几位去罢。”吉士道：“不带亦可，我竟与二哥同行便了。”理黄道：“这个足见大爷见谅。”

当下二人上轿，顷刻间到了竹家。中黄、光郎接进，递过茶，摆上酒筵，无非是海味冰鲜、精洁果品。中黄道：“天气很热，绍兴酒肯出汗，换过汾酒，却凉快些，大爷好宽饮几杯。”吉士道：“汾酒极好。只是太清洌了，怕吃不多。”中黄道：“大爷海量，哪里怕它；况且是几年的陈酒了！”三人轮流把盏。吃了一会，中黄道：“寡吃无趣，求大爷赏个令罢。只是晚生们不通文墨，大爷须要拣容易行的才好。”吉士看见旁边小桌上一个色盆、四颗骰子，便拿过来说道：“我们将四颗色子，随手掷下，有红的不须吃酒，不论诗词歌曲，捡着有‘红’字的说一句，就是了。没有红的吃酒一杯，说笑话一个。说不出红字，说不出笑话，俱敬酒一杯。”光郎道：“大爷吩咐，我们无不钦此钦遵。但大爷是个令官，在座有说得笑话好的，大爷也要贺他一杯，以示奖赏。”吉士允了，干了令杯，掷去却好一个“么”、三个“红”。吉士便说：“一色杏花红十里。”便将令杯交到光郎。光郎立起接了，说道：“大爷掷了三个红，正是福禄寿三星拱照一身，大喜之兆。若要大爷再说几个红字，便是三百三千也有。如今请大爷吃了迎喜杯儿，晚生才敢遵令。”中黄便斟酒过来，吉士只得饮了。光郎一掷却是四个“三”，说道：“这个好像我们杭州人，都是斜坡坡的。我就说个本地笑话罢：一个读书朋友，真是

言方行矩，一步儿不肯乱走的。乃父讳吉士，他就不敢乱说出‘吉士’两个字来。每读诗至‘野有死麕①’一章，亦以爹爹代吉士。一日，亲戚人家新点翰林，当厅高高贴了报单，众人都去道喜。内中有一近觑眼，看不见报单上的字，对这杭州人说：‘可恨我眼睛不好，不知点翰林的报单是怎样写的，烦你读与我听听。’这朋友不觉高声朗诵道：捷报贵府老爷王，殿试二甲，奉旨钦点翰林院庶爹爹。”

众人大笑。理黄道：“老曲叫了大爷几声爹爹，这爹爹自然要赏脸。大爷吃了酒以后，老曲不许叫大爷，便叫爹爹罢了。”吉士道：“休得取笑。这笑话原说得好。”于是带笑吃了酒，交到中黄。却掷一个顺，中黄说了句“万紫千红总是春”，交与理黄。也掷不出“红”，先吃了酒，说笑话道：“江西乡间人家生了儿女，都是见物命名的。一家子妯娌两个，先后怀孕。一日，这大姆生了女儿，叫丈夫出去看有何物，回来取名。这男人走到园中，却好一个妇人撅着屁股在那里撒尿，被他张见了阴户，回来将生的女儿就叫做阴户。后来那婶子生下儿子，见一个卖盘篮的走过，因取名盘篮。不料一二岁上，这阴户出痘死了。盘篮已经长成上学，从书房放了学回来，朝着那大姆与母亲作揖。那大姆触景伤心，对着婶子说：‘可惜我那阴户死了。若还在此，我家的阴户比你家盘篮还要大些呢。’”众人又各大笑。光郎忙斟酒送与吉士道：“大爷不听见吗？竹二哥家有这等大阴户，大爷多吃一杯，试试看。”理黄打了他一下。吉士饮了酒，叫中黄出令，

① 麕（jūn）——古书上所说的獐子。

又做了一回范蠡①访西施。三人串通了，吉士又吃上七八杯。

天有一更，酒已酣足，便起身告辞。众人再三留住，光郎道："晚生还带了一个劝酒人来，也须赏他个脸。"忙向那边取出一个西洋美人，约有七寸多长，手中捧着大杯，斟满了酒，光郎不知把手怎样一动，那美人已站在吉士面前。吉士欢然饮了，又斟了酒。说也作怪，别人动她，她都朝着吉士；吉士动她，她再也不动一步。这大杯汾酒，岂是容易吃的？吉士不肯吃，他们假作殷勤，又灌了四五杯，早已不辨东西南北。光郎道："吾计已成，静听捷报。"竹氏兄弟二人，扛吉士至房中睡下。理黄叫他妻子茹氏进来，他兄弟躲出去了。

原来这茹氏廿三四的年纪，五六分的姿容。她丈夫叫她俟吉士酒醒，同他睡好，一面叫喊起来；外边约了三四个烂仔捉奸，想诈银子。这茹氏在屏后偷看了半天，见吉士光着脊梁饮酒，真上玉润珠圆，不胜艳羡；又是丈夫诲淫，合与苏郎有缘。她房在正屋西边，独自一个院子。把院门关上，走进房来，拿灯放在床前。暗想道："这两个没算计的，不把奴做了引子，与他相好，弄他些银钱，却使这个绝户计，恶识了这个妙人儿。我如今偏放走他，图他长久来往。"吉士虽然大醉，蒙眬醒来，认做自己家中。翻身转来，将茹氏按住，加紧的纵送。茹氏已是酥麻，吉士也便了事。

那茹氏揩拭干净，抱着吉士说道："大爷可认得奴家么？"吉士连忙起身一看，问是何人？茹氏便将他们讹局告诉。吉士一惊非小，那酒已不知吓到哪里去了，说道："我是忠厚之人，他们

---

① 范蠡（lǐ）——春秋时期著名政治家、军事家，协助勾践兴越灭吴。

如何使这毒计？万望姐姐救我。”茹氏道：“大爷不要着忙，奴不打算救你，便不说明此事了。”因替他穿上裤子，同到天井中，说道：“这隔壁时家，乃父出门去了，家中只有一个女儿，与奴相好。你逾墙过去，躲着天明回去，再无人敢得罪你了。只是大爷不可忘了奴家，如念今宵恩爱，我房中后门外是个空地，可以进来。男人向来在外赌钱，不在家里的。”吉士道：“不敢有负高情。只是我便去了，他们岂不要难为你么？”茹氏道：“这个放心，我自有计。”即拿了一张短梯，扶着他逾墙过去。

茹氏将梯藏好，却把后门开了，定了一会神，假装着号啕大哭。外边打进门来，这茹氏只穿着一条单裤，喝道：“我喊我家丈夫，你们进来做什么？”那打头一个道：“你们做得好事，我们是捉奸的。”茹氏便“飕”地一掌打来，骂道：“有什么奸贼？已跑了！”众人面面相觑。茹氏一头往理黄撞去，哭道：“自己养不起老婆，叫我出乖露丑，又叫这许多人来羞辱我，我要命做什么！”理黄气得目瞪口呆。光郎望后边一望，说道：“他从后门走的，去还不远。众弟兄快上前，追着了再处。”理黄也同众人赶去，按下不题。

再说吉士逾墙过去，思量觅一个藏身之处，便望屋里走来，谁知夏月天气，小人家不关房门。这时顺姐睡了一回，因天气热极了，赤着身子坐房中纳凉，见一人影闪进，忙叫“有贼！”吉士恐被隔壁听见，忙走进房中跪下道：“小生不是贼，是被人暗算，权到尊府躲避的。”那顺姐听他不像贼人口气，又恐他是图奸，吓得身子乱抖，忙将衣服穿好，问道：“你夤夜①入人家，难

① 夤（yín）夜——指深夜。

道不怕王法么？快些出去，免得叫起人来，捉你送官。”吉士道：“别家也不敢去，因尊翁啸斋与我相好，所以躲过来。小生苏吉士，小姐也该晓得。”顺姐道：“果是苏大爷，再没有此刻到我家的理。”忙点灯一看，说道：“原来正是苏大爷！”忙扶他起来，说：“大爷缘何如此模样？”吉士便将晚上的事告诉他。顺姐道：“大爷受惊了。奴家方才多有冲撞，望大爷恕罪。”因磕下头去。吉士一把扶住，说道：“望小姐见怜，赐我坐到天明，感恩不浅了。”顺姐道：“奴一人在家，这瓜田李下之嫌是不免的。只是大爷出去，恐遭毒手。奴想一计，既可遮人耳目，又可安稳回家，不知大爷肯否？”吉士道：“计将安出？”顺姐道：“我爹爹最喜串戏，一切女旦的妆饰都有。如今将大爷权扮女人，天明可以混过丫头的眼。就从这里上轿，挂下帘子，一直抬到府上，岂不甚便。”吉士大喜道：“我原想做个女人，今日却想着了。就烦小姐替我打扮起来。”顺姐含着娇羞，取出女旦头面，一一替他妆饰。吉士见顺姐相貌姣好，颇觉动情。顺姐又将自己的纱衫罗裙与他穿上，宛如美貌佳人，又替他四面掠鬓。吉士顺手勾着顺姐的香肩，说道：“我与你对镜一比，可有些相像？”顺姐正色道：“我见大爷志诚君子，所以不避嫌疑。男女授受不亲，怎好这般相狎？”吉士脸涨通红，连声道“是”，恭恭敬敬地坐下。顺姐倒不好意思，问道：“大爷尊庚多少？家中还有何人？”吉士道：“小生才十六岁，有家母在堂，大小两个房下。方才得罪小姐，见责得极是。但蒙搭救之恩，当图报效。愿代小姐执柯，未知可否？”顺姐只道吉士要娶他，说些巧语，回道：“婚姻之事，有父亲做主。大爷有求亲的话，父亲最无不依。女孩儿家岂能自主？”吉士甚为敬重。坐至天明，顺姐叫丫头去雇轿子，送这位奶奶到豪

贤街苏府去。那小丫头晓得什么，叫进轿来，吉士致谢上轿。顺姐已动情肠，低低嘱咐道："爹爹不久回来，一定到府。有话不妨当面吩咐。"吉士点头会意。娇夫一气抬到苏家，只说温府来看奶奶的，直进中门下轿。蕙若等看见，各吃一惊。直待说明，方才得：

人情不啻①沙间蜮，世事须防笑里刀。

再说摩刺在关部中拥翠偎红，云酣雨足，不觉三月有余。那阿钱的花房，每承雨露，渐渐地腰酸腿软，茶饭不思，有了身孕。老赫无限喜欢。因接到各口紧报，又得了提标丧师及海丰、陆丰失守之信，想这一路的关饷无着，老大着忙。幸得从前已曾奏过，闻得督抚已调镇海总兵官征捕。正要打算据实再奏，却好摺已批转，奉着严旨，谕其不得借端推诿，巡抚屈强严加议处。老赫接过旨，即命郝先生据实草奏，自己踱至里边，与摩刺商议道："白衣神咒求子已灵。这些反叛之徒，也有神咒可以退得么？"摩刺道："阿弥陀佛！清平世界，哪有反叛的事？"老赫便将海丰、陆丰之事告诉他。摩刺触着心事，糊涂答应道："蠢然小丑，不久消亡，何须用着佛力？大人不必挂怀。"老赫作礼而去。

摩刺听得沿海骚动，想道："我久有雄踞海疆的心事，哪个竟先下手？惠州不打紧，若有人得了潮州，我不是落空了！趁着潮州兵将赴调，我乘空袭了城池，岂不是渔翁得利？"晚上即与品娃等商议，要航海回山。品娃等已被他制服，都死心塌地地想跟着他，说道："师爷要到哪里，须要携着我们同去。倘若独自

---

① 不啻（chì）——不只，不止。

去了，我们要天天咒骂的。”摩刺道：“同去何难？我今晚且出去约一个日期，才好做事。”当下即飞身上屋，跳至街心，爬过靖海门，沿海走去，口中打了个暗号，那海船上掉着小艇过来。摩刺吩咐明晚拨一百名军健，陆续进城，至二鼓初交，在海关右首埋伏，城外兵目接应下船。他却回转身来，仍进署中，径至品娃房中，从梦里把她干醒，叫她们明日将细软收拾，三鼓起身。品娃应允。

次早，品娃告诉三人，各自瞒着丫头收拾。一更已尽，摩刺进来，不知念了什么咒，将丫头们一个个送她死睡。依摩刺主意，还要带了阿钱，这四位女将军不肯。将品娃房中所贮银两及各人的私房首饰，都搬至庭中，约值十数万金。摩刺朝巽方上呼口气，霎时一阵大风，将这银两首饰刮至外面。众人接应搬运。又叫四姬俱各男妆，两手挟了两个，做雨番跳出。次第下船，驾起五道大蓬，望浮远山发进。

这里丫头仆妇，天明起来，见房中一空，四位奶奶都不见了，忙报知老赫。老赫大惊，至院中看视，即传包进才进来商议。进才回道：“老爷且去问这活佛，小的疑心也不像个好人。”老赫喝道：“活佛难道做贼不成！况且他要女人何用?”进才不敢回声，跟着老赫来至佛堂，并无人影。老赫道：“这和尚是有可疑，你的见识不错。如今你出去吩咐，说和尚盗了税饷逃去，着差役各处寻拿。这奶奶们的话，是声张不得的。”进才答应了。那杜宠跟着进才在于北檐下，拾着一个葫芦，一个小小包裹，也就悄悄儿藏了，一同出来。

老赫的老羞成怒，迁到乌必元身上，立刻传来，说：“摩刺是你举荐的，着你拿住摩刺。如无着落，在你身上缴进二十万饷

银。”必元不敢分辩，磕头出去，与这些差役协办踩缉，哪里有些影响？过了三日，老赫叫进必元问道：“那和尚拿着了么？”必元回道：“卑职竭力找寻，无一人晓得他的来踪去迹。这靖海门外，拾了一个衣包，内是女人衣服，不知可是署中的物件？倘是真赃，他一定逃下海了！”说毕，将包裹呈上。老赫明知是四姬的衣服，却不肯认，说道：“我这里是偷去二十万饷银，并无别物。你拿这东西来搪塞，希图狡卸么？你既保举他，必然晓得他的下落，想是你串通偷盗的了。”必元连忙磕头道：“这个卑职怎敢？”老赫道：“我也不管什么，你荐了强盗和尚，我只在你身上追赃。”必元又道：“卑职一家八口，都靠着大人养活，哪里赔得起来？求大人格外施恩。”老赫道：“我哪里容你这巧言令色！”即吩咐收了盈库的钤记，委南海县抄袭他两处家私入库。必元乱碰响头，老赫只是不理。且住。

第十六回

璧重合小乔归主　镜高悬广府惩奸

惊，又向闺门倒屣①迎。重抛泪，只是未分明。　诚，低诉侯家冤抑情。今宵梦，多恐是前生。

衙鼓急，赤子颂青天。便道此乡多宝玉，酌来依旧是廉泉。披牒故纷然。　三尺法，凛凛镜台前。稂莠总教除欲尽，嘉禾弥望满原田，何患不丰年？

乌必元凭空掉下祸来。老赫要摘他印信，抄他家私，幸得包进才替他跪求，方才准了：暂且不收钤记，勒限追赃，并将他女儿发出，听他另卖填赃。必元垂泪叩头，领了小乔及也云回署，忙到河泊所署中，与儿子说明此事。岱云吓得魂不附体，计无所施，只叫父亲快扳几个仇家，替我们代缴。必元却有三分主意，直不理他。只将岱云房中所有，一齐搜出，约有万金，带回盈库署；又取出自己一生积蓄，凑成三万。先送了包进才两颗大珠、四副金镯，要进才转求大人宽限，进才晓得是有理伤心的事，且与必元相好，因结实替他回道："乌必元实在没有串通和尚，这和尚下海是真。这三万银子是他七八年的宦囊，一旦丢了，他心上岂不着急？因恋着这小官，所以勉强完缴的。老爷若咨重了他，他拼着一死，到封疆衙门告状，现在屈强巡抚，因得了处

① 屣（xǐ）——鞋子。倒屣，指急于出迎，把鞋子穿反了。

分，要寻我们的。老爷虽不怕他，到底该人家笑话。依小的愚见，老爷恩免了些，着必元再缴些，到后来再处。”老赫沉吟了一会，说道：“我看他也拿不出许多，如今免缴一半，着他三日内缴进二万，余五万尽年底缴清。这就算我的格外恩典了。”进才答应下去，告诉必元，又领上来磕头谢了。

必元回署，与归氏商量，拿出归氏的私房及衣服首饰，并将媳妇房中的凑着，只有四千余金；又到各洋商、各关书家告借。因他向来和气，且印还在手，东西杂凑，约有三千；余外并无着落。傍晚回家，却好归氏与小乔饮酒，各起身接他。必元怒容满面，对小乔说道：“都是你这不中抬举的东西，害我到这地步！如今他说将你另卖，我一个做官的，难道就好卖女儿不成？况你这中看不中吃的，人家要你何用？”小乔微笑道：“孩儿怎么就累起父亲来？当初爹爹吩咐孩儿拜求活佛，幸喜孩儿不依。若也去投师，如今也同他们一伙儿跟和尚走了，这个才是认真串盗，爹爹才受累呢！”必元吃惊道：“你说哪个跟和尚走了？”小乔道：“原来父亲不知。关部因和尚拐他四妾逃走，所以大怒找寻。其实也没有偷了几多银子。”必元道：“原来如此！前日那个包裹倒是真赃了。只是我们在他管下，没处申冤。现在三日限内，还差一万三千，叫我怎不着急？”小乔道：“这银子不缴亦可。如爹爹定要缴偿，也还有处借得。”必元道：“你女孩儿家晓得什么。我不因借债，今日如何跑了一天？但一万三千，哪里找这个大债主？”小乔道：“哥哥的襟丈苏家，可曾借过么？”必元道：“我也想来，你哥哥屡次得罪苏家，你嫂嫂又被哥哥撵回温家，这襟交十分决裂；你哥哥昨日还想扳扯亲戚！我想这姓苏的并未薄待我家，去年借的三百两银子没有还他，他也并不曾提起。如今又要借贷，却也不好意思。”小乔道：“不是孩儿无耻，爹爹只算把孩儿卖了，将孩儿送到苏家，这一万多银子包在孩儿身上借来。孩儿从前累了父亲，如今也算是卖身救父。”必元道：“好女儿，你果能救我之急，从前的事都算我老悖了，葬送了你，以后我有不是，都凭你教训何如？我明日就送你过去，千万要叫他喜欢，肯借银子，就迟一两日也不妨。”小乔红着脸说道：“这是孩儿不得已之计策，但断断不可使关部晓得。”必元道：“这个我知道。明日我暗地写下你的年庚，加上送帖，外面只说是探亲，就无人知觉了。”必元当夜把女儿再三奉承，尽欢而散。正是：

献女为升官，荐僧因媚主。

僧去女儿归，甘受他人侮。

苏吉士脱了竹氏弟兄骗局，静坐在家。这七月廿四日是他生辰，因在制中，并未惊动戚友，唯与惠若、小霞、阿珠、阿美轮流作东。这日秋凉天气，小霞应做主人，备了些黄柑、白橙及晚出的鲜荔枝、鲜龙眼等物，众人都于西院取齐。小霞道：“今日碰着了穷主人，没有下酒菜，须得二位姑娘与姐姐多做几首好诗，席间庶不寂寞。”吉士道：“旨酒以臭诗下之，佳肴只鲜果足矣，倒也清楚。如今即以鲜荔枝为题，不拘体韵。前日所做的残荷诗太村，新菊诗太艳，都不合体裁。今日须要用心些。”阿珠道：“我们横竖都是初学，只好应酬，还要哥哥自己拿定主意。”小霞道：“我们且先吃三杯助兴。大爷的诗如若做得不好，前日小旦头面尚在，仍旧打扮起来，只算遗以巾帼。”众人笑了。丫头斟上酒来，各吃了三杯，分送笔墨纸砚。吉士道：“我是七绝一首，只好潦草塞责：

昨向香山觅画图，紫绡为膜玉为肤。

轻红酿白佳人手，长乐移来味最殊。”

小霞说道：“这种诗隔靴搔痒，既不细腻风光，又非不着一字，尽得风流者，当不起我的肴。”吉士道：“我原不过抛砖，霞妹何必过贬?”因看惠若的，却七绝二首：

纤手分来味色清，冰盘捧出玉晶莹。
休嫌岭海无珍异，仙果曾夸第一名。
红罗绛雪锦斑斓，西域葡萄只等闲。
识得个中真意味，白图蔡谱可俱删。

小霞也是七绝二首：

飞骑曾经数往还，荔枝新曲怨肥环。
儿家自作悬钗咏，不向红尘索笑颜。
陈家紫色宋家香，好事还输十八娘。
雨露果然能结实，被人呼作状元郎。

惠若道：“典核如题，颂扬得体。我的不免郊寒岛瘦①了!”吉士道：“霞妹的清新，你的超妙，大约巾帼中并且无我位置。且看两位妹妹的。”阿珠道：“我们两个近读魏晋诸诗，杂凑几句，未知像否？哥哥嫂嫂须说实话。”阿珠是四言二章：

厥有荔枝，如饴如蜜。珍于岭表，龙眼斯匹。
厥有荔枝，以华以实。惠于君子，安贞之吉。

阿美是五古一首：

---

① 郊寒岛瘦——郊，指唐代诗人孟郊；岛，指唐代诗人贾岛。宋朝苏轼《祭柳子玉文》：“元轻白俗，郊寒岛瘦。”（元，指唐代诗人元稹。白，指唐代诗人白居易。）意思是孟郊、贾岛二人的诗写得古朴生涩，清奇苦僻，不够开朗豪放。后来就用“郊寒岛瘦”形容类似这种风格的诗文。

离离园中果，亭亭林间树。茁根既灵秀，
密叶浥朝露。海潮变晨夕，宛转年光度。
春荣夏则实，历落垂无数。丹罽共明珰①，
皮肤得真趣。新红手自劈，齿颊细含哺。
色香真未变，醴②略甘如注。佐之以新诗，
誉同曲江赋。

惠若与小霞都赞道："直是三百遗音，不但追踪魏晋！"吉士道："不要乱嚼，待我公道品题。美妹妹咏物细腻，权舆六朝；珠妹妹欲假三百皮毛，还不过貌似国风耳。"

阿珠道："风、雅、颂各异体乎？"吉士道："怎么不异？世儒以风、雅辨尊卑，《黍离》列在国风，即谓王室衰微，与诸侯无异，圣人所以降而为风；降不知王室之尊，圣人断无降之之理，此序诗者之误也。大约圣人删诗，谓之风，谓之雅，谓之颂，直古人作诗之体耳，何尝有天子、诸侯之辨耶？谓之风者，出于风俗之语，是小夫、贱隶、妇人、女子之言，浅近易见；谓之雅者，则其辞典丽醇雅故也；谓之颂者，则直赞美颂扬其上之功德耳。今观风之诗，不过三章四章，一章之中亦不多句，数章之中，辞俱重复相类。《樛木》三章，四十有八字，唯八字不同。《芣苢》亦然。《殷其靁》③ 三章，七十有二字，惟六字不同。'已焉哉'三句，《北门》三言之；'期我乎桑中'三句，《桑中》三言之。余皆可以类推矣。若夫雅则不然，盖士君子之所作也。

---

① 珰（dāng）——指古代妇女戴在耳垂上的装饰品。

② 醴（lǐ）——甜酒。

③ 《殷其靁》——殷（yǐn），形容雷声。靁，雷的本字。《诗经·国风·召南》中的一首妻子希望远行从役的丈夫早早归来的诗。

然又有小大之别。小雅之雅，固已典正，非复风之体矣，但其间犹有重复，雅则雅矣，犹其小焉者也，其诗虽典正，示至于浑厚大醇也；至大雅，则非深于道者不能言也。风与大小雅皆道人君政事之美恶，有美有刺；颂则有美无刺，铺张扬厉，如后人应制体耳。此风雅颂之各异也。”小霞道：“大爷风雅颂之说，我辈闻所未闻。想是江苏李先生之讲究了。”

正在高谈阔论，丫头传说盈库乌老爷家小姐要见大爷、奶奶，轿子已进中门了。吉士心上一惊，暗暗道：“他在关部，如何出来？又如何竟到这里？”忙叫小霞迎接，两位妹妹且暂回避。须臾，二人挽手进来。也云与众丫头跟着小乔，一见吉士，便插烛也似地磕下头去，泪如泉涌。吉士忙叫小霞扶起，也觉得悲不自胜，便问：“妹妹怎能到此？”小乔便叫也云将他父亲的书子送帖庚帖一总呈上。吉士看了悲喜交集，说道：“蒙尊翁老伯厚爱，只是教我心上不安，怎好有屈妹妹？”小乔道：“奴家今日得依所天，不羞自献，求大爷不弃葑菲①，感激非浅。”因请大奶奶受礼，惠若再三不肯，让了半日，只受半礼。又请小霞受礼，吉士吩咐平磕了头，方叫小霞领着，去见过母亲、姨娘、妹子。然后出来将小霞房对面的三间指与他居住，又拨两名丫头服侍，重开筵席，饮酒尽欢。晚上至她房中，说了许多别后的话，各流了几点情泪，小乔方才提起父亲借银的话。吉士慨然应允，说道：“我明日亲自送去。妹妹在这里住着，我们到新年断服之后，择日完姻。我并将这话禀过尊翁定夺。”小乔自是喜欢，吉士仍往

① 葑菲（fēngfěi）——语出《诗·邶风·谷风》。诗意是指夫妻相处，应以德为重，不可因女子容颜衰退而遗弃。这里是谦辞。

小霞房中宿了。

明早，叫家人支了银子，自己到盈库中去，先谢了必元，然后交代银子，并说明来春完聚之言。必元的格外殷勤，自不消说。吉士又拜见了归氏，方才回家。必元即日缴进。老赫吩咐余银赶紧偿缴，倘故迟延，一定咨革。必元答应出来。正是：

暂救燃眉急，难宽满腹愁。

再说竹家兄弟，那晚瞎赶了一回，转来细问茹氏。这茹氏只说自己睡着，被他三不知走了，又骂丈夫出了她的丑，寻刀觅索只要寻死。理黄只得掇转脸来再三安慰，又赔几钱银子，打发那帮捉奸的人，只把光郎埋怨。光郎道："二嫂白白地丢丑，二哥又折了银子，难道就罢了不成？我们软做不上，须要硬做。如今且各人去打听他的私事，告他一状。他富人最怕的是见官，不怕他不来求我。"

这三人商议已定，天天寻事。却好海关盗案发觉，打听得老乌将女儿送与吉士为妾，晓得岱云必不情愿，一同到河泊所来。岱云病体新痊，回说不能见客。三人说有要事相商，家人领至内房相见。光郎道："恭喜少爷病愈，我等特来请安。未知关部的事情如何了？"岱云道："这都是我爹爹糊涂。我们又没有吞吃税银，如何着我们偿缴？就要缴偿，也还有个计较，何苦将妹子送与小苏？甚不成体面。"理黄道："别人也罢了，那小苏是从前帮着小施与少爷淘气的，这回送了他，岂不是少爷也做了小舅子了？这如何气得过？"岱云道："便是如此。我如今横竖永不到苏家去，温家的亲也断绝的了。我家应缴五万银子，爹爹是拿不出的，待我身子硬朗了，呈上这苏、施、温三家，叫他偿缴，也好消我这口气儿。"光郎道："这是一定要办的。少爷不说，我们也

不敢提。少爷进呈，自然是关部，但要求他批发广府才好。这南海县有名的钱痨，番禺县又与苏家相好，不要被他弄了手脚。我们也要在广府动一呈词，只因碍着少爷，不得不先禀过。”岱云道：“什么事呢？”光郎道：“老爷将小姐送他，他不是个服中娶妾的罪名么？这事办起来，他不但破家，还要斥革，也算我们助少爷一臂之力。”岱云道：“很好。你们不必顾我体面，尽管办去。”四人说得投机，岱云留他们吃了酒饭。

此时，时邦臣已经买了许多货物回来，顺便带了端溪砚、龙须席之类，送与吉士。吉士收了，留坐饮酒，席间说道：“闻得令爱待字闺中，我意欲替施大舅求亲，未知尊意允否？”邦臣道：“大爷吩咐，晚生怎敢有违？只是贱内已经去世，须要回去与小女商量。”吉士道：“施大舅婚娶的事，都是小弟代办，也先要说明了。”

邦臣辞谢回家，对顺姐说道：“你年纪也不小了，今日我到苏家去，大爷与我求亲，你须要定个主意。”顺姐道：“苏大爷怎样说来？”邦臣道：“他说替施家大舅为媒。我已允了。”顺姐听说，再不做声，那桃腮上不觉地纷纷泪下。邦臣急问道：“有什么不愿意，不妨直说。方才喜喜欢欢的，如何掉下泪来？”顺姐道：“孩儿并无半点私情，何妨直说！”因将吉士躲在房中的事，细说一遍。邦臣道：“原来有此缘故。那竹氏弟兄的奸险不必说他。你既没有从他，他自然爱敬你，怎肯屈你为妾？况且他家中奶奶也不少了。施家有大爷做主，不比当初，人材又不村俗，一夫一妇，很好过日。你不要错了主见。”顺姐沉吟半晌，也便允了。邦臣着人回复吉士。吉士便致意延年，替他择日行盘。一切彩币首饰，费有千金，都是吉士置办。那行聘之日，都是苏家家人送来，街坊上都说时啸斋扳着高亲了。邦臣因竹家弟兄与吉士不合，没有告诉他，也没有请他吃喜酒。

过了几日，那曲、竹三人早向广府告下一纸状了。这广州府木庸已推升了南韶道，新任知府从肇庆调来，复姓上官，名益元，两榜出身。居官清正，断事明敏。遇着那安分守己的百姓，爱如子孙，那奉公守法的绅衿，敬如师友；遇着那刁滑的棍徒、夤刺的乡宦、皮赖的生监，视如眼中之针，依法芟除，不遗余力。当下看这呈词：

告状人竹中黄、理黄，为服中叠娶，灭裂名教，赐提讯究事。身兄弟向与贡生苏芳交好。今年正月，伊父候选盐提举万魁身故，讵芳不遵守服制，闹酒宿娼。身等忠告劝谏，芳都置若罔闻，陡于前月十八日迎娶河泊所乌必元之女为小妻，又于本月初五日聘定时邦臣之女为妾。身等系道义之交，再三劝阻。苏芳恃富无礼，老羞成怒，大肆狂言，挥虎仆凶殴。身兄弟匍匐逃回，同席曲光郎救证。窃服未期年，连娶二妾，身忠告受侮，情实不甘。伏乞大老爷亲提究治，以扶名教，以儆奢淫。戴德上禀。

上官老爷看毕，他已晓得是索诈不遂、讦①人阴私的事。本欲不准，因想着昨日海关发下一宗寄赃押缴的文书，因批了姑唤并讯，吩咐该房并成一案，将原、被、人证一齐拘集，三日内候讯。

竹中黄进了状词，出来便挽人至苏家，先说了许多恐吓的

① 讦（jié）——攻击别人的过失；揭发别人的阴私。

话，后说解铃原是系铃人，大爷拼着几千银子，这事就过了。吉士说："既然有事在官，自当凭官公断，尊兄不必管他。"落后差人拿票到来，吉士留了酒饭，送了他四十两银子。差人谢了；依次到温家、时家、施家，各人都有谢礼。只这姓竹、姓曲的没有分文，便将他锁在班房候讯。吉士晓得两案并讯，便先到乌家见过必元。必元很过意不去，说："是这奴才瞒我做的事。我已经禀过关部，今日又叫家人到本府递呈，大爷只管放心。我乌必元还要留着脸面见人，决不累着诸位。"因将禀稿与吉士看了，不过说：职系微末之员，并无银子寄顿亲戚。儿子岱云，宠妾逐妻，挟怨诬控，乞赐惩儆。至卑职女儿，系奉海关面谕，另卖与苏芳为婢，并未收用等因。吉士辞谢而回，再至番禺县中，据实说明前后情节，请他代诉本府。马公从前年送申观察时认得吉士，知他是个忠厚读书人，所以并不推辞，许他照应。这叫做：

火到猪头烂，情到公事办。

却说抚粤使者屈大人，清正有余，才力不足，更有一种坚僻之性，都是着了那时文书卷的魔头。各处事多如猬毛，他却束手无策。从前因海关奏了洋匪充斥，自己受了申饬①，很不耐烦；后因沿海一带地方骚动，虽已会同督臣奏闻，却又打听得海关据此参奏，晓得这巡抚有些动摇，也叫人打听赫广大的劣迹。这日司、道、府、县上辕，屈大人单传首府与二首县问话。南海县钱公迎合抚台之意，便将老赫逼勒洋商，加二抽税，多索规例，逼死口书，遴选娼妓，及延僧祈子，后来和尚盗逃，他却硬派署盈

① 申饬（chì）——告诫；斥责。

库大使乌必元缴赃等款，细细禀明。屈大人叫人记着，又问上官知府、马知县道："你们的闻见略同么？"上官知府回道："别事卑府不知，这加二抽税是真的。还有寄赃押缴一案，现发在卑府，那边却还没有审问。"抚台说："并且无赃，如何有寄？你替他细细审问。乌必元倘有冤仰，许他申诉。"知府答应了，禀辞出来。

马知县上府请安，替苏芳从实说明二事。上官老爷说："昨据河泊所禀明，我已晓得。但这苏芳的行止向来如何？"马知县道："卑职也不大晓得。他是从前广粮厅申方伯的亲戚，所以认得卑职。却从未有片纸只字进卑职署中。"上官老爷道："这就可敬了。"

上官老爷送出知县，即唤原差问道："这寄赃押缴与服中叠娶两案的原、被人等可曾拘齐么？"差人回道："都拘齐了。因大老爷亲提，这河泊所乌爷、贡生苏芳都亲自到案伺候。"上官老爷即吩咐请乌爷内衙相见。

乌必元进来磕了三个头，请过安，一旁侍立。上官老爷赏了茶，问道："你儿子在关部呈说有银子寄顿人家，怎么你又在这里呈说没有？"必元回道："卑职些小微员，哪里有许多银子？因赫大人逼着卑职缴银，卑职已向各亲戚家借银缴进，余银一半，宽限半年。卑职儿子岱云因与媳妇不和，捏词诬告，求大老爷处治。至卑职治家不严，还求大老爷的恩典。"说毕，即打一跧①。上官老爷又问道："你女儿与苏芳为妾，这事又怎样的？"必元

① 跧（quán）——古同"蜷"，这里指下跪磕头。

道："女儿原是赫大人要进去伺候过的。近因和尚盗逃，着卑职赔缴，就将女儿撵出，吩咐另卖。卑职虽是个微员，怎好把女儿变卖？因借了苏芳银子，将女儿送他。苏芳还不肯受，并未与女儿近身。这都是卑职的犬马苦情，求大老爷洞察。"上官老爷道："怎么和尚盗逃，关部就派你赔缴，你又居然缴进？这不是认真串盗了么？"必元又磕头道："这三月里头，赫关部偶然问起，外边有个和尚，本事高强，神通变化，你可晓得么？卑职不合回了一句以讹传讹的话，说他善于求子。赫关部当即请进。这和尚拐他四个姬妾下海，所以深恨卑职是个荐引，着卑职缴银。不要说卑职并没有串逃，就是里边也没有失去许多银子。卑职的冤抑实在无处可伸。"上官老爷笑道："你也过于卑污。你如今须自己振作起来，回去辞了这库厅，原做你那河泊所官去。你一面做了禀揭申详各宪，我替你做主。"必元又磕头谢了。

上官老爷发放必元出去，升了二堂，吩咐将众人带进。他心上已经了了，第一个就叫苏芳。吉士趋一步上前跪下，上官老爷见他蔼蔼温文，恂恂儒雅，问道："你是个捐贡么？"回道："贡生十三岁充番禺县附学生，十五岁加捐贡生的。"上官老爷问道："你既系年少青衿，这服中娶妾，心上过得去么？"吉士回道："贡生与乌必元原是亲戚，又与乌岱云同窗，因必元借了贡生几两银子，自己将女儿送来。贡生不敢收她，再三婉谢。乌必元一定不依，说是亲戚人家，不妨暂住。贡生只得留在家中，与母亲同住，俟服阕之后再行聘定的。至于时邦臣的女儿，系贡生为媒，聘与施延年为妻的，现有三代礼帖可查。如何无端捏控，费大老爷的天心？"上官老爷道："如此说，你少年人一定有得罪朋友的地方，人家才肯捏控你。”吉士回道：“贡生年纪虽轻，却不敢得罪朋友。朋友刁险之处，贡生却不敢回明。”上官老爷道：“我最喜欢说实话，你只管说来。”吉士便将六月间饮醉脱逃之事，细说一番。上官老爷道：“你既有此事，如何不道状诉明？”吉士回道：“那茹氏放了贡生，贡生反累她出官，实在过意不去。”上官老爷点头道：“很是。你一面回去，我替你重处他们。”吉士谢了出来。

上官老爷又叫时邦臣上去，略问几句，邦臣将礼帖呈看。上官老爷吩咐道：“你是并无干涉之人，回去安分生理。”邦臣退下。便将竹、曲三人唤上，喝道：“你这一起光棍，凭空诬告，快把索诈情弊，从实说来。”中黄回道：“小的们再不敢诬告，现在乌必元女儿已与苏芳睡了二十余日了。”上官老爷道：“乌必元与苏芳亲戚，你难道不许他往来？时邦臣女儿是许与施延年为妻，如何也牵扯上来？你难道不准他与亲戚做媒么？”中黄回道：“乌必元女儿与苏芳为妾，只要问必元儿子岱云，便知真假。苏芳本意要讨邦臣女儿为妾的，因见小的告了状，他才串通邦臣，捏造礼帖，希图漏网。求大老爷细细拷问苏芳，便知实情了。”上官老爷大怒道：“乌必元是父亲，乌岱云是儿子，难道他父亲的话到作不得准么？时邦臣女儿现未过门，你如何告苏芳叠娶？”叫左右：“扯这三个光棍下去，各打三十！”曲光郎叩道：“小的是个干证，并未尝证他是真是假，大老爷何故要打小的？”上官老爷道：“我不打你别的，打你这起光棍六月晚上做的好事。”三人默默无言。各自打完，吩咐发至番禺县递解回籍。三人再四哀求，却只饶了理黄一个。

又叫上岱云，岱云晓得事情不妥，走上便磕头求饶。上官老

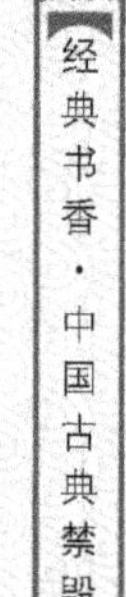

爷吩咐说：“你如何不听父亲拘管，私自诬扳亲戚，勾搭这些狗党狐朋？扯下去打！”也是三十，打得肉烂皮开；着差人押至河泊所，叫乌必元即日撵逐还乡。那温、施二人，并未叫着，一一地发落下来。

下回再表。

第十七回

必元乌台诉苦　吉士清远逃灾

行行黄尘中，悠然见青天。青天本不高，只在耳目前。去者韶华远，来者迟暮年。维天则牖①尔，奈尔已迁延。迁延亦已矣，幸勿更弃捐。

苏吉士赢了官司，叫家人送了衙役们二十两银子，便邀同温仲翁、施延年、时邦臣回家，饮了半日酒。次日，到番禺致谢马公。马公告诉他说：“上官大老爷虽然清正，这寄银押缴一案还亏着抚台。抚台近日要寻关部的事，所以此案松了。”吉士告辞出来，到本府投了谢揭，便到乌家。

必元因广府押令儿子回籍，虽不敢违拗，却款住了差人，求他转禀，待棒疮好了起身；又听了昨日本府吩咐的话，不办则恐怕拖累无穷，要办又恋着这个库缺，真是进退两难。却好吉士到来，必元接进。吉士道：“大哥昨日受屈，小侄已经出来，不好转去求恳，心上委实不安。”必元道：“这畜生过于胡闹，原是我求本府处治的，现在还要递解回籍。只是温家那边还求大爷替我恳情，请媳妇过来一同回去才好。”吉士道：“这个自然。但不知大哥心上怎样的？”必元道：“那畜生一味糊涂，我自然叫他转意。还有一事：昨日本府吩咐，叫我辞了库厅，仍回本缺，还叫

① 牖（yǒu）——窗户。

我将关部勒缴饷银的冤屈通禀上司，他替我做主。我想关部何等势焰，万一闹起乱子来，他们上司自然没有什么，原不过苦了我这小官儿。况且这五万银子退不出来，又离了此缺，将来拿什么抵偿人家？大爷替我想想！”吉士道：“据侄儿想来，办的为是。他既当面吩咐，一定担当得来。”

必元犹豫未决，却好藩司已发下文书，叫他仍回河泊所署，所有盈库事务着石桥盐大使谢家宝署理，仍着广州府经历毕清如监盘交代。这是广府早上回明抚宪，叫必元离任才可通禀的意思；又着人监盘，更为周密。必元见了文书，送吉士出来，那谢家宝、毕清如二人已到，一同回明关部。老赫也不甚介怀，只吩咐说：“那五万银子赶紧缴偿！”必元应了下来，一面交代。幸得必元并未侵渔，谢家宝受了交盘，写了实收，再进去回明关部。必元一面收拾，回本署去请了一个老书禀商量，五六日之内从本县、本府、本道以及三司督抚八套文书同日出去。屈巡抚便将送部恶迹汇成十款，与两广总督胡成会衔参奏。正是：

若要人不知，除非己莫为。

舆论无偏党，痴人只自痴。

吉士回到家中，将乌必元要领回素馨的话与蕙若商量。蕙若道：“这话不但乌妹妹的哥哥不妥，恐怕我姐姐也一定不依。她从五月回家，就吃了一口长斋，问爹爹要了玩荷亭，终日修行。哪里还肯再去？”吉士听了也觉心酸，说道：“我也只得告诉了你爹爹再处。”晚上在小霞房中歇宿，小霞怀着临月身孕，很不稳便，再三劝他到小乔房中去。吉士久已有心，恐于物议。小霞道：“怕甚么？还有第二场官司不成！我吩咐丫头们都不许说起就是了。”吉士不知不觉地走至小乔房中，两人说了半夜情话，那绸缪①恩爱自不必言。

明日，至温家探望。仲翁不在家中，春才进接至内堂拜见史氏。史氏道："大爷连日官事辛苦，又替我家费心。我听得前日乌家畜生吃打了，也可替我女儿报仇。又听说要撵他回籍，不知可曾动身？"吉士道："女婿此来正为着这事。昨日乌老伯曾告诉来，要领姐姐过去一同回籍，叫女婿来这里恳情。岳父又不在家，岳母还须与姐姐商议。"史氏道："这事你岳父与我也曾说过，你姐姐再三不肯，立志修行。我想乌家畜生这等薄情，就去也没有好日子过。只是你姐姐年纪太轻，后来不无抱怨。大爷原是向来见面的，不妨当面劝他，看他怎样？"

吉士便跟着史氏，走进园来。到了玩荷亭，听得木鱼声响。素馨喃喃呐呐地在那里念经，见史氏与吉士进来，慢慢地掩了经卷，起身迎接。吉士作了一揖，素馨万福相还。方才坐定，吉士道："姐姐诵甚么经卷，这等虔诚？"素馨道："奴无从忏悔，只得仗慈云大士救苦消灾。妹丈贵人，何故忽然见面？"史氏便将吉士的来意细述一番。吉士道："不是做兄弟的多管闲事，因乌老伯再三叮嘱，只得恳求姐姐过去，才是情理两全的事。望姐姐看公婆金面罢。就是乌姐夫也回心过来了，昨天见了我很不好意思，托我致意姐姐。我这里先替他赔礼。姐姐，你可看做兄弟的分上委曲些儿。"一头说，走出位来又是一揖。那素馨见吉士这温存体贴之性，还是当年，自己抚今思昔，哀婉伤神，那香腮上泪珠潮涌。停了半刻，才说出一句话来道："妹丈请尊便，奴家自有报命。"吉士亦暗暗泪流，忙同史氏出外。

---

① 绸缪——缠绵，亲密。

丫头摆上酒筵，春才陪着同饮。春才嫌哑吃无趣，准要行令。史氏道："我不会的，你们不要捉弄我。如今再去叫上两位姨娘来，我们五人拿牌斗色饮酒可好么？"春才道："很好，人少了没趣。再叫了我家苗小姐来罢，她的酒量到强。"史氏道："胡说！她姑夫在这里，怎么肯来？"春才道："这有什么使不得呢？我去扯她来。她不来，我今晚就不同她睡。"史氏忙喝道："还说痴话！"

吉士正在暗笑，只见一丫头走来，拿着一个纸包递与吉士道："这是大小姐送与姑爷的，叫姑爷回去开看，便知端的。"吉士袖了。史氏问道："大小姐可曾说什么？"丫头道："小姐哭了一会，写了字，把头发都全全的剪下了。"史氏等各吃一惊。史氏忙去看了，出来说道："她已立志为尼。大爷将这情节上复乌亲家那边罢！"吉士答应了，无情无绪地告辞回家。至蕙若房中，将此事说明，蕙若亦为之泪下。吉士袖中取出纸包，打开一看，却是一缕乌云、数行细楷，真是悲惨动人：

两小无猜，谬承宠爱。幽轩闷阁①，蹀躞②绸缪。既乃暴遇狂且，失身非偶。非秋扇之弃捐，非母也之不谅，孽由自作，我复何尤？年来憔悴匪人，悔恨成疾。荷蒙良言劝谕，盛意殷拳。自审薄命红颜，拊③心有标；难比窦家弃妇，顾影增惭。所幸失足未遥，回头是岸。彼杨枝法水虽不足以刷耻濯④羞，宁不可以洗心涤虑乎？一缕奉酬，此生已矣！

---

① 闷（bì）阁——闭门的小楼。
② 蹀躞（diéxiè）——往来徘徊。
③ 拊（fǔ）——拍，击打。
④ 濯（zhuó）——洗，涤除。

吉士与蕙若看完，欷歔①良久，叫蕙若藏好；自己写了一封备细书子，着人回复乌必元。必元自然没法，不必细述。

过了半日，小霞生下一子。因是丁忧②以前受胎，不算违制；分头报喜，宾客迎门。因小霞坐褥，这里内的事就委小乔暂署。忙了几日，洗过三，取名德生。又值乌岱云起身，吉士亲去送行，送了二百两程仪；岱云到也老脸，致谢收了。回家与小霞商议替延年娶亲的事，小霞道："不过十几天的事了，我谅来不能起身，你叫乔妹妹料理也是一样。"吉士因去吩咐小乔，叫她预先筹办。

已是黄昏时候，忽外边传话进来，说一个北边人有什么紧急事回话。吉士便叫掌灯走出，这人上前磕了头，请过安。吉士见他约有十八九岁年纪，打扮华丽，人物秀美，疑是李府差来，便问："何处来的?"其人道："祈大爷借一步说话。"吉士同至书厅，叫家人回避。那人道："小的是关部手下人，名唤杜宠，从前受过老太爷的恩典。今大爷有一祸事，特地跑来禀明的。"吉士道："原来就是杜二爷，家父向承照应。不知有何祸事?"杜宠道："小的方才跟包大爷上去，大人因见府大老爷的详文放松了大爷们，他要自己亲提追缴；并听着包大爷话，说那和尚与大爷有交，还要在大爷身上追还和尚。大约明日就有差来，大爷需预作准备。"吉士这一惊不小，说声："多谢二爷，且请少坐。"因叫家人款待，自己忙到里边商议。众人各各惊慌，并无主见。

吉士叫进苏兴，与他说明此事。苏兴道："放着督抚在这里，

---

① 欷歔（xīxū）——哭泣后不自主地急促呼吸；悲泣抽咽。
② 丁忧——旧指遭父母之丧。

就与他官司也不怕他。只是迅雷不及掩耳，恐怕先吃与他的眼前亏。大爷倒不如暂时躲避。他寻不到人，一定吵闹；小的到广府与府宪两处递上呈词，候事情平复了再请大爷回来。不知可也使得?”吉士道：“算计很妥。我只要无事，就暂躲何妨？只是家中的事你须用心料理。申大人已转江西藩宪，从前曾约我去看他，来往也还不到三月，我就去投他。”苏兴道：“依小的说，还是躲近些，小的们可以不时通信。若太远了，来回就费事了。”吉士道：“这几个月要通甚么信?”因将此话告诉母亲等，众人虽不舍他出门，却也无奈。

吉士吩咐巫云收拾行李。蕙若等未免伤情，小乔越发泪流不止，哭道：“都是奴家累着大爷。奴原不惜以死报恩，但恐死之无益。”吉士道：“你们尽管放心！只是关部差人到来，不无吵闹，你们须要逆来顺受。第一霞妹不可多生枝节，你自己保重要紧。”三人都答应了晓得。小霞又暗与蕙若、小乔商量道：“大爷是少不得女人服侍的。可惜我们三个足小了些，跟他不得。我看乔妹妹的也云相貌也好，做人也伶俐，又是一双大脚，可以扮做小子跟随。乔妹妹那边没人，我派楚腰来伺候罢。”小乔道：“姐姐料理得是，我们就叫她来打扮起来。”

吉士在外边吩咐一番：派苏邦、阿青、阿旺跟随；苏邦经手之事，交他儿子阿荣暂管。这杜宠走上磕头说道：“小的此番走漏机密，料想难进海关，求大爷收用，途中服侍。”吉士自然应允。转身进来，行李已经发出。那也云已打扮停妥，小乔将她鬓发拢起，穿着主子的宝蓝绵纱袍、元青羽缎、一斗珠皮马褂，戴上帽，穿着靴，上前磕头。吉士一见，大怒说道：“我还没有出门，什么野小子擅敢闯入中门？快叉出去叫苏兴捆打！”小霞到笑将起来。蕙若说明缘故，吉士才欢喜致谢。因拜别了母亲，众人含泪送至二门，发扛上轿，叫开城门，下船而去。家里姊妹们一夜何曾合眼？天明起来，苏兴吩咐伍福把大门关上，人都从侧门出入。

到了午后，海关差人到来，就是郑忠、李信两个。苏兴请他坐下，二人说："快请苏爷相见，有事相商。"苏兴道："家主已于前日出门，望探江西申大人去了。二位有何见谕？"郑忠即向身边摸出牌票递与苏兴看，说道："你大爷既不在家，这事叫我们怎样回复？"苏兴见票上有苏芳、施延年、温仲翁三人名字，假意吃惊道："原来有此异事？这事已经府大老爷问明的了，如何又提审起来？但是官差、吏差来人不差，大爷虽不在家，我去禀明太太，也须备点儿薄礼奉酬。"忙吩咐备饭，自己转了一转仍旧出来，说道："家太太说都要候大爷回家定夺，这二十两银子送与二位折茶，莫嫌轻亵。"二人道："这点礼儿，第二家一定不妥，但我们与你先老爷旧交，不敢计较。你须着人赶你大爷回家酌办，这事不是当玩的！我们二三日内提齐了人，你大爷不回就来请你。"苏兴连忙答应。二人去了，到施家、温家也不过得些银子回辕。

次日，当堂回明苏芳现往江西未回，温仲翁患病，施延年已带到伺候。老赫大怒，将二人各打二十，添差王行、茹虎，吩咐务要一个个拿来。此时苏兴已约齐施、温二家，在广府递了呈子。得了关部消息，晓得定有一番大闹，将厅房细巧物件收过；于众家人中选了一名盛勇，许他一百两银子替苏兴到海关伺候；叫众人小心照应，自己再至广府叫喊。

少停，差人到来。那郑、李二人还不大发挥，只坐着喊疼。

这王行、茹虎疯狗地一般叫骂，见没人理他，带了七八个副役各处搜寻，打掉了许多屏风、桌椅，一直涌至上房。各房搜到，并无苏芳影子，不过偷一点零碎东西。回转厅堂，查问管事家人，盛勇道："我们大爷探亲去了，难道预先晓得有这样事么？人家也有个内外，你们靠着关部的势乱闯胡行、打抢物件，这里不放着督抚么，可也有个王法。我便是管事的总爷，你咬了我的毴毴去！"王行大怒，拍面一掌，忙喝副役锁住，又叫人到对门把施延年锁来；坐在厅上，数黑道白只想讹银。

这苏兴在广府伺候知府升堂，又得了家中打闹的备细，因至宅门叫喊。上官老爷叫进吩咐道："我昨日看了呈词，自有道理。怎么你这等胡闹？"苏兴连忙叩头泣禀道："小的主人不在家中，现在家中被海关差役十数人打闹，辱及闺房。小的情极喊冤，求大老爷可怜搭救，扶弱除强。"

上官老爷气得暴跳如雷，忙叫摆道，苏兴跟着，到了豪贤街苏家门首下轿。那几个差人见一位官府进来，却认得是本府，忙立起身来。上官老爷吩咐一个个拿住，叫苏兴领路，前后看了情形，出来坐在当街，叫把这几个虎役带上。那王行、茹虎磕头道："小的是上命差遣、追缴税饷拿问，现有朱票在此。"上官老爷取来看了一看，冷笑道："你这几个大胆的奴才！这事本府已从公审结，你们无故打抢人家，穿房入房，成什么规矩？这里又非洋商税户，关部怎好出票拿人？要地方官何用？扯下去打！"茹虎道："大老爷也不要太高兴了。小的是海关差头，需不属大老爷该管，打了恐怕揭不下来。"上官老爷大怒道："这广州府的人我管不得了？"连签筒倒将下来，二人各打四十头号，吩咐取大枷枷在这里示众。又叫郑忠、李信上去，也要打他。这里五福跪上去求道："小的是苏家管门家人，这郑忠、李信二人不但没有打闹，也并没有开口，都是那两个领着众人打抢的。大老爷是个青天，小的不敢撒谎。"上官老爷吩咐："暂且饶了！借你两个奴才的口回复你们大人：这张票子我亲送到督抚上头去回销罢。"又喝他二人开了延年、盛勇的锁，吩咐道："这事我已审断结案，并无偏袒，海关再有差来，你们只管扭解前来，我替你处治。"二人谢了下去。又将众役各打三十板子。又叫地方过来吩咐道："怎么你们有事不报？我暂且饶打。好好地将两名枷犯看管，倘经走脱，二罪俱发。"地方答应下去。苏兴上前磕头，上官老爷着他收拾了打坏家伙，补了呈词，然后打轿回府。

那郑忠、李信回报禀明，老赫勃然大怒，便叫上包进才来，要办上官知府。包进才毕竟乖觉，回道："小的想来，一个知府他怎敢这等大胆无情，内中定有缘故。他说票子要呈督抚回销，这擅用关防印信、滋扰民间也还算不得什么大事，恐怕督抚已经拿着我们的讹头参奏了。他靠着督抚才敢这样。"老赫一听此话，毛骨悚然，便说道："此事暂且按下，你细细着人打听，回来再议。"

那进才果然能干，数日之间已打听明白，如此如彼地回明老赫。又禀道："听事的回来说，今日接到紧报，潮州已被大光王和尚占住了。这和尚就是摩剌，现在封了四个王妃。倘这事再闹起来，一发不妥。"老赫大惊，忙吩咐且将从前押缴饷税这宗案卷烧了，关税减去加二，不许勒索陋规，静候恩旨。可笑老赫这几日酒色不能解忧，昏昏闷闷地过去。包进才也无计可施，只着人赶紧进京打点，忙乱之中也就不管杜宠逃走之事了。

这杜宠跟着吉士，主仆六人过了佛山，望韶关进发。船家禀

说，目下盗贼横行，夜里不能走路。吉士因要赶紧回转，叫他日夜赶行，船家不敢回拗。第二日晚上，相近清远峡地方，吉士已与也云安睡，苏邦、阿旺睡在头舱，阿青、杜宠却在稍上。船上水手有一老龙三，唱得好夜行歌。众人叫他唱曲，那苏州三一头摇橹唱道：

天上星多月勿子介明，池里鱼多水勿子介浑，朝里官多站勿子介下，姐姐家郎多记勿子介清。

众人赞好，老三又唱道：

和尚尼姑睡一床，掀烘六十四千他娘。一个小沙弥走来，揭起帐子忙问道："男师父，女师父，搭故个小师父，你三家头来哩做啥法事？"和尚说："我们是水陆兼行做道场。"

众人正在称赞，忽地喊声大起，许多小船抢上船来，伤了一名水手，抢进官舱。船家下水逃走，吓得吉士与也云紧紧搂住不敢做声。那强盗道："醉翁之意不在酒。"抢劫一空而去，未杀人。天明起来，苏邦回："大爷方才出门，又遭此变！江西是去不成了。不如且在左近寻一个人家暂住，着人回去取了路费再商量罢！"吉士道："这话极是。你且上去寻房子。"苏邦去了不到一个时辰，下船禀道："离这里有二里多路，一家子姓卞，是个半耕半读的乡民，房子颇多。小的告诉了他，他一诺无辞，现在这里伺候。但乡间雇不出好轿子，只雇了两个竹兜，大爷与云姑胡乱坐坐罢！"吉士即便起身。

可怜主仆六人，只剩几副铺盖，进得村来，至卞家坐下。也云脱下手上金镯，暗暗递与吉士，吉士便叫苏邦前去换银。那姓卞的上前磕头，吉士慌忙扶起。那老人说："大爷还不晓得，乡间并无钱店，况这金子哪里去换？大爷要什么使用，小人家里应着，大爷再补还不迟。”吉士举手称谢。因借银二十两，发了些脚钱。苏邦附船回去，余银交阿青零用。

这姓卞的极其恭敬，领吉士至三间一明两暗的书房安歇。杀鸡为黍，送上早饭，自己小心伺候。吉士过意不去，叫他上前问道：“足下尊名？日后定当补报。”主人道：“小人卞明，向来受过大爷恩典。今幸大爷光顾，只恐供给不周，怎说一个报字？”吉士骇然道：“你我并未识面，怎说有恩？不要认错了。”卞明道：“小人家世耕读为生，却有五十亩草田坐落花县。前老爷手里将田押银二百两，因连年岁歉，本利无偿；今春蒙大爷恩免。小人打算今冬送本银进城，不意中得遇大爷，小人不胜欣喜。”吉士道：“那从前之事已经丢开的了。如今在这里打扰也须开个细账，我日后算还你。小人家那里搁得住我们大嚼！”卞明道：“这个再也不敢。”

到了晚上，卞明请至里边，备了酒席，并叫妻女行酒。吉士再三谢了，扯卞明旁坐，叫也云执壶。饮了一会，见一个十四五岁的孩子走来，卞明叫他上前作揖。吉士扶住问道：“此位是谁？”卞明道：“是小人儿子卞璧，字如玉。去年侥幸进学，今岁还从先生读书。”吉士道：“原来就是令郎！相貌端方，一定天姿聪俊。”即扯他一同坐下席，问问他经史诗赋之类。如玉应对如流，吉士自愧不及。席散之后，携手同至前面书房，问他道：“世兄高才，埋没村野，弟欲屈世兄到舍一同读书，未知允否？”如玉笑道：“古来名人辈出，大约膏粱纨袴①者居于城市，逸才硕德者处于山林。晚生虽属童牙，颇以古人自许，大爷请自尊便，

① 膏粱纨袴——指富贵人家的子弟。

断断不敢随行。”吉士也笑道：“这说话不无太迂了。从古名人断无城市、山林之别，况那有名的英贤杰士何尝不起于山林，终于廊庙呢?”如玉道：“显于廊庙自是读书人本分之事。但亦未闻有终于城市的名公!”吉士道：“我难道要你困守广州城中不成?不过赏奇析疑，聊尽观摩之益耳!还有一事请教，前日有几个朋友起了鲜荔枝诗社，却都做得不佳，不知可好赐教否?”如玉道：“晚生困于书史，最不善诗，既荷命题，自当勉赋。”因迅笔疾书道：

> 岭梅闲后独争荣，细腻精神自品评。
>
> 莫笑山林无结果，要他领袖压群英。

吉士看完道：“诗以言志，世兄将来定不作第二人想矣。书法劲秀，真是华国之才。”如玉谦逊了几句，告辞进去。

次日，吉士又到书馆中伺候他的先生，看他制艺。这先生乃块然一物，是个半瓶醋的秀才。那如玉近作并皆古茂雄健。吉士赞不绝声，转来请卞明相见，说道：“令郎高才盖世，定当破壁而飞。有一胞妹与令郎同庚，意欲附为婚姻，不知可能俯就?”卞明慌忙作揖道：“大爷此话折杀小人。小人是个村民，怎敢仰扳豪贵?大爷万万不可提起，恐惹人耻笑，坏了大爷的名头。”吉士道：“我意已决，老伯不必过谦。”卞明推托再三，只得允了，议定来年行聘，又叫如玉回来重叙亲礼。

吉士住了三日，望不见苏邦到来，心中纳闷；叫阿旺在家看守，主奴四人旷野闲步。木叶渐脱，草色半萎，萧飒西风，豁入怀抱。吉士心中想道：“亏了这班强盗，便宜我得了一个妹夫，将来不在李翰林下也。算完我一桩心事，可以告无罪于先人。但是我的功名未知可能成就?若要像卞如玉的才调，我是青衿没世的了。”又想道：“我要功名做什么？若能安分守家，天天与姐妹们陶情诗酒，也就算万户侯不易之乐了。只是家中未知闹得怎样了？”一头想，不觉走有数里之遥，有点儿腿酸，携着也云在路旁小坐。那边路上有十数骑马按辔徐行，见了吉士等，一个跳下马来问道：“爷从哪里来？到哪里去？还是习文呢，还是习武？”阿青道：“我们大爷是省中有名的贡生，不晓得武的。”那众人听说，都下马走向前来，将吉士、也云、杜宠三人横拖漫曳抱上马去，说家主相请。阿青上前抢夺，被众人鞭梢打开，飞骑而去。

第十八回

袁侍郎查封粤海　胡总制退守循州

黄金白玉讶多赀，干没独居奇。沉速香浓，葡萄酒醉，锦帐拥娇姿。　一封丹诏从天下，臣罪果奚辞？珠宝条封，花容锁禁，独自泪流时。

漏下羽书传，满目尘烟。腰弓插箭跨花鞯。笳鼓声声都惨淡，烽火连天。　贼势漫绵延，早着鞭先。貔貅①一万命都捐。无定河边抛白骨，梦到婵娟。

却说吉士被游骑挟持上马，如飞前行，大叫救命。那骑兵说道："先生不需着急，我们奉主公之命，招贤纳士，特来请你的。只要你不是假秀才，有些真才实学，还你有许多好处。"倏忽②之间，已驰去百余里。途中吃些干粮，一日一夜，早至一个山头。雄关壁立，戈甲如林。那骑兵报了进去，即有顶冠束带二人出来接进，延他坐下。说道："请问三位尊姓大名？"吉士惊喘甫定，答道："小生姓苏名芳，广州人氏。这两个都是小价。不知阁下何故见招？还要请教姓名？尊官现居何职？"那人道："俺丰乐长麾下镇北将军王大海、褚虎两个便是。俺主公思贤若渴，远辟旁求，兵卒们不知，累先生受惊了。"因唤左右备酒压惊。吉士方

① 貔貅（píxiū）——古书上说的一种猛兽。此处比喻勇猛的军队。
② 倏（shū）忽——忽然，很快地。

知被陆丰的强人拿住，心上害怕起来，只得推诿道："小生一介庸愚，并不足以当贤士之誉。求将军放还故土，别选贤良。诚恐保举非人，累将军受不是。"王大海道："那些说嘴的书生到是一窍不通的。先生这等谦抑，一定是个真才。"即吩咐："备轿伺候，我亲送先生前去。"

此时姚霍武已得了甲子城，那潮镇总兵官钟毓领了五千人马前来救援，冯刚抵敌不住，闭门坚守。后波军门岭秦述明、曹士仁二人闻得霍武、冯刚成了基业，全伙归降。遁庵将述明妹子绍英选入宫中，与霍武做了夫人，自己领了吕又逵、秦述明等前去救应，杀退了钟毓。却好摩刺轻舟袭了潮州。自号大光王，钟毓进退两难，只得权入嘉应州死守。幸得摩刺得了潮州，心满意足，立了四宫八院，日夕饮酒渔色；将四个徒弟封为护法，八个勇悍头目封做将军，并不理论兵事。遁庵杀退钟毓，便叫秦述明等把守，自己敛甲而回，与霍武商量道："钟毓自守不暇，东路可以无虞。但恐督提两标兵到，须要加紧预防。"却好马兵报说，王将军亲送贤士到来，霍武大喜，即令遁庵迎接。

须臾，吉士进署，也云、杜宠紧紧跟随。吉士知道是位大王，忙向前叩见。霍武答礼相还，于左边另设一坐，请他坐下。遁庵等右边相陪。王大海道了姓名，霍武道："姚某系东莱武士，不识斯文。今苏先生惠然远临，何以教我？"吉士道："小生乃幼愚下士，并无点点才能，偶至郊外闲行，被麾下拿住，倘蒙不加死罪，伏乞放还省会，没齿沾恩。"霍武道："原来苏先生祖住省城！有位洋商苏老爷，讳万魁的，可也认得否？"吉士站起说道："这就是先父，于今春正月身故的。"霍武忙出外再拜道："原来是恩人之子！不料令尊已经作故，姚报德何时？"言毕，潸然泪

下。吉士再拜扶住说道："不知将军因何认得家父？"霍武便将省城蒙恩周济之事说了。又问道："江苏李匠山先生想也认得的了？"吉士道："这是敝业师，又是太亲家，前年回去的。舍妹丈已入词林，看来不能再到广省了。"因触着了匠山来信，亟问道："将军尊讳可是霍武么？"霍武道："正是。令尊想会道来。"吉士道："先父虽未提明，先生却有信到。"因将匠山来书读与他听。霍武叹息道："我哥哥规劝如此，是我负他。将来何以见哥哥之面？"众人齐劝道："主公暂时躲避，倘蒙恩赦，原可报效朝廷，不需多虑。"霍武吩咐备酒款待。又问道："先生安富尊荣，为何忽有郊外闲游之兴？"吉士便将家中之事告诉他。霍武大怒道："何物赫关部，擅敢如此横行！我这里提一旅之师，将他首级抓来，与恩人报仇雪恨。"遁庵道："主公不必着恼，关部舞弊婪赃、朝廷自有国法。苏先生谅来不能久居于此，我们且着探卒往省中打听，好送先生回家。"霍武说是，即吩咐能事探卒飞骑兼行，限四日回话。酒筵散后，送入公馆安歇。供应丰美，铺设华丽，又送四名营女服侍，两员武弁①把守。从遁庵、冯刚起首，一个个轮流请酒。

过了四日，探卒早已回报，说苏府并无事情，海关现已听参，不过旨意未下；提督任恪已从海道攻打潮州，胜负未定，总督各处调兵，大约新正必有一番厮杀。吉士听了，一面告辞。霍武料留不住，亲自率领将佐长亭饯行。霍武把盏道："先生此去，尽管放心。倘有亲友之中可以代姚某请命朝廷、赦其死罪者，万望鼎力吹嘘，姚某终身感戴。"吉士连声答应。霍武又将四只大

---

① 武弁（biàn）——这里指低级的武官。

箱交代，说道："些小赆仪，尚祈笑纳。"吉士不敢不受。霍武饬令戚光祖、韩普护送，过了旱路，回来就协守岭头，明春再候调遣。吉士拜辞而去，一路直到平山，才辞了两人下船去省。

从避难出门，屈指四旬光景。家中因得了阿旺、阿青之信，阖宅忧疑，这日忽然到家，真个喜从天降。施延年已经娶亲，夫妇同来拜见。各亲友亦来问安。晚上打开霍武所赠箱子，都是黄白之物①，何止百倍于前。正是：

一饭千金何足数，受恩深处最关情。

赫广大自从被参，终日闷闷不乐。腊月初旬，阿钱生下儿子，稍觉开怀。忽报马头到了两位钦差，各省官员都于天字马头接候，请大人快去接旨。老赫摆道前去，到了驿亭，两位钦差已经上岸，南面而立。各官都行九叩头礼俯伏听宣。钦差高捧诏书开读：

奉上谕：国家设立督抚，所以协文武、总方略也；设立监督，所以裕国课、惠商民也。前据粤海关监督赫广大奏称洋匪横行，以致商贾不通、税货缺额，已着该部传旨申饬督抚，并谕赫广大不得借端推诿。旋据总督胡成、巡抚屈强、监督赫广大各以惠州沿海各口有姚霍武等骚扰等事奏闻，是督抚失于抚驭也。胡成莅任未久，姑从宽革职留任；屈强着降三级，改补惠潮兵备道戴罪立功，所有巡抚关防交藩司潘进署理，候朕简放。又据屈强参奏赫广大蠹国殃民十款，屈强向来清慎，此奏谅非无据。赫广大系功勋之后，素无树立，朕从优录用，乃肆无忌惮如此，深负朕恩。着即革职解任，交使臣工部侍郎袁修、掌河南道监察御史

---

① 黄白之物——指黄金和白银。

李垣从公审办，并将赫广大署中抄查讯取婪赃恶迹，其监督关防着臬司廉明兼署。旨到之日，各钦遵施行。

各官三呼谢恩已毕，钦差吩咐将赫广大拿下，着南韶道木庸看管。胡总督率同潘布政、廉按察、首府、首县及在省各官往关部署中。钦差、总督正坐，司道旁坐，先将搢内有名家人包进才、马伯乐、王信、卜良等锁住，后将老赫的夫人、小姐、姬妾、丫头们等赶至两间空房锁好，南海县把守后门，番禺县把守二门，各院、各门都委员把住，吩咐广州府率领花县、新会县带了番役细意抄查。约两个时辰，一一报数，钦差李大人提笔登记：

汉玉吉祥如意四柄，阗玉吉祥如意六柄，汉玉二尺长观音一尊，赤玉径一尺六寸盘一个，翠玉径二尺盘三个，汉玉拱璧玩器杂挂共一百二十四件，翠玉手玩杂佩共二百五十二件，玉带八十四围，明珠手钏二串，宝石手钏二十二串，翠玉花瓶四个，自鸣钟二十八座，洋表大小一百八十二个，洋玻璃屏二十四架，洋玻璃床十六张，洋玻璃灯一百二十对，各色玻璃灯一百八十对，四寸厚水晶桌一张，四寸厚水晶椅八把，洋玻璃挂屏一百零四件，大红、大青、元青哆啰呢各八百板，大红、大青、元青羽毛缎各八百板，大红、大青、元青哔吱各四百板，贺兰羽毛布各色一千匹，泥金孔雀裘二套，紫貂裘十四件，天马皮裘二十四件，猞猁狲裘十二件，海龙裘十八件，元狐裘二十八件，银鼠裘四十八件，灰鼠裘二十八件，真珠皮裘黑白八十四件，杂皮男女衣服共八百六十四件，男女衣服共五千一百十三件，锦缎大呢被褥共一千二百十二床，南缎、杭绸、纱罗共一千八百二十卷，貂鼠皮五十八张，海虎皮三十张，银灰鼠皮各八百张，洋毯氆氇地毡共四百十八铺，龙眼珠二颗，油珠共五斤十二两，赤金盘六个，赤金酒壶十二把，赤金大小杯共八十个，玉杯大小四十个，洋玻璃盏大小八十个，赤金状元及第笔锭如意及各样果式赏玩一千二百件，赤金四万二千零十二两，银盘十二个，银壶二十四把，银杯大小八百个，白银五十二万二千一百零三两，珠首饰四百五十件，金首饰六百十二件，银首饰各二千五百件，紫檀花梨香楠桌椅共五百八十二张，大钱二千零四挂，金花边钱一千八百零三圆，花边钱四万二千零八圆，白玉美人溺壶一个，银溺壶十八个。

钦差一一将印条封好。清查税饷，共亏空一百六十四万零五百两零一钱六分五厘。番禺县办了公馆，请二位钦差安歇。广州府出了票子，拘集钦案有名人等细细审问。所参系是实迹，如何不真？却都做到包进才四个家人身上去，老赫拟了个酒色糊涂、不能约束下人，以致商民受累。其所亏税项请将家私抵偿，尚有不敷应于本籍查封凑数。题奏上去，皇上恩德如天，轸念①旧臣，即将包进才四人正法，赫广大着看守祖宗坟墓，改过自新。此是后话不提。

当日两钦差审办停妥，那李御史便对韩侍郎说道："晚生有个亲戚在此，前日出京之时，家父曾吩咐晚生探望。今公事办完，意欲前去，未知大人以为好否？"袁侍郎道："不知老先生有甚令亲，是何姓名？"李御史道："昨日在这里候质的贡生苏芳就是晚生的妻舅。从前晚生未遇之时，家父在他家教读，定下亲事，却还没有过礼。家父命晚生带了些聘礼来，复旨之后，大约

① 轸念——悲痛地怀念。

来年定假归娶的光景。”袁侍郎道：“这是极该去的了。不知可容老夫为媒吃杯喜酒?”李御史道：“若得大人光宠，晚生就此代舍亲叩谢。晚生今日先去拜过，明日就烦大人携带聘礼过去，后日起程。”说毕出位打恭。袁侍郎忙扶住笑道：“此礼为尊大人而设，小弟不敢回礼了。老先生快去了回来，同去领藩署抚军之盛情。”李垣红着脸，忙吩咐从人打道往苏府而来。

原来李匠山之子垣以庶常不到三年散馆授了编修，本年保送御史先致河南道，又转了掌道御史。皇上见其英英露爽，丰骨不凡，特命与袁侍郎办了粤海关一案的。当下来到苏家，早有号房报知吉士。吉士预备了酒席，一切铺垫半吉半素。家人投进贴子，吉士接进中堂。李御史吩咐将一切彩绸、红垫、桌围等撤下，然后两人行礼。吉士道：“小弟不知钦差大人就是老姐丈，有失迎迓。”李御史道：“小弟因圣命在身，来迟恕罪！昨日在公馆，又多多得罪大哥。”吉士道：“好说。这是朝廷的法度，蒙老姐丈留情，小弟知感不尽。”便站起身来，请过先生、师母的安。李御史也立起身，答了康健，便请岳母大人拜见。须臾，毛氏出来，跟拥着许多丫头、妇女。李御史拜了四拜，毛氏止受半礼，缓步进内。李御史即换了素服，到万魁灵前展拜一番，然后入席。饮酒席间，李御史说起父亲吩咐送聘礼过来，因钦限紧急，明日即着人送来，敦请袁大人为媒，与令岳丈温太亲台共是两位。明冬定当乞假归娶。吉士一一应允。

却又有家人报说，南、番两县地方官特来伺候。李御史忙告辞出去，着实谦逊，再三请两县回衙；吉士亦打恭代谢，两县方才禀辞而去。李御史又到温家请了媒人温仲翁，辞谢说“在苏府恭候”，然后回公馆中同至潘大人署中赴宴。

次早，吉士吩咐苏兴办理一切，自己乘轿至公馆中投了一个禀揭、一个拜帖。两位钦差请进，留茶叙话。告辞回来，温仲翁已到。午后，袁大人摆了全副职事，抬着八人大轿，辞了护送的文武官，来至苏府。这里一切从吉，鼓乐笙歌接进来，聘礼不过是珠冠一顶、玉带全围、朝衣一袭、金钗十二事、宫缎十二表里、彩缎百端、宫花八对。还有一样稀罕之物，是别人家没有的：一个黄缎袱中包着五品宜人之诰命，供在当中。慌得吉士忙排起香案，请母亲、妹子浓妆，丫头下人回避，同到厅中叩了九个头，方才收进；一面款待媒人。戏子参了场，递了手本，袁侍郎点了半本《满床笏》。酒过三巡，即起身告别，说道："学生与令妹丈蒙上官知府邀往越秀山看梅，劳他久候了。"吉士不敢再留，送出袁侍郎，前呼后拥而去。回聘之礼自然丰厚。

到了次日，吉士又备了两副下程在马头伺候。直到下午，两钦差下船，吉士投帖送进，袁侍郎只受了米炭酒腿四色，李御史全受了，又请至自己座船叙了一会闲话。吉士叫家人回避，那跟李御史的也各走开。吉士将匠山春间的书信及自己劫至陆丰，姚霍武所托的说话告诉一遍。李御史大惊道："原来有此异事！小弟谨领在心，回京与家君面商。"此时送钦差的文武官员层层拥挤，吉士连忙告退，钦差点鼓开船。

吉士回家过了一夜，又过南、番两县谢步，又至广府递了禀揭，谢他从前处治海关差役之情。那上官知府忽然传见，赐坐待茶，说道："前日你不在家，我替你处治那些虎役还枷在那边。既是赫公去了，你叫家人前来递张呈子，从宽放了他罢。"吉士忙打恭应诺出来。这是上官知府教他做人情，庶后来不至仇恨的

意思。天下哪里有这等细密的周匝[1]好上官！吉士果然叫人进呈释放，两人差人还来致谢了一番。

正值岁暮，各庄头都来纳租算账，苏邦不得空闲，吉士吩咐阿旺带了书子、赍了厚礼，至清远卞家致谢。书上叙明自己回来的话，再订婚约，并嘱如玉来春进城读书。阿旺去了，又吩咐苏兴料理、分送各衙门、各家的年礼，今年须添上广府一分、南海主簿苗爷一分、时家一分，苏兴答应了。吉士进内，小霞将小子应娶、丫头应嫁配合的单子呈看，吉士只将巫云名子除了，说且不要慌，小霞道："她原不肯出去呢！这回我又明白了。"吉士笑了一笑，将德生引逗了一回。

丫头来说，苏元的归宗儿子苏复今春进京弄了一个什么官了，如今领了凭到家，明春上任，他妈领着要进来与太太、大爷及奶奶们磕头。吉士便叫"传进来待我瞧瞧"，果然苏元家领着三十多岁一个人进来。吉士站起，那苏复不敢上前，就在檐底下磕了三个头。吉士道："你捐了什么官？选在何处？几时起身？"苏复回道："门下蒙主人恩典，由陇关地震续例捐纳正九品，御选了江苏常州府荆溪县管粮主簿，于明年三月起身。"他妈说道："趁施奶奶、乌奶奶在此，还不快磕了头。我同你见太太、大奶奶去。"苏复不敢正视，又朝上磕头。慌得小霞、小乔都福了两福，对苏元家的说道："老嬷恭喜！"苏元家的说道："都靠着大爷、奶奶们的福。"说毕，领着他到那边去了。

话休繁绪，不觉的腊尽春寒回。胡总制打听得任提督在潮未获全胜，自己调齐各路人马，共是一万五千，带了本标中军巴

---

① 周匝——全面，周到。

布、总兵官常勇、樊瑞林、参将高宝光、和琅并二十余员偏将。那碣石新任副将钱烈从海上回省，因失了自己的汛地，请为前部先锋。由省中祭旗起身，各文武官叩送，不日到了鹅埠札住。岭上守将王大海等已得消息，一面飞骑请救，一面留戚光祖守关。三人点了一千五百人马下关迎敌。褚虎拍马当先，这钱烈持枪接住，战有三十余合，不分胜负。王大海便来助阵。这巴布要在本官面前逞能，忙摇大斧出战，骂道："什么草寇这等放肆，总督大人在此，还不下马受缚！"大海也不回言，一枪刺过；巴布轻轻地隔过一边，举斧便砍。原来巴布英勇无敌，王大海哪里是他的对手？八九合之中早已招架不住。韩普举刀上前，高宝光又已接住。胡总督挥兵大进，樊瑞林等一涌前来。褚虎等抵挡不住，败阵逃回。胡总督吩咐攻关，那关上火炮檑石一齐打下，只得退下安营，饮酒庆贺。

王大海败了一阵，回关商议道："我们众寡不敌，救兵又不见来，须要日夜小心把守。"三人道："正是。前日去讨救兵，今日也该来了。快再着飞骑前去催促。此关一失，大事全休了！"四人轮流巡守，次日不敢下山，由他辱骂。至明日午后，探卒报道："主公亲同军师督兵到来。先锋吕将军、秦将军已到岭头了。"原来白遁庵晓得总督亲来，必有能征惯战之将，因调何武去甲子城换秦述明来军前听用，所以迟了两天。王大海等闻此番主公亲来督战，踊跃欢呼，士气百倍，一路迎接霍武等进关。拜见过了，诉说前日交兵折了四百余人马。霍武道："胜负兵家常事，兄弟们不必介怀。明日下关再战一阵，看他如何用兵，再请军师出计。"

次日，霍武吩咐开关，八千兵马冲下关来，摆齐队伍，两阵

对圆。胡总督望见丰乐长旗号，便吩咐道："这贼亲自到来，省得我们费力，众将须要努力擒拿。"道犹未毕，常勇、和琅两员将官飞马而出，直取中军；这里吕又逵、杨大鹤接住厮杀，冯刚提戟助战，樊瑞林挺枪接住。六人捉对鏖斗，甚是可看。胡总督对巴布说道："今日中军何故不肯上前？"巴布道："擒贼不擒王，有何用处？大人不必心慌。"那白遁庵看见来将勇猛，阵法整齐，急暗遣禇虎、王大海、戚祖光三将，领着本关兵马，转至胡总督阵后杀进。霍武看六人厮杀，正在看得高兴，不料钱烈听了总督的话，要见头功，斜刺里一条枪雪白般的飕地飞至。霍武会者不忙，将刀掠过，喝道："泼贼敢来送死么？"便劈头一刀如泰山压顶地下来，钱烈那里架得住。四五合之中，霍武卖个破绽，让他一枪刺入，顺手拦腰一刀，挥为两段。总督吃了一惊。那巴布举斧跃出，霍武正要斩他，秦述明早举棒接住。霍武杀得性起，便举大刀望胡总督中军砍来，高宝光急持枪招架，刀到处枪杆折为两截，斩下高宝光一只大腿并一匹战马。胡总督大惊，回马便走，幸得十数员偏将涌上。霍武奋起神威，背砍尖挑，纷纷落马。那王大海等已从后边杀至，巴布等恐怕中军有失，各拖兵器败走。这里并力追来，直至十数里才住。

胡总督收拾败兵，失去了两员将官，十数员偏将，四千余兵，心中纳闷，说道："这贼这等枭勇，怎能一时殄灭？"巴布禀道："大人不必心焦，明日小将用计败之，计擒他便了。今日这员贼将已是要下去了，因误中他前后夹攻之计，恐怕大人有失，小将只得退回的。"胡总督道："全仗中军英武。成功之后，自当专折奏闻。"巴布谢了。各将就营安歇，巴布只在中军侍寝。至了三更天气，谁料白遁庵已分八枝人马，四面杀进，把火球、火箭等物雨点射来。各营于梦中惊醒，那火已绵延着起，人不及披甲，马不及放鞍，四散逃命，巴布保着胡成奋勇杀出火丛，当头遇着吕又逵，十数合之中又逵招架不住，冯刚拍马来帮。巴布怎敢恋战，保着胡成左遮右拦，且战且走；又遇秦述明杀了一阵，才上大路。那烧残人马渐渐拢来，查点处又不见了和琅一员正将。马步军兵剩不上三千，只得退往惠州保守，再调兵马复仇。

这里霍武等大获全胜，活捉了和琅回关。打听得胡成已回惠州，便叫秦述明协同王大海等守关口，领众人回陆丰而去，和琅发往软禁。

且看下回。

第十九回

花灯挂孽障　馆甥笔生涯

百座鳌山鳞北开，笙歌一夕沸楼台。指挥海国供蹂躏，点缀春宵费剪裁。金屋已随朝菌尽，玉人犹抱夜珠来。怜他十五年娇小，万古沉冤化劫灰。

识得之无最少年，笔床自惬性中天。恰当明月称三五，便觉清吟有万千。浊浪不堪舒蜀锦，光风差可拂蛮笺。下生词巧温生拙，青眼何须泣涕涟。

苏吉士到了新年，使人下乡迎接如玉到省。他父亲来信定于廿①四日行聘，廿六日送如玉上来。吉士每日到各家贺节，这日到时邦臣家，再三留坐，饮至夜深。邦臣告诉说："隔壁竹家因去年吃了官司，后来中黄递解回籍，弄得寸草无存。理黄于年底躲账潜逃，不知去向。他娘子茹氏十分苦楚，噙着眼泪央告晚生要见大爷一面，不知大爷可肯赐光?"吉士道："这茹氏有恩于我，耿耿在心。只是我到他家，外观不雅。"邦臣道："大爷若肯过去，这却不妨。晚生家的后门与他家后门紧紧靠着，只要从里边过去，断无人知道的。"吉士应允，便吩咐庆鹤回家，报说今晚不得回来，在时相公家过夜。庆鹤去了，单留祥琴、笥书伺候。又饮了一回，酒已酣足，邦臣已送信与茹氏。

---

① 廿（niàn）——即二十。

这茹氏从丈夫去后，家中并无所遣，门前几间房子，因欠了房钱，房主已另招人住下，单剩这一间内房、半间厢房，从后门出入，亏得时顺姐满月回家，与他两圆花边钱，苦苦地两飧度日。这新年时节，只穿着一件旧绸夹袄，一个元色布背心，一条黑绢旧裙子，余外都在典当之中。听得吉士过来看她，忙把房中收拾干净，烧了一盆水，上下洗澡一番，再整乌云，重匀娇面；只是家中再也讨不出一杯酒、一根菜来，况敝衣旧袄总非追欢索笑之妆，破被寒衾又岂拥翠偎红之具？正在挑灯流泪默唤奈何，听得门环敲响，忙忙拭泪，移步开门。

那吉士也不带人，也不掌灯，蓦地走进。茹氏将门闩上，同至房中，请吉士坐了，磕下头去。吉士忙挽她起来，茹氏倒在怀中哭诉道："拙夫自作自受，不必管他。奴家蒙大爷收用，也算意外姻缘，大爷为何抛撇了？虽则奴家丑陋，大爷还要怜念奴的一片热心、一番苦楚。"吉士忙替她揩泪道："我岂不念你恩情，因你丈夫劖赖，实在有些怕他。后又为了官司，所以把你的情耽误了。我今日特来赔罪。"因见她身上单薄，手如冰冷的，将自己穿的灰鼠马褂脱下与她穿上，说道："不必悲伤，我自当补报。"茹氏道："我再不敢抱怨大爷。只恨奴家命苦，嫁着这样光棍！今蒙大爷枉顾，奴是死而无怨的了。"吉士正在再三抚慰，听得后面敲门声急，却吃了一惊。茹氏说："大爷只管放心，有奴在此。"因叫他好好坐下，自己去开门。却原来是时邦臣凑趣，打发两人端着攒盆酒菜，挟了两床被褥，悄悄的交与茹氏拿进。茹氏一一收了，依旧关门进来，将被褥铺在床上，酒菜摆在桌上，斟了一杯，递与吉士说道："奴家借花献佛，大爷宽饮几杯。"说毕，又要磕了头去。吉士接了杯，一把扶起抱置膝上，说道："已经行过礼了，何必如此？"因一口干了，也斟上一杯，放在她嘴上，茹氏也就吃了。从来说酒是色媒。两个一递一杯，吉士已入醉乡。

次早，披衣出门，回到家中，叫杜宠悄悄地拿了四套衣服，二百银子，同时家的阿喜送去。茹氏还赏去他们十两银子。自此，趁理黄不在家中，就时常走走。这茹氏买了一个丫头服侍，又赁了一间外房，渐渐地花哨起来。

到了正月廿四日，卞家备了聘礼过来，就是如玉的业师白汝晃为媒。吉士从重款待，回聘十分丰备。次日，即打发家人收拾后面园中三间碧桃吟处，预备卞生下榻。到了二十六日，卞明亲送儿子进省，苏家请了许多亲友相陪。自此，如玉就在苏府后园居住。吉士派四个小子伺候，自己常来谈论书史，每天都走两三遭。如玉起初认道吉士是个不更事的少年，后来才觉得他温文尔雅，与众不同，甚相敬重。正是：

眼底本无纨绔子，今日方知天地宽。

再说摩剌占住潮州，自谓英雄盖世，天下莫敢谁何。任提督领兵到来，摩剌接连胜了两阵，亏得任公纪律精严，不至大衄①。奈标下并无良将，只得暂且收兵，回至惠州驻扎。摩剌探得提督退去，回城贺功。正值新正佳节，便出了一张告示，分派命阖城大放花灯，如有一人违令，全家处斩。这潮州本是富庶之邦，那北省人有"到广不到潮，枉到广东走一遭"之说。地方既极繁华，又奉了以军法放灯的钧语，大家小户各各争奇斗巧，竞放花灯。满城士女竟忘了是强盗世界，就像与民同乐一般，东家婶呼

---

① 大衄（nǜ）——指军队受重创。

了西家姨，李家姑约着张家妹，忙忙碌碌，共赏良辰。这摩剌吩咐大护法海元、四护法海贞领了三千铁骑，城外安营，以防不测；又暗暗吩咐海亨、海利，领着游兵天天在街坊巡察，倘有妇女姿色出众者，一一记名，候王爷选用。

那运同衙门左侧有一监生，姓桃名灼，富有家私。生下一男一女，男名献瑞，女名自芳。这自芳才十五岁，生得沉鱼闭月，媚脸娇容。这日桃监生到亲戚家赏灯去了，自芳约了开铜锁铺贾珍的女儿银姐出门看灯。这银姐年交二九，姿色也在中上之间，背地瞒了爹娘曾干这不干净的事。两人领了一群丫鬟，到二更以后缓步上街，看那些海市蜃楼、满街灯火，但见：

羊角灯当空明亮，玻璃灯出格晶莹，五彩灯绣围珠绕，八宝灯玉嵌金镶，飞虎灯张牙舞爪，走马灯掣电烘云，鲤鱼灯随波跃浪，狮子灯吐雾喷烟，麒麟灯群兽率舞，凤凰灯百鸟朝王，绣球灯明珠滴漏，仙人灯海气蒸腾。一切如意灯，二龙戏珠灯，三光日月灯，四季平安灯，五福来朝灯，六鳌驾海灯，七夕乞巧灯，八蛮进宝灯，九品莲花灯，十面埋伏灯，闪闪烁烁，高高低低，斑斑斓斓，齐齐整整。正是炫人耳目真非假，着相虚花色是空。

自芳、银姐并着香肩，携着纤手，喜滋滋地转过前街，来至海阳县署前。三更天气，游人却不甚多。此时县署已为二护法海亨窃据，搭上彩楼，在头门外演戏、饮酒、赏灯。手下报说：“有两个女子年纪还轻，姿色俱在上等，请师爷赏鉴定夺。”海亨即下彩楼，运眼一看，喝一声：“好！不必再登选簿，孩子们快扯她过来，备了轿子，马上送进府去。也算我们巡街有功。”一声吩咐，手下兵卒何止数十人围拥将来，将两个佳人捉拿上轿，二护法押送前去。

此时摩剌正与一班女子欢呼痛饮，近侍报称海亨选了两名女子进来，在宫外候见。摩剌吩咐带进，海亨小心守城。早有侍女们将二人带进，自芳、银姐伏在地下不敢抬头。左右挟她起来，摩剌细细观看，赞道："果然与众不同！"即跳下座来将二人挽起，左抱右拥，叫侍女们斟酒合欢。这自芳哪里敢饮，摩剌叫银姐旁坐，自己拿酒挨他。慢慢地解开胸襟，露出鸡头嫩乳，抚弄了多时，淫心荡漾，忙吩咐备云床伺候。

原来摩剌新制云雨二床，都系洋人所造。云床以御幼女，倘有抢来幼稚女子不解欢娱，怕她动手动脚，只消将她推上云床，自在关捩①将手足钳住，可以恣意欢淫。雨床更为奇巧，遇着欢会之时，只消伏在女人身上，拨动机关，她自会随心纵送，着紧处还有两相迎凑之机。当下众侍女将自芳脱去衣裳，推上云床。这小小女孩子晓得什么，谁料上得床来手足不能动弹，两足高分八字，只急得哀哀痛哭。两边四名侍女执灯高照，各各掩口而笑。摩剌只爱姿容，哪怜娇小，尽放着手段施展。这自芳始而叫喊，继而哀求，到后来不能出声，那摩剌只是尽情抵触，三魂渺渺早已躲向泉台，万劫沉沉那复起升色界，可怜绝世佳人受淫妖死。摩剌觉得一阵血腥冲人，方才抽戈而止，鲜红流了一地。左右禀说："美人已晕去了。"摩剌吩咐开了关键，扶去后房将息，自己兴致犹酣，即将银姐补兴。银姐见此一番鏖战，正肉跳心惊。才上云床，摩剌即挺戈接战。幸得银姐自己在行，家中预先倩人导其先路，又大了几年年纪，虽则十分苦楚，究竟稍可支持，还亏他战倒了光头才住。重整杯盘，再斟佳酿。

---

① 关捩（liè）——可以转动的机械装置。

侍女们跪禀说："那美人已是救不转了。"摩刺大笑道："怎么这样不禁玩？拖去埋了。"又对品娃等说道："你们天天死去，天天活转来。这女子如何这等烈性？"品娃道："毕竟她年纪太小了，搁不住佛爷的法宝。以后佛爷不要送雏儿的小命才好。"摩刺道："这未破过的女子原来有什么好处，哪里赶得上你们！"只搂着银姐道："此儿颇可。"当即赐名品娥，着人赏她父亲一千银子，三品职衔。

此时任提督因没有好将官，又听得胡制台亦未全胜，即与屈道台商议，请胡总督合兵一处，并力灭了摩刺，然后夹攻陆丰。又谕钟毓留兵一半守城，即亲领人马前来助战。约于四月初旬取齐，一同进剿。所以摩刺虽大放花灯，却并未有兵戈之事。按下不提。

再说卞如玉自到苏家，日日攻研书史，因晓得襟丈是个翰林，自己一个寒酸，恐怕底下人瞧他不起。谁知这些家人小子都听了吉士的吩咐，谁敢小觑于他，如玉也颇感激。春才虽则文理不通，却是天资朴实。他父亲要他认真读书下场，托了吉士，吉士转托如玉，日间与如玉同住园中，夜里回家安寝。春才渐渐地粗知文理，出了一个"校人烹之"的题目，他也就做了一个"谁能烹鱼，我所欲也"的破题。他父亲视为奇才，旁人未免笑话。

这日暮春天气，吉士从洋行赴宴回来。因二十日是潘麻子的六旬寿诞，要如玉做一篇寿文，忙到园中与如玉、春才相见，将此话叮嘱如玉。因见桃花大开，吩咐家人置酒赏玩。吉士高兴做诗，春才只要行令，如玉道："做诗即是行令，行令也可做诗，二公不要太执了。但这碧桃诗昨日已曾做过，弟诗未免草率，温大哥的奇拗之至。"吉士忙说："请教。"如玉将纸取来，吉士先

看如玉的：

　　不须花下臆平阳，锦帐重重斗艳妆。

　　谁种元都千百树，春风拂面感刘郎。

吉士道：“此桃系老妹丈未至之时所栽，何感慨之深也？”如玉道：“去后栽者尚足感人，况其先我前而临风索笑者乎？人生能见几花开，小弟亦借此作他山之石耳。”吉士称善。又看春才的诗：

　　桃树花开矣，叶多红实繁。摘多煮烂饭，种好像渔源。

　　涨大小高屋，春风人笑园。去年乾独看，犹自未婚坤。

吉士笑道：“第一联我解得。第三句却怎说？”春才道：“人家都吃桃花粥，我们摘得多了不好煮饭吃么？”吉士道：“第四句想是桃花源故事了。第五第六句呢？”春才道：“你没看见事类赋，所以不晓得桃花水涨典故。你看这桃树不比屋高些么？第六句不过是一首千家诗，没甚解说。”吉士道：“这‘乾’‘坤’二字呢？”春才道：“前日卞大哥讲的：乾者，天也，夫也；坤者，地也，妇也。我去年此时不是还没有娶亲么？”吉士道：“果奇构！我们且浮白三杯。”三人打擂台，掷色子，饮够多时。吉士原是饮酒回来的，雪上加霜，未免沉醉，便逃席出来，跑至内书房躲避，卸了上盖衣服，歪在坑床。

丫头递上茶来，吉士只喝一口，便叫她去唤巫云来捶腿。却好巫云来寻吉士回话，众丫头带上房门外边静候。吉士叫巫云上坑轻轻地捶了一回，又替他满身走滚引导筋骨。吉士顺手勾她粉颈问道：“你奶奶在哪里？”巫云道：“都跟着老太太在大奶奶房里抹牌。施奶奶叫我来问太爷，明早苏复起身上任，他妈已领他进来磕头辞行过了，奶奶们可要赏他的路费？”吉士道：“胡乱赏他二三百银子就是了，又问怎的？”伸手摸她胸前。巫云道：“大爷不要闹了！新年在施奶奶房里与我动手动脚的乱玩，被施奶奶看见了，好不对着我笑，做鬼脸儿羞我。大爷果爱着我，何不明收了奴？去年不肯出去，原是恋着大爷的恩典。”吉士道：“我很知道，只是我此时还不便收了。我今日告诉了施奶奶，我们晚上先叙叙罢。”巫云斜瞅了他一眼道：“大爷偏爱这样歪厮缠！我看乌奶奶也还是青不青、蓝不蓝的，究竟什么意思？”吉士道：“你不晓得的。”因扯她的手，叫她捏那东西。巫云只得探手至裤中，替他握住，偎着脸说道：“好大爷，这个我怕禁不起，晚上你只放进一半去罢。”吉士扳着她脖子亲嘴道：“莫怕，我会慢慢儿进去的。看他头上不是软软儿的么！”两个玩了一会，巫云开门出去，一个翠螺跑上低低说道：“好姐姐，你借一两银子与我，我妈等着买夏布用。到明日扣除我的月银罢！”巫云一头答应，一直的上房去了。

吉士睡了片刻，已是掌灯，来到小霞房中，吃过夜饭，将要上床，丫头们已都退下。他笑嘻嘻地对着小霞说道：“我有件事儿央及你，你可肯依？”小霞道：“有什么事这等鬼头鬼脑的？”吉士道：“久已要这巫云，此时不便收得。今夜要与她先睡一睡，你还替我遮盖些。”小霞笑道：“这算什么事，也值得这个样子正经！大姐姐还容着我们，我们好意思吃醋？要吃醋不到今日了。前日在城外时家宿了三四夜，却又怎么来？”吉士道：“不过夜深关了城门，不得回来罢了。”小霞把指头在脸上印他一印说道：“看你羞也不羞，可可儿到了时家就夜深了，就关了城门了，都这般凑巧？只怕爬墙挖壁还要他到邻舍人家去哩！”吉士笑道：“好妹妹，这事你怎么晓得？”小霞也笑道：“若要不知，除非莫

做。雪里葬死尸，不久自然消化出来。我也晓得你不十分恋着那人，不过难为情罢了。”吉士道：“我从前不很爱她，这几回到弄得丢不开手了。他品得一口好箫！”小霞道：“我倒不信，他难道比苏州的清客还品得好些？”吉士道：“此箫不是那箫，他品的就是我下边这个粗箫。”小霞飞红着脸说道：“不要喷蛆，好好儿过去罢，也要早些过来，免得天明叫丫头们知道。”吉士笑着去了。

此夜与巫云温存旖旎①，了却夙心。天未明回小霞房中，小霞拉入被内相偎相抱，反多雨后绸缪。嗣后小霞把巫云十分优待，正是：

未必芳心离醋意，好沽名誉博郎欢。

再说竹理黄躲债潜逃，一心要往潮州投奔大光王，希图富贵；因任提台兵马在百里外屯扎，盘诘往来行人，不能前去，却又身无半文，只得在乌归镇上做工度日。这理黄是游手好闲之人，哪里会做什么生活，旬日间换了三家。这第四家姓范，母女二人，老妈约五十年纪，女儿却只十六七岁光景，专靠往来客商歇宿得些夜合钱糊口。理黄投在他家，不过提汤、掇水、沽酒、烹茶，况且帮闲在行，颇为合适。混得久了，才晓得这女儿是老妈买来的养女。原要到潮州上船去的，因兵马阻了，暂时在此赁房居住。老妈姓范，此女姓牛，原来就是牛藻的女儿冶容。从那日霍武杀了空花，纠合众僧上岭，冶容无可奔投，只得跟着在寺的一个村妇归家。她丈夫把冶容受用了多时，渐渐养活不起，却好这范老妈同着龟头四路掠贩，看中了她，只用三千两银子买了冶容。到惠来地方，那龟头一病死了。范老妈一同至此，日夜教

① 旖旎（yǐnǐ）——柔美的样子。

训冶容许多房帏秘诀。冶容心领神会，伶俐非常。奈这乌归镇是个小去处，又值兵戈之际，商贾不通，所以生涯淡泊。这理黄住了一个多月，却暗暗地刮上冶容，与他商议道："这里非久居之所，潮州断去不成。你有这样姿容，又有这等妙技，若在省里，怕不日进斗金？我家中还有个妻房，容貌也还像你。如今我们悄悄的逃至省中，赁了几间房子，我做个掌柜的，你们两个接几个心爱的男人、有银的汉子，岂不快活逍遥！何苦埋没在此？"说得冶容千肯万肯。一夕晚上，买了几十文烧酒，灌得范老妈烂醉如泥，卷了衣服首饰，又到范老妈里床寻出几块花边钱，搭上一只下水船，逃之夭夭。比及范老妈醒来，去已远了。一路到了省城，雇一乘小轿抬上岸来，从后门至家。

那茹氏听得敲门，叫丫头开了，见丈夫同着一个少年标致女子进来，吃了一吓。理黄见茹氏打扮装饰非比从前，心上也觉疑异，只是自己要做此道，巴不得她上这路儿，因赔了小心，说了备细，叫冶容上前磕头。那茹氏也不回礼，说道："我才过几天安顿日子，你又要惹下祸来，趁早地与我离门离户。你必要这样，我到广府去递了一张呈词，凭官发落。"理黄连忙作揖道："我的好奶奶，快不要声张。今后凡但什么事儿，都凭你做主，我还有许多好算计告诉你。她就是棵摇钱树儿，我原不是自己要她，你不要吃醋。"茹氏道："我吃甚的醋来？一个老妻养不活，还要养两个，摇钱树摇得多少钱么！我只要进了张呈词，求一个干净，不要闹起通同拐带来，叫我干裙搭上湿裤。"理黄只得跪下哀求。茹氏暂时住口，叫冶容与丫头宿歇。理黄到了晚上，慢慢地将开门接客之计与他商量，茹氏道："我清清白白的人，怎做此事？你要这样，你另寻房子做去，只不许进我门来。你明日

不领他去，我后日就进呈子。”

这理黄从新正受了许多的饥寒，熬了许多劳禄，又与冶容淫欲无度，回家又着了急，未免又与茹氏叙情赔礼，到了下半夜，火一般地发起热来，日里不能行动。茹氏无奈，只得延医调治。那医说是什么瘟症，夹七夹八的吃了几剂药，到第七日以后一命呜呼。

第二十回

丰乐长义绝大光王　温春才名高下如玉

云台华胄①，真忠心为国，豪气横空。海疆困英雄。叹周郎年少，辗转途穷。循州旅馆，羡金兰、臭味相同。惹多少、波翻浪搅，元黄血染鲛宫。　越圀圉，标旗帜，更无端、揭竿斩木兴戎。又屡挫前锋。看大眼名杨，大树名冯。归琛纳赆，愿皇恩、早鉴愚衷。淫凶辈、岂吾族类，腰间剑吐长虹。

彩笔生花摇漾处，秋风点缀新。棘闱深锁，词源泉涌，逸态横陈。诸公宁后起，应让我、独步前尘。逢盲叟，便含咀墨水，点染金身。

频频，孙山海落，阿谁高掇换头巾？温家呆子，名题虎榜，锦跃龙鳞。叹成功侥幸，也不必、哀祷钱神。假成真，看朱衣脸热，白蜡眉颦。

却说任提督约了胡制台，调齐钟总镇会剿潮州，四月初旬，兵已四集。任公置酒会议，说道："小弟因兵微将寡，屡失机宜。近日贼秃遣兵沿途打粮，虽斩他数百余人，也还未能禁止。今幸督师驾到，自然不久诛夷。"胡公道："弟在羊蹄失机，久知负罪深重，定当与元戎协力扫除，以图赎罪。"当下任公议欲并营，胡公只说分两处安营为犄角之势，倘有贼兵到来，可以互相救

① 华胄（zhòu）——华夏族的后裔。

应。惠潮道屈公因劝胡公将潮镇兵马合在提标，休兵三日，两路并进。督标原是收捕羊蹄的那些将佐，胜兵八千，提标只有副将滕贤、参将余良、游击计策，本标兵卒三千，合镇标共四千五百。

探卒报知，摩剌吩咐海元、海贞领五千兵马抵住胡成，深沟高垒，不要与他交战；自己领了海利、海亨并顾信、孟飞天、夏叱咤、李翻江等四员健将、一万雄兵，来迎任恪。任公兵虽不上五千，却颇严于纪律，远远望见贼兵遍野杀来，即与钟总兵张两翼而待。那海亨持着两条铁棍飞马向前，海利随即继至，这里钟毓、滕贤接住。夏叱咤、李翻江双马齐出，力捣中坚；摩剌麾兵大进。任公指挥左右，两翼围拢将来，那弩矢如飞蝗一般地乱射。李翻江臂中一箭，退将下来。摩剌勃然大怒，左手持了六十斤的禅杖，右手飞起五十四斤的戒刀，直冲进去；他部下兵马就如排山倒海而来。虽则任公兵法精严，无奈众寡不敌，况且诸将中并无摩剌的对手，立脚不住，各各败阵而逃。退至二十里下寨，却又损了八百余兵卒，参将余良阵亡，闷闷不乐。

摩剌杀退任恪，吩咐四员健将各领兵一千，四面埋伏；当中扎一个空营，倘任恪杀来，只需四面声张，惊之使走。自己领了海亨、海利悄悄杀向那边，暗约海元等分两路连夜去劫胡成营寨。可笑胡成在惠州被劫致败，到此还不提防，又被摩剌弄了个迅雷不及掩耳，只得四散奔逃。幸得任公预防劫寨未睡，听东南杀声大起，忙引兵救援。黑暗之中互杀一阵，退了摩剌，合兵一处，两相劝慰。天明正欲造饭，摩剌已合兵追来。这带饿的残兵如何应敌，未曾上阵先定下逃走之心。任公约束不住，只得又退下来。摩剌的兵马人人奋勇，个个争先，乱杀了一回，屈道台马失前蹄被他擒住。两位大人剩了五千余兵卒，无计可施，一面各路调兵，一面具摺①先自参奏，并请分调外镇兵将。

摩剌呵呵大笑，奏凯而回，将屈强辱骂一场，发了监候；并差人至陆丰报捷，约定日期同攻广州。姚霍武将来使割去两耳，吩咐说："你回去告诉你那和尚，叫他安顿那颗头，姚爷不日来取。"正是：

盗与盗，各一道。参不透，个中窍。

僧附俗，宁通好。僧去耳，堪一笑。

却说茹氏葬了理黄，家中安妥，问这冶容道："如今我家男人死了，你在此无用，你拿出主意来才好。"冶容哭道："奴一身流落，举目无亲。大娘若肯见爱，奴愿为婢女服侍。"茹氏晓得她是无着落之人，也不怕她怎样，就允下了她；冶容磕头谢了。过了三朝，悄悄地托时家小阿喜送信与吉士，请他前来。

此时四月中旬天气，残春送去，溽暑催来。广中既值兵戈，又遭亢旱。从二月布种之时下了一场小雨，已后涓滴俱无，那第一熟的早稻看来收不成了，米价霎时腾涌。江西、湖广等处打听得风声不好，客商不敢前来，斗米两银，民间大苦。吉士吩咐苏邦将积年收下的余剩的粮食，细算一算，约十三万石有零。因于四城门乡城之交各设一店，共四处，每店派家人六名，发粮米二万石，平粜每石收花边银五圆，计司马秤银三两六钱。——看官听说，若讲那时候米价每石十两，不是已少了六两四钱一石么？若依着平时平价却还多了一两六钱一石，八万石米还多卖了十二万八千银子。这虽是吉士积善之处，仔细算来，还是他致富的根

---

① 摺（zhé）——同"折"，用纸叠起来的册子。

基。吾愿普天下富翁都学着吉士才好，——那吉士再叫苏邦、苏荣分头监察，逐日收银回来。本府上官大老爷听得苏芳有此善举，忙请他进去奖借一番，又每店派老成差役二名，禁止光棍借端滋事及铺户转贩诸弊。

已了粜①了六七日了，吉士在家无事，听得时家来请，坐了一乘凉轿，杜宠、庆鹤跟随，到了时家。邦臣说："那边已备下酒席，晚生不敢再留了。"又低低说道："竹理黄虽死，家中倒又添一位美人，大爷也须赏鉴。"吉士从后门转进，茹氏将房中收拾得十分洁净，焚下好香。他也不带孝巾，穿着件白贡茧单衫元罗裙子，笑吟吟地接他进来，请他坐下，摆上酒菜，磕头递酒说道："拙夫死了，亏着大爷那边的殡葬。奴特设一杯水酒致谢大爷，求大爷宽饮。"吉士扶起了他，说道："怎么又累你费心！"因吃了一口。茹氏忙递过来菜，吉士道："且不要慌，天气炎热，我还脱下袍子哩。"即站起来。

那冶容早从背后伸手上前与吉士宽带。吉士回头看见，便问："此女是谁？"茹氏见吉士细细看她，便说道："是死的从潮州带回来的，奴留她在此伺候大爷。"便叫冶容："还不与你大爷磕头！"冶容真个磕下头去。茹氏附着吉士的耳说道："这丫头不但相貌生得娇艳，据说还有许多内里头的好处。"吉士带着笑挽她起来，叫她在傍斟酒，问她多少年纪，哪里人氏？冶容道："小的才十六岁，外江人。父亲在潮州开绸缎铺的，因被伙计拐去本钱，自已气死了；留下奴家，并无着落。"吉士听她一片虚言，不胜伤感。那冶容已受了范妈的教训，哪一样不知，见吉士

① 粜（tiào）——卖出（粮食）。

怜念着她，便以目送情，挨身递酒。吉士也叫她自饮几杯。茹氏见他两人入港，便推说去整菜，躲在外房。

到了晚间，三人一床，轮流酣斗。从此吉士拼着几两银子养此二姬，到也妥帖。无奈冶容年正及时，淫情方炽，吉士又不常来，不免背茹氏做些勾当。

这日将近端阳，吉士差杜宠送些花粉、角黍及纱罗之类与她两人。茹氏留他酒饭，叫冶容相陪。这冶容三不知又搭上了杜宠。茹氏因他是苏府得用之人，巴不得缠住了他，要他在主人面前美言一两句，所以只做不知。落后送他出去时，却暗暗叮嘱他说："这冶容你大爷已经收用过了，你的事切不可透一点风儿"。杜宠红着脸答应，着实过意不去，羞赧而回。

再说吉士因如玉回清远过节去了，只与姊妹妻妾们预赏端阳，在后园漾渌池中造了两只小小龙舟，一家子凭栏观看。又用三千二百两银子买了一班苏州女戏子，共十四名女孩，四名女教习，分隶各房答应。这日都传齐在自知亭唱戏。到了晚上，东南上一片乌云涌起，隐隐雷鸣，因吩咐将龙舟收了。少顷大雨倾盆，约有两顿饭时才住。吉士对着母亲说道："有此场大雨，早造还有三分巴急，孩儿此番平粜不为无功了。前日广府传我，极意褒奖孩儿，怕后来不能凑手，岂不是枉费前功？倒觉十分惭愧。也亏这位大爷志诚祈雨，所以天降甘霖。"毛氏道："这本府实在是个好官！我前日在楼上望见龙宫前拥挤热闹，那仆妇们说府大老爷天天步行，上山求雨，一早起身，至午时才回，都在这太阳中走来走去，并不打伞的。我还疑他是沽名钓誉。后来又听得说他晚上露宿庭中，一切上下人等都吃斋穿素。果然是诚可通天，佛菩萨有灵有感。"因对蕙若等说道："我是老了，你们后生

家须当念佛持经，敬礼菩萨，方可修得来世男身。”蕙若等都答应了是。吉士因园中路滑，拿着许多椅子，选了壮健仆妇，将她们一个个抬回。毛氏同两位姨娘、两个女儿上楼去了，吉士等又在小霞房中欢饮一回，至小乔房中睡觉。

次日端阳佳节，那各家送节礼的纷纷不绝，或受或回，自有家人们照例遵办。吉士坐在外书房看刻字匠做那送与上官知府的泥金扁①对，却好时邦臣家阿喜送了四色礼来，那茹氏托他寄送物件，因到书房亲见吉士，悄悄地道：“竹姨娘叫小的送寄大爷的节礼在此。”因于袖中取出一个红绵纸包呈上。吉士退至后轩，打开看时，却是一个银红贡纱兜肚，上面绣着三篮大缠枝莲，中间睡着一对鸳鸯，白绉绸里子，做得十分精巧，光彩射人。心中大喜，因吩咐阿喜致谢，“停两日我亲去看他。”

那阿喜又打个跧禀道：“小的有句话要禀明大爷。小的蒙大爷抬举照应，他家有话，理应直说。小的若不禀明，恐怕大爷后来打听着了，又怪小的不识抬举。”吉士道：“是什么话，你只管直说。”阿喜道：“昨日这里杜二爷送节礼过去，我在那边有一个多时辰，小的说是竹姨娘赏他酒饭，如何不叫小的过去陪他？后来她家小丫头对小的说，那新来的冶容与杜二爷串上了，竹姨娘并不管她。这个岂不碍着大爷的体面！”吉士听了也觉着恼，说：“我知道了，你只不要响着。”阿喜答应下去。吉士细想此事如何处置：如今将这杜宠撵了却也不难，只是难为他两番好意。因转念一想道：“那红拂故事传为美谈。他虽比不得李药师，我难道学不得杨越公么？况路旁之柳，何足介怀！”主意定了，也就丢

① 扁——古同“匾”。

开。一面着人到温家、乌家、施家，请那些太太奶奶们到来，同玩龙舟并看女戏。过了几日，即将三百银子交与邦臣，叫他告诉茹氏转买冶容与杜宠为妻。这男女二人倒是郎才女貌；况且杜宠曾服过摩刺葫芦中的丸药，与冶容可称勍敌①。二人的感激自不必言。吉士又托时邦臣劝谕茹氏转嫁一个幕友续弦去了，还送了他四套衣裳、二百银子。略过不提。

是年恩科乡试，卞如玉苦志埋头。温春才亦咿唔②竟日，但文章二字实做不来。他父亲一定要他进场光辉自己门面，如玉只得拟了十二个题目，做了十二篇文字叫他读熟，场中不论什么题目，叫他誊抄，以免白卷。但春才资性顽钝，读了三四日才熟得一篇；到得第二篇熟时，这一篇又忘了。亏得卞如玉再三督责，整整的读了两个多月才熟得九篇。以后天天温习，并教他誊过几回，默了几遍。吉士到劝他不必如此认真，那春才偏有僻性，读熟了天天默写，手不停披。七月初旬学宪录科，弄了些手脚，请人代作，高高的取了一百第一名的科举，同如玉欢然进场，一样的点名、归号。

那大主考是陕西榆林人氏，这科奉了密旨，《中庸》书句不多，所有题目都系士子平日在家拟过的。此次乡会试只将《论语》、两孟出题，以杜弊饰。所以这回三个题目：第一是“其不改父之臣”三句；第二是“是鶃鶃③之肉也”二句；第三是《凯风》“亲之过小者也”二句。真是人有善愿，天必从之。却好三

---

① 勍（qíng）敌——旗鼓相当的有力对手。

② 咿唔（yīwú）——形容读书的声音。

③ 鶃（yì）鶃——鹅鸣声，这里指鹅。

个题目都是如玉做过、春才读熟的。第一句题将“不改”不字看得活泛，前后两段一起、一收，中间劈分三比：一比是胡乱改父之臣与父之政的自然不是；一比是拿定死腔总不改其父之臣与政、毫无变通，也只算与执中无权的一样，何足为难；一比是量材受职，因时制宜，不改其父分职任官之意与法天勤民之心，虽改而一如不改，才是难能。第二题将“是……也”两字看做乃兄指点、仲子回心转意的口吻，并不是学三家村妇女反唇相讥，落下“出哇”，更觉有力，而仲子之矫异亦觉异乎寻常。第三题将讲家《凯风》事关一身、其过小，《小弁》祸及天下、其过大的议论驳去。中有警句云：女子之失身无异天子之失天下，以不安其室而犹曰过小，是编氓妇女，终身无复有大过矣。撇过此层，却将过之已成、未成定大小，《小弁》是已；废申后、黜太子、危及宗社，其过自然大了。《凯风》之母，虽有不安其室之心，却未有不安其室之事；七子洞察隐微，作诗自责，所以过小。有警句云：贸丝送子，未免习俗之移人；桑落嗟鸠，亦自中心之抱愧。这三篇文字一一誊好，早早交卷，第一起出场。到二场、三场不过丢了几两银子请人应酬，聊草塞责而已。谁料房考、主司都看中了头场文字，称他旷世奇才。那揭晓日期，春才中了第二十名经魁，如玉落在孙山之外，弄得广州众士子称冤叫屈，温仲翁眼笑眉开。还是吉士大有主意，叫他快递病呈，不必出去会同年、拜主司、赴鹿鸣喜宴。父子还不肯依；亏得如玉再三劝阻，方才歇了。直到主司进京以后，方才张筵请客。

那日请了盐政厅吕珏、河泊所乌必元、南海主簿苗庆居、七八位纲商、埠商及卞如玉、苏吉士、施延年等共是八席，摆着攒盘果品、看吃大桌，外江贵华班、福寿班演戏。仲翁父子安席送酒，戏子参过场，各人都替春才递酒、簪花，方才入席。汤上两道，戏文四折，必元等吩咐撤去桌面，并做两席团团而坐。厨役又上了一道蟾宫折桂巧样果馅点心。苗庆居开谈道："小婿赖诸公福庇，竟掇高魁，实为可喜。只是前日主考大人在这里，何不进去拜谒？拼着几百两银子，拜了个湿门生，来春进京，这进士就稳了。"仲翁道："小儿三场辛苦，又冒了风寒，所以不能出去，明年再补拜罢了。"庆居道："我小弟未做官的时候，也曾考过几遍童生，无奈瞎眼的县官看不出我的文字，说什么破题中用不得'乎哉'字样，篇中不许撒做；又说文章只得三百余字，嫌太短了，再也不肯取我一个县名。直至后来到了一位胡父台，竟取了名字送府。我虽没有去府试，却备了一副厚礼，去谢这胡父台。他告诉我说：'这老兄这等年轻高才，何必向场屋中去寻苦吃？不如在我这里当了一名典史，图个三考出身，稳稳的一个官职，不强似那些寒酸秀才？'我那时如梦初醒，急急地捐了吏员。闹了十几年，吏满了跑到京中，却好这胡父台行取进京，升了吏部主事。因是故交，蒙他一力扶持，才有今日。可知前日这位主司是必该要拜见的。"那必元等各各称是，苏吉士气得默默无言，卞如玉笑得要死。春才道："岳丈不要心焦，我横竖还有六篇好文在肚里，会试怕不是进士？有了真学实材，不用干谒①别人；就要点个状元，也不过多费了卞大哥半日的心，我再吃了两月的苦就是了。"吉士怕他再说下去，便插口道："苗老伯谈了一回少年本色，且吃杯酒儿以助豪兴。"家人斟上酒来，吉士每人递过，众人都出席打恭致谢。那戏旦凤官、玉官、三秀又上来磕了头，

① 干谒（yè）——求请；为某种目的而求见。

再请赏戏，并请递酒。庆居等从前已都点过，卞如玉便点了一出《闹宴》，吉士点了一出《坠马》，施延年点了一回《孙行者三调芭蕉扇》。当日觥筹交错，极尽其欢。吉士回家与蕙若歇了，将席间的话谈笑了一回。

次早起来，早有家人禀说："新巡抚不日到任，就是从前在这里的广粮厅的申大老爷。"吉士吩咐："快打听大人几时船到马头，我去拜谒。"家人答应去了。原来申公自升擢①江西藩宪，圣眷日隆。七月中召他升见，旨垂询海疆事宜，申公奏对称旨，又力保庆喜熟悉防海机宜，可以控制两广，圣心喜悦。因广东巡抚久已缺员，即放了申公，并传谕庆喜复任两广。得旨之后即驰赴新任。胡成剿抚失宜，降补惠潮兵备道，其庆喜未到之时，仍暂护总督印信。

此时李匠山与申荫之俱来京师乡试，荫之中了举人，匠山依然下第，住在儿子李薇省下处。这薇省暗暗禀明姚霍武之事及苏吉士所托密语。他就绝意科场，恳薇省的同年耿御史上了一疏，情愿随抚臣申晋军前效力，稍报涓埃。奏旨交该部并粤抚申晋议奏，都覆奏过了，奉圣旨：李国栋着即给予伊子诰封，随申晋前去参赞军务。匠山得了旨意，即吩咐儿子明春归娶，自己跟着表叔申大人于九月中旬起身。

一路驰驿，并站兼行，至十一月廿八日已抵广东省会。各官迎接，申公进于抚署，接了巡抚关防，李参赞另寻公馆住下。苏吉士先于马头递过手本，候申公进署，约略文武官上辕散后，再递手本禀见。申公欣然传进，待过茶，先说尊翁已作故人，可伤

① 升擢（zhuó）——提升，提拔。

之至，因职守在身，有缺吊奠；后又询问家事。吉士一一禀明，申公深为赞叹。吉士又贺荫之世兄秋闱之喜，方才禀出来，忙到匠山公馆。久别乍逢，悲喜交集。叙了一回寒温，匠山屏退下人说道："我此行原出于不得已，因为着去年你对垣儿说的话，所以请旨前来。但不知这姓姚的说话还是出于至诚，还是借端推宕①、希图稽迟天讨的意思?"吉士道："据学生看来，姓姚的系感慨激烈之谈，倘得先生一书，定然俯首归顺。学生不但见得透，并能奉书前去，谕以福祸，使其待罪军门。"匠山道："果能如你所言，俟庆大人到来，定当依计行事。"

① 推宕（dàng）——推托；借故拖延。

第二十一回

故人书英雄归命　一载假御史完姻

笑向军门解战袍，死生威福等鸿毛。已藏鱼腹穿杨箭，还放龙头带血刀。　　臣罪繁多难擢发，君恩浩大真铭骨。秋风铁马漾旌旗，誓扫尘烟安百粤。

侍宴披香乐未央，金莲宝炬照回廊。颁来恩旨天颜喜，好谱关雎第二章。　　玉鞭骄马春郊路，柳媚花娇芳草渡。史笔从今暂画眉，等闲莫把青年误。

胡总督从潮州败绩之后，分饬各路紧守城池，又调了高州镇几千兵秋间进捕；奈摩剌狡猾善战，四护法武勇绝伦，虽则任提督出奇制胜，稍挫敌棼①，毕竟功不掩罪。九月间得了严旨申饬，十月中又奉了胡成降补惠潮兵备道的旨意，因退兵界口，静候交代。至腊月初旬，新总督庆喜已到，胡成当即还省，交过总督关防，庆大人望阙叩头受讫，各官纷纷禀贺。庆公谕令胡公暂住省城，明春随军征进。

倏忽过了残年，申公因陛辞时圣旨吩咐着紧会同庆喜剿办贼匪，以苏粤民，所以邀同庆制府、任提督、李参赞、胡兵备等会议。正午时候，各官陆续到齐。官吏献过了茶，申公举手问道："小弟面奉严旨，协同庆大人收捕惠、潮二匪，自愧文同窥豹，

---

①　棼（fén）——纷乱。

武无缚鸡，还祈各位大人教诲。”庆制府道：“任大人屡次收剿，转战一年，谅必深知二匪虚实，幸即聚米席前，再候申大人、李参赞定议。”任提督道：“小弟屡挫王师，实深蚊负。蒙圣恩不加诛戮，待罪戎行，敢不直部愚衷，以图报效？大约二贼叛逆之罪维均，而摩剌之恶浮于霍武。霍武负嵎自固，虽抗拒朝廷，并未草菅民命，其安心叛逆或缘有激使然。去年释胡同知之困，绝摩剌之使，曹志仁误犯嘉应则撤其兵，吕又逵醉打平民则鞭其背，都算他的好处。至于摩剌，贪酷骄淫，罪大恶极，百姓倒悬，自当先为扑灭，再向陆丰。只是摩剌勇悍难当，狡猾百出，还仗二位大人的虎威，参赞大人的妙算。”庆制府道：“李老先生赴阙请缨，从军粤海，必有奇谋异策惠此一方。敢求指示！”李参赞道：“晚生略参末议，还听列位大人处裁。自古收捕草寇，不越抚剿两途，不识胡道台从前可曾招抚过否？”胡兵备道：“秃贼纵横恣肆，抚之未必能来。姚贼浃旬之间连克二县，意气方盛之时，又因提标贺副将全军覆没，职道誓欲灭此朝食，所以不曾议抚。”李参赞道：“晚生方才敬聆任大人的议论，实属老成灼见。那摩剌恶已滔天，自当议剿；姚霍武绝妖僧之使，未必非心向朝廷。据晚生愚见，还当先抚陆丰，再剿摩剌。”申抚军道：“表侄书生之见，未免纸上谈兵。任、胡二公以为然否？”任提督道：“参赞大人之论允中机宜。小弟从海道回来，就在潮州打仗，所以计未出此。”庆制府道：“先抚后剿，本属兵法之常。如今再请教李老先生：当用如何抚法？”李参赞道：“请各位大人简选精锐，移驻惠州。晚生草尺一之书，谕以祸福，恩威并用，彼稍知顺逆，自当面缚军前。”申抚军道：“既是制台、提台依议，吾侄速草檄文，还当酌议妥干之员送去。”当下各官定议而散，唯有胡成暗

笑，料来此举无功。

次日，任公辞还惠州，督、抚二公选了一万雄兵，带了巴布等一班战将，定于二月初吉起程。李匠山文已草就，定了主意，竟单用自己出名，呈与督、抚观看：

钦命参赞广东军务、诰封掌河南道察院李，文檄自号丰乐长姚霍武知之：自古无窃据之英雄，本朝无稽诛之草寇。我皇上一人有庆，五岳无尘，四海鹑居，八荒蛾伏。西域夜郎自大，版籍东归；南夷邛竹未供，君长北系。魂余鸟鼠齐东，只用笔笞；臂逞螳螂闽越，但需鞭打。凡稽古未有之功勋，皆率土之民所传诵，虽遐采卫，宁勿闻知？尔乃僻处边陲，跳梁粤海，自谓杨大，恃洞庭之险，除是飞来智高，负邕州一隅，谁能架入？阶方羽舞，汝且弧张，惑我人民，扰我士卒。呜呼！兽将入槛，虽摇尾而法无可宽；鸟即合环，纵投怀而情无可恕矣。皇赫斯怒，我武唯扬。命两广总督庆、广东巡抚申聚米殿前，借筹阃①外。巴蜀用崇文之将，街亭撤马谡之军。牙璋内颁，金玦外断。夫太阳之沃霜雪，所过皆消；久旱之望云霓，归来恐后。凡尔有众，亦曰殆哉。本参赞先知号哲见远为明，念尔辈蛙虽井底，何莫非孝子顺孙；雀且朝飞，宁不知宸居帝室？爰请命于督将，待尔以生全，倘无复反之心，当请不死之诏。斯言金石，永矢山河。若其故智尚萌，野心未死，则嫖姚之兵五道，孙武之智九天，弓挽六钧，矢穿七札，必致面缚三门，头飞六角。山形拔而不藉五丁之力，天网密而未必一面之开，弓挂扶桑，火焚玉石，碑镌铜柱，歌满珠崖。倘昧先几，必贻后悔。故檄。

① 阃（kǔn）——门槛。特指城郭的门槛。

庆公道："积健为雄，足褫①贼人之胆。"因对申公说："即当酌派妥员送去。"申公道："李表侄曾说，番禺有一贡生苏芳，少年练达，即系表侄学生，他情愿前去。"庆公道："事关重大，非徒寻常奔走之劳。二公所见既同，此生想能胜任。"匠山道："苏芳虽则年轻，颇有才干，况他求讨此差，不过因公起见。现带在军门，还求大人看验。"庆公即命请进。吉士上前参见，庆公命坐。陪过了茶，问道："李参赞力保先生招安姚霍武。先生此去，不知如何措词?"苏吉士对道："贡生一介青矜，本无才辩。既蒙老大人录用，唯当宣朝廷之教令，布节钺之恩威，俾知向背顺逆之大义，令其解甲归降，并剪灭秃匪，以求自效。立言之旨，未知何如?"庆公道："妙极。先生人如张绪，志比终年，将来定为国家栋梁。姚霍武果能克复潮州，我与申大人定当恳求圣恩，不唯赦其前罪，并且嘉与维新。"因着苏芳定于廿八日先行，并拨标下两员千总护送，有功回来，一例奏请恩旨。

吉士禀谢出来，匠山带着他一同进了公馆，备酒留坐。匠山道："贤弟此番出使，系广省治乱关头，不可不格外谨慎。我另有书信一封，送与霍武。看来霍武不难招致，只恐他手下人心不一，贤弟还要费些口舌之劳。"吉士道："学生久已打听明白：这些胁从之人，皆是庆大人从前收募的乡勇，后因胡大人变易法度，地方官刁蹬勒掯②，所以流而为盗。如今只要宣谕庆公恩德，自然俯首顺从。学生先大军五日起身。只怕大军不消到得惠州，霍武已来省会矣。"匠山道："但愿如此！明早我即着人送文书到

---

① 褫（chǐ）——剥夺，夺去。

② 刁蹬勒掯（kèn）——刁难，故意为难。

来，你也不必再辞督抚，我替你说就是了。”吉士告辞回家，那两员千总已同着二十余个马兵在门首伺候。吉士叫家人款待，自己进内吩咐收拾行装，派了杜宠、阿青、盛勇、阿旺跟随；一面领了文书，关了军饷，下船进发。因是军差，一路都有地方官迎送。到了惠州，见过提督，一行三十余人上马而去，直至羊蹄岭下。

关上见有一簇人马到来，叫声“放箭”，一声梆响，箭如飞蝗，早射伤了一名兵卒。吉士忙叫众人退下，吩咐杜宠单骑先去通报。杜宠策马上前大叫：“不要放箭！俺家苏大爷有事求见。”王大海等在关上问了备细，方才放炮开关，摆齐队伍迎接进去。那王、褚二将都认得吉士，一面设席待他，一面点起五百军兵，王大海亲自押送。不到两日，已至陆丰。此时姚霍武等已知广东换了总督，就是从前募收乡勇的庆公，一个个都有投诚之意，唯恐自己负罪深重，万难赦宥。这日听得苏吉士奉着差遣赍书到来，知道定有好旨，不胜踊跃。忙吩咐白希邵、冯刚出城远接，自己在署前恭候。

不一时，苏吉士到来，霍武打恭迎接。吉士吩咐兵卒们外边伺候，自己同霍武进了大堂，将檄文及匠山的书信一并递上。霍武看过说道：“姚某实不晓得匠山哥哥到来，若早得知，已束甲归降久矣。”吉士便将前年告诉李垣及李垣回京禀明先生、才请旨来招抚的原委说了一番，霍武又打恭致谢道：“蒙匠山哥哥父子委曲扶持，容图报效。先生请暂屈几宵，待姚某约齐众兄弟同诣军门，死生唯命。”当下一面差飞骑撤回碣石，甲子驻守的将官；一面着冯刚检阅兵马，其原系各城城守一并留下，其新增及后来归附者一并带去；又着韩普算明钱粮仓库的羡余，造明册子归还朝廷；已前监禁的地方官，亦皆带至省城交督抚发落。大排筵席，畅饮欢呼。又着人款待跟来的千总、家人、二十余个兵士，各人都送了盘费。晚上仍送至从前公馆安歇。

次早，霍武领着众人亲至公馆拜望，吉士接进就坐。叙谈一回，只不见白遁庵到来。霍武着人催促，早有门吏禀说："军师昨晚三更出城，不知去向，留一别柬上覆主公，一切银钱衣服等物，封锁府中，分毫未动。"霍武忙取别柬开看：

邵以布衣猥蒙宠任，片言投契，职典机枢，黾勉年余，差无陨越。乃者督抚招安，明公效顺，邵夜占一卦，知明公鹏方展翅，莺已迁乔。特恨贫贱之身，无肉食相，不能长侍左右，快睹元勋；浮海徜徉，并不知赤松子为何许人也！唯明公谅之。

霍武看完，不觉泫然①泪下，叹道："遁庵才略仅见一斑，今忽弃我而去，何不如意事之多也！"吉士劝道："将军不必悲怀，他绝意功名，也是各行其志耳。"冯刚道："白先生原是半途而来，今忽半途而去。人生聚散，自有定数。哥哥何必介怀？"于是张筵饮酒。席间吉士说起潮州摩刺肆恶殃民，将军若能请于督抚，扑灭此僧，定觅封侯之赏。霍武道："姚某既以此身许国，虽赴汤蹈火亦不敢辞，敢冀封侯？但求免罪足矣！"话休饶舌。

吉士住了三天，碣石、甲子诸将都到，霍武吩咐竖起降旗，一同就道。到了羊蹄岭，合兵一处，共是十五员将领，马步军兵一万二千，望惠州进发。打听得督抚已驻惠州，同任提督离城三十里下寨，霍武即吩咐于平山屯住。吉士先去报知，然后霍武同众人卸甲面缚在于营门伺候。督、抚、提三位知道姚霍武全师效

① 泫（xuàn）然——水滴落下的样子，多指流泪。

顺，不胜忻悦，都向匠山、吉士贺功，然后放炮开营。众军全身披挂，诸将站立两旁，传霍武等进见。正是：

虽依汉与依天等，而受降如受敌然。

霍武等膝行至前，叩首服罪。庆、申二公都各站起。任公解其绑索，赐坐，赐茶，再三奖谕。霍武归还仓库羡余的册子，并获地方官及民间告他们的词状；督抚收了，吩咐发与广州府审核详报。霍武又跪下禀道："霍武罪大滔天，蒙各位大人恩宥，粉骨难报。今愿率领部下前往潮州擒获妖僧，以赎前罪。伏候主裁。"庆公道："将军从前义绝逆僧，便是此番投诚之兆。既愿扫贼自效，本部堂自当与抚、提二大人专折保举，除授一官，才可领兵前去。此时且同至省城静候恩旨。"霍武又拜谢了。当下赏了众人酒席，命巴副将、惠州府相陪，并发银一万二千两、酒五百坛、肉五百斤，委员犒赏降兵。这吕又逵、何武等虽则跟着霍武投降，未免还萌异志，今见督抚殷勤相待，也就点化潜消。

当时督、抚会议，将这一万二千兵卒分隶各标，姚霍武等并归巡抚标下；申公愿将姚霍武暂署本标中军事务，即以此衔保奏，一面遴选文武各官往海丰等处到任。李匠山接见了姚霍武，昼则同食，夜则联床，随同督、抚回省，还有许多教诲勉励之言。霍武又转托匠山，要他转恳督、抚昭雪乃兄之冤，匠山许他俟潮州立功后请督、抚题奏。不日到了省中，督、抚、提三位即日会折，五百里马上飞奏，恭候旨下施行。申公即吩咐霍武到中军参将之任，冯刚等自然居住一处，只有匠山无事，与督抚闲谈之暇仍与苏吉士、卞如玉等诗酒遣杯。

这日，吉士从姚中军署中赴宴回来，杜宠跟着禀说："小的有机密话回明大爷。"吉士即坐在书房，屏去众人。那杜宠禀道：

"小的去年犯了不是，蒙大爷的恩典周全小的两口儿，自恨没有什么报效。今日听得大爷与李大老爷、姚大老爷商量潮州的事，小的深晓得这摩剌和尚十分了得，急切胜不得他；就是胜了他，那潮州城池坚固，不用七八万兵也不能破得。如今小的想了个主意，既可以报得大爷恩典，又可以图个出身，不知可办否?"吉士道："你有什么计较，你且说来。"杜宠道："小的在关部署中，向来认得这个和尚。盗逃之时遗下一个包裹，内藏喇嘛度牒一张，乃是他的至宝，现在小的拾取带在身边。况潮州地方，小的前年去过，认得几个口书。如今小的用诈降之计，预先去投他；他见了这张度牒，一定收用的。俟姚爷与大爷领兵到来，小的乘空射书出来，约定时日开门接应，这不是容易擒他了么?"吉士大喜道："此计大妙！你须小心在意。"杜宠道："小的知道。大爷且不必告诉众人，恐怕泄漏。小的明早即便起身。"吉士应允了，杜宠于次日五更潜踪而去。

此时吉士正该除服之期，延了几十名僧道广做道场。除灵已毕，晓得李薇省归娶之期已近，吩咐苏兴制办一切；自己择日纳了小乔，并将巫云、也云收为侍妾，亦各住一房，各派两名丫头服侍，上下呼之为姨，班次小霞、小乔一等。正是：

广列名花任品题，羊车到处总离迷。

而今了却风流愿，掷果由他衬马蹄。

话说李薇省在京，本拟俟申荫之会试之后一同南还。这元宵节下，同一位副宪江大人入直，皇上问他曾否娶聘，李垣跪婴："臣父国栋曾聘定广东番禺县恩贡生苏芳之妹与臣为妻，还未完娶。"次日，中官传出恩旨：

掌河南道监察御史李垣，年未成童即与曲江之宴，兹将弱

冠，正当授室之期。尔父国栋象魏请缨，驰驱粤海；尔垣豸冠珥笔，黼黻①皇猷。夫冰将迨泮，尚迟榖旦之差；桃已方华，未卜仲春之会。乌台风冷，玉漏宵长，惊三星之在隅，犹五夜之待漏。朕甚悯焉。今特给尔还乡之假，成夫合卺之荣。烛撤金莲，光生天上；衣颁宫锦，香到人间。敕媒氏以平章，幸相公之燮理。於戏！天钱撒帐，女床听鸾鸟之鸣；史笔催妆，银管耀雀钗之色。青绫被好，郎署薰香，黄纸缄封，宜人锡号。此日春江奠雁，儿真衣锦而还；明年昧旦闻鸡，朕亦倚门而望。毋甘同梦，时乃之休。

薇省接了恩旨，不敢稽迟，即日谢恩辞朝，打发头站先往广东。自己辞过同寅，别了荫之，随后就道。都下传为美谈。那赋诗、饯别的不下三百余人，不必细述。

薇省先到江苏，禀过祖父、祖母、母亲，住了三日，由浙江、江西一路转至广东，已是暮春光景。吉士接得头站来信，家中各样俱已全齐。薇省到来，见过父亲，拜过督抚、司道、府县等官，温家、苏家都拜望过了，他定于四月初一日完姻。依着吉士，原要入赘在家，匠山必要娶回公馆，只得依了男家。到了吉期，合省官员送礼，拜贺，灯烛辉煌，笙歌喧闹，不消说得。花轿进了中堂，扶出新人，李垣先望阙谢恩，再拜花烛。侍女们掌灯送入洞房，自有苏家带来的十数名丫头、仆妇簇拥服侍。夜阑客散，醉意入房，却扇卸妆，同归衾枕。新婚燕尔，其乐可知，有《凤凰台上忆吹箫》为证：

鸳枕牙床，罗帏绣幕，此乡合号温柔。正花欹庭树，月射帘

① 黼黻（fǔfú）——这里是辅佐的意思。

钩。晓起艳妆新试，匀娇面，粉腻香浮。拖云鬓，一般婀娜，别样风流。

悠悠，百年伊始，看兰焚宝鼎，玉软琼楼。恨昼长人倦，一日三秋。生怕檀郎调笑，偏提起，昨夜娇羞。关情处，红生脸际，春透眉头。

第二十二回

授中书文士从军　擒护法妖人遁土

富埒①王侯，貌欺潘宋，恂恂儒雅温存。轻财好客，豪气欲干云。争美风流张绪，谁知是、年少终军。持文檄，三城纳款，五日立功勋。纷纷，回首处，鱼虾戢②浪，虎豹潜氛。看旌旄静卷，抃舞欢欣。丹诏飞来海峤。授尔职、郎署修文。篆烟里，嵩呼叩首，瑞霭漾氤氲③。

试眺城楼，飞不尽、尘烟羽檄。多半是、科头跣足，哇声紫色。老稚已教填鬼录④，丁男更复撄锋镝。待何时洗涤旧山川，归图籍。　命将帅，膺旄钺。擒元恶，除余孽。奈贼氛甚炽，风还六鹢。小丑游魂随铁棒，渠魁遁土归槽枥。逞凶顽，纵火煽妖风，夸无敌。

摩剌从杀退胡成、任恪之后，日以声色自娱。后闻霍武辱他使人，勃然大怒，定要兴兵吞并；那海元等再三劝他，不可再树一敌，也就罢了。因在府中大兴土木，造起任意楼、迷心阁、解脱轩之类，将灯市中所选良家女子充实其中。自己肆意鲸吞，恣情狼藉，恃着他会点运元功，纳龙蚕吐。谁料精神有限，美色无

---

① 埒（liè）——等同。

② 戢（jí）——收敛；隐藏。

③ 氤氲（yīnyūn）——形容烟或云气浓郁。

④ 录——簿籍，名册。

穷，渐渐运气之法不灵，放而不能复纳，禁不起那众女子的吸髓收精。因想起从前有许多先天丸药，可惜失落省城，此时再要合起来，偏少了那海岛中许多奇鸟异兽。后来听得探卒报说姚霍武全师归降，晓得自己孤立无依，将来定有一番厮并。因思三军未动。粮草先行，近日用度浩繁，无甚剩余的粮饷，吩咐海元等四人各领二千兵卒，四路攻城，一则取些仓库，一则多取几城以自辅。奈各城城守都受了任提督的密谕，紧紧守城，不许出战，四护法无功而还。摩刺只得叫他们到乡间去问这些富户借粮，为自守之计。

这日正在任意楼中取乐，伺候的禀说："孟将军领着一个京里人要见，说是向来伺候过王爷，特来投诚的。"摩刺吩咐传他后殿进见。玩了一会，踱将出来，正面坐下。两边排着百来名刀斧手，那人上前叩见。摩刺喝问道："你是哪里人？叫什么名字？可是从广州来做奸细的么？"杜宠道："小的杜宠，向在关部中跟随包进才的。佛爷升了王爷，就不认得小的了么？小的只晓得伺候主人，却不晓得什么奸细。"摩刺道："你那关部已经坏事的了，你到这里做什么？"杜宠道："小的自赫大人查抄之后，无处投奔，因拾了王爷的两件法宝，即要送来，因官兵阻住了来路，打从惠州转折，又被姚霍武手下兵卒拿住，禁了一年。目下姚霍武投降，小的才能到此。"说毕，忙向怀中取出一个金漆葫芦、一个包袱，双手呈上。摩刺一见两种旧物，心中大喜，吩咐杜宠站起，说道："好孩子，很难为你了。你如今到这里要做什么官？"杜宠道："小的动不得刀枪，懂不得笔墨，不敢做官，情愿服侍王爷，求王爷收用。"摩刺道："很好。我这里便少了个把守内宫门的人，就派了你罢。你原是关部旧人，那四品王妃宫中，

不妨出入传话，只不许走进任意楼、迷心阁等处里边去。”杜宠磕头谢了，就在宅门三间侧房居住。便有许多伺候的过来磕头参见，称他老爷，又有许多受伪职的文武官前来贺他，到很热闹。

次日，伺候摩刺早朝已毕，他便跟进里边，到品娃等宫中叩见。四人都问了一回旧话，才走出来。到各文武家中回拜，也有留茶、留饭的，至晚方回。却好摩刺传出一枝令箭，着他传谕周于德催促各路粮饷缴令。杜宠便持了令箭上马，至周头目府中，吩咐明白。回来已是一更天气，走进宫来，要回摩刺的话。打听摩刺在解脱轩中夜饮，不敢进去，叫侍女传禀，回说王爷知道了。杜宠慢慢地走将出来，打从品娃等院门前走过。那品娃等因摩刺弃旧怜新，整月不来外院，未免生怨悔之心，今早见杜宠到来，反觉十分亲热；况且杜宠是个标致小官，那一种风流神采、婀娜丰姿，令人慕爱。正在倚门斜立，盼望摩刺到来，却好杜宠走过。便唤他进来，问道：“你到哪里去来？”杜宠道：“小的回王爷的话，在解脱轩外伺候了一回才来了。”品娃道：“王爷在那里做什么？”杜宠道：“小的没有进去，不晓得。像是同众夫人饮酒的一般。”那品娃叹了一口气，便吩咐侍女们：“将各处的门都关锁上了。这杜老爷是我们的旧人，快请三位娘到来，一同赏他酒饭。”侍女答应去了。杜宠道：“小的虽蒙娘娘抬举，只是小的不敢领赏。”品娃笑道：“是我们赏你的，你怕什么？这里比不得关部中，没有人敢泄漏的。就是王爷知道，也禁不住我们。你放大胆子！”一头说，一头进内，那侍女们已把杜宠扯拽将来。一时那品娇等三人都到，酒已摆上，山珍海错罗列满前。四人叫杜宠旁坐，侍女斟上酒来，各人欢饮。这酒是摩刺用药制过的，十分冽切。杜宠本无甚酒量，竭力推辞，哪禁她四人再三不准，不觉地头重脚轻，睡倒席上。品娃吩咐撤去酒席，四人将他洗剥上床。这杜庞因服过摩刺的先天丸，厥物苗条，光彩夺目；四妃开门揖盗，轮流大嚼，以解渴怀。原来这样做局，从前非止一回，亦非一人，那侍女们都是司空见惯的。只有杜宠一觉醒来，未免栗栗危惧。四人熨贴慰谕，杜宠稍觉放心。况箭在弦上，有不得不发之势，因与四人尽力盘桓，四人都赞他少年勇猛。从此杜宠与品娃等打成一局，众侍女一来恨摩刺的残虐，二来又得了杜宠的甜头，哪肯泄漏。杜宠日日伺候，传谕摩刺的言语，颇有威权。按下不表。

再说卞如玉外面虽甘淡泊，乃心锐意功名，因见李薇省奉旨完婚，十分荣耀，自己立意上进。是岁又值正科乡试，在苏府目不窥园，手不释卷，竭力揣摩，晓得匠山是江苏名宿，因将制艺请教他。匠山赞不绝口，只叮嘱他说："格局不必谨严，心思不必曲折，典故只好用习见，切不可引《荀》、《列》诸书，文章只要合时宜，断不可学欧、苏一派，这便是命中之技了。大约房考试官都以此种得科名，即以此种取士子。小弟文战二十余年，自己吃了亏，自分青衿没世，老世台当视为前车之覆辙。"如玉心领神会，后来另用了一番工夫。

正值薇省已经满月，匠山叫他带了媳妇还乡，侍奉祖父母半年，也算代父尽孝。薇省因拜辞各官及诸亲友，择日还乡。那阿珠与母亲、生母、诸嫂妹子离别之情，真是难分难舍，无奈出嫁从夫，万难自主。过了端节，夫妇二人带了许多仆从，竟是飘然去了。

吉士送行回来，他母亲还泪流不止，因劝道："珠妹妹随着李妹丈回乡，夫荣妻贵，乃大喜之事。过了两三年，妹妹思家，可以归宁的。母亲何必悲伤!”毛氏道:“我原晓得女生外向,像我这样年纪,何尝还想着家中?也因路远了些,四五年不通音信,到也罢了。这珠丫头热刺刺的整千里路去了,教我哪里割舍得来!美儿的事,你须打定主意,赘在家中,断不可又叫她远去。”吉士道:“这个容易。卞妹丈家横竖近在这里,可以不时往来的。只怕卞妹丈也做了官,这就拿不定了。”毛氏道:“我听得他们说,卞家女婿日夜用功,你还劝他将就些罢,做了官有什么好处?你看屈大人做到巡抚,还被强盗拿去受罪哩。”吉士笑了一笑,正要回言,只听丫头禀道:“外边厅上有许多报喜的,说大爷做了官了,请大爷出去讨赏。”吉士笑道:“才说做官不好,又闹起官来了。哪个去做它!”走出外边。

原来是督抚会奏本已批下:“姚霍武准以参将用,其附从十四人,着该督抚以守备、千总等官酌用,克日领兵征剿潮匪。生员李国栋着以五品京堂用,贡生苏芳着以内阁中书即补,俱随军参赞。总督庆喜加一品衔,巡抚申晋加二品衔。”吉士看了京报,赏了众人。即有督抚处差人来说,明日齐集抚署,会议事件,递上传单。吉士说声“知道”,即吩咐备轿,先往督抚辕门致谢,并到匠山公馆及姚参将署中。回来,那督抚、司道已都差家人持帖道喜,府县文武各官贺喜者纷纷不绝。吉士一一打发家人缴帖谢步。忙乱了一天,明早亲往各衙门拜见。那中书虽系七品京官,却很有体面,写着拳头大字的字帖子拜人,见大学士只称门生,见六部不过长揖,见督抚司道等官俱从中门出入。

当日吉士回拜了各官,便往抚署会议征剿潮州之事。议得权以姚霍武为大将军,李国栋、苏芳为参谋督标,副将巴布为左军,潮镇总兵官钟毓为右军,都受霍武节制。拨督标兵马四千,

提标二千，抚标四千，又潮镇镇标二千，共一万二千，冯刚等将佐二十员一同征进。拜本后，飞催钟毓只在潮州会齐，定于五月二十日起程。吉士顺路拜望亲友回家，他母亲、妻妾听得奉旨从军，未免心惊胆战。他母亲先于内厅摆酒，算是贺喜送行。吉士虽则心上坦然，但他母亲既怀着鬼胎，蕙若等又面有忧色，饮酒自然不乐。有时人《从军行》一首送得逼真：

古来戎马间，躯命常草草。一身既从军，生死那得保。此意黯自怜，未敢向人道。作气自振厉，命酒豁怀抱。妻妾则已知，顾勿忍深考。间出一语商，似预筹未了。乱之以他辞，中心各如涛。

吉士在蕙若房中宿了一夜。次日，那些送贺礼的还拥挤不开。吉士吩咐家人一总收下，登簿记名，俟潮州回来，张筵请客。至各官各家饯行酒席，一概致谢，天天领这班妻妾们的盛情。

过了几天，姚参戎挑选兵卒已足，回明督抚，会同李参军一并起行，庆、申两公同了文武各官出城远送。姚霍武拜受了将军印剑。督抚司道都递酒三杯，又递了两参军的酒，犒赏了众军，方才回城。霍武升帐与两位参军坐定，各将佐参见已毕，便传下号令，命秦述明、吕又逵、何武领二千铁骑为前部先锋；巴布左军，以王大海、褚虎为副；钟毓为右军，以蒋心仪、谷深为副；中军副将便是冯刚、尤奇、杨大鹤、曹志仁四员；许震、戚光祖、韩普督运粮草。祭旗放炮，浩浩荡荡杀奔潮州而来。此时正当溽暑①之候，山川尽赤，天地如炉。军士们焦额汗颜，十分苦

---

① 溽（rù）暑——夏季潮湿而闷热的气候。

楚。幸得姚中军爱惜军兵，与同甘苦，天明早起，晚上多行，午间暂驻；李匠山又制《六月从军歌》教众军习唱。十日之内抵潮州。

那摩刺正在琼楼避暑，璇室迎凉，忽然接了紧报，大笑道："六腊不交兵，姚霍武徒有虚名，不知兵法。不到一月，他那几个兵将都做了火焰山的鬼了。"即发下令箭，传谕四护法各领本部兵、先出城下寨，紧守寨门，不许交战，候咱到日定夺。

秦述明打听得潮州已有兵马出城，便离城四十里屯住，伺候大军到来。次日早晨，姚中军等三军已至，秦述明便禀明："前有贼兵下寨。我们也未索战，他们也未挑兵，候主帅定夺。"霍武吩咐先锋讨战，三人一声答应，即领本部兵直抵贼营。叫骂了半天，并无一人答应。闷闷回营，至中军禀明。霍武十分疑异，吉士道："闻得贼秃狡猾异常，惯用劫寨之计，出人不意，胡制府因此致败。他日间不肯出战，想必晚上才来。"霍武点头道是，即叫尤奇持了令箭，吩咐各营不许卸甲安睡，一营有紧，三营齐出救应。

却说摩刺正于是日晚上出城，吩咐杜宠紧守宫门，留周于德、周于利、李翻江、殷好勇四员头目守城，带了夏叱咤、孟飞天、康安、顾信四人出战。一更时分，进得营来，四护法接住，禀明日间之事。摩刺道："他日间劳碌了一天，夜里必定贪凉安睡。你四人快领兵劫寨，倘有准备，只须退回，我自遣兵接应。"海元等各各上马，领着六千人马悄悄地杀向前营，幸得秦述明等未睡，连忙接战。无奈潮州兵马推山倒海而来，众兵立脚不牢，三将死战得脱，比及三营救应兵来，海元等已经退去了。秦述明折了三百余人马，来到中军请罪。霍武道："是我防备不周，先锋无罪。”

次早，四营并起，直抵摩剌寨前。摩剌亦麾兵出战。秦述明因遭挫败，咬牙切齿，飞出阵前；海亨接住厮杀。约三十余合，海亨渐渐力怯，海元便拍马夹攻；吕又逵早已接住。海贞、海利并力上前，这边钟毓、巴布接住；王大海、谷深等亦与四头目捉对酣斗。秦述明狼牙棒紧处，早把海亨打下马来，仍复一棒结果了性命。摩剌一见大怒，便飞起禅杖劈面打来，秦述明双手举棒一架，觉得沉重。那摩剌左手戒刀又拦腰截来，述明又往下一掠。恶狠狠地战了十余合，冯刚看见秦述明面赤耳红，非摩剌对手，便目视曹志仁两马齐出。摩剌力敌三将，前挡后护，左遮右拦，只有招架之功，没有还兵之力。何武又提着铁棒飞骑上前，摩剌支持不住，忙虚晃一刀退下，口中不知念诵了些什么。霎时，一阵狂风卷地飞来，吹得人翻马仰，那边兵将乘势滚将进来。秦述明等晓得是他的妖法，正思退避，却只见风响沙飞，不见别样，那风又时大时小的，便不怕他，奋勇上前，将他围住。摩剌回身接战，就不能使法，连风都没有了，依旧是赤日青天。众将士得了这阵风到觉凉快，一个个鼓勇争先。孟飞天、康安又被褚虎、王大海杀了。摩剌的战马着了何武一棒，把他撞下马来；众人正要擒他，却已影儿不见。海元等忙收兵败下。姚霍武亦暂且收军，上了秦述明、褚虎、王大海、何武的功绩。吕又逵左臂着了海元一箭，及五百余带伤兵卒都发往后营调养。

当夜摆宴贺功。霍武与众人商议道：“他的妖法也不见得十分厉害。只是方才落马逃去，只怕他善于五遁之法，这就难擒了。”匠山道：“落马不见自然是土遁去了。这五遁俱全的后世绝无其人，他也不过知道一两样罢了。明日出战，众将仍是轮流战他，主帅可隐在门旗之下，赏他一箭，看他可能金遁；右再借金遁去，这便非刀箭所能伤害，殊为费手。”霍武道：“就依计而行。”

谁料次日摩剌出兵，并不交战，他使了妖法，刮起大风，叫众军乘风纵火。霍武等出于不意，败了一阵，退三十里下寨。因天气过于炎热，两下暂且休兵。

第二十三回

姚参戎功成一夜　雷铁嘴相定终身

六月兴师敢惮劳，将军挥汗湿征袍。火围甲帐催飞骑，天放流乌烁大刀。蔡孽荡平非雪夜，韩碑磨就展霜毫。南人不反烽烟静，从此声灵到不毛。

难收谷食岂无稽，更有闻声羊舌妻。曾入茅檐占将相，转于耆耄话孩提。指迷眼似新磨镜，摸骨方真夜照犀。只恐江湖漫饶舌，好将两目刮金锟①。

话说杜宠在城打听得桃监生女儿淫毒致死，怀恨在心。二日晚上接到摩刺败了一阵，伤了大将三员，他只说巡察街坊，也不带人，曲折地转至运同署前，踅入桃监生家里。那桃灼延他坐下，问他姓名。杜宠道："足下休惊。俺姓杜，名宠，现在大光王麾下充总领宫门使之职，特来有事相商。"那桃灼忙打恭道："原来是杜老爷，监生不知，多多得罪了。"因问："杜老爷夤夜到舍，有何见谕?"杜宠道："咱奉王爷密旨，因军饷不敷，分派在城富户，大户捐银七万，中户五万，下户三万。足下姓名系中等富户，该输银五万两。咱晓得你是个好人，恐怕一时不能凑手，所以预先送信与你，快赶紧趱办，后日一准送进宫来。"桃灼吃惊道："这事王爷打听错了。监生单靠着三千多的荒田收租

① 锟（bī）——古时治眼病用的一种器具。

过日，因近年兵戈不息，那些佃户并无颗粒送进城来，这漕米钱粮都是赔偿的。不要说家中没有五万银子，就是连身家性命也换不出一二万银子来。求老爷替监生转禀苦情，举家感戴。”杜宠道：“这话你就不是了。王爷军令已出，谁敢挽回？你若短了一分一厘，怕不全家处斩？”桃监生垂泪道：“我与王爷没甚冤仇，何苦一层一层的送我性命？”杜宠道：“王爷从前并未勒派你们，你怎说这话？”桃监生道：“虽未派我银钱，我女儿已活活地被王爷送死了。”杜宠道：“这却为何？你不妨直说，我替你周旋。”桃监生道：“说也惨然。”便将女儿如何看灯，如何致死，说了一回。杜宠道：“这么说起来，二护法昨日阵亡，到替你女儿报仇了。”桃监生道：“冤仇不在此人。”杜宠道：“却是哪一个？”桃监生道：“一时失口，亨护法便是我的仇人。”杜宠道：“你不须瞒我，我也是同你一样的冤仇。因四个小妾被他拐骗前来，所以假作投降，希图报仇的。你有事不妨同我商量。”桃监生哪里肯信。杜宠刺臂赌咒，桃监生方才说道：“这贼秃无恶不作，满城切齿痛心！我们打算约齐众人，俟姚将军到来，开城纳降。只怕他勇力难当，擒他不得。”杜宠道：“这事不可造次，须要等他败入城中，预先送信出去，约定日期，才可开门。你们共有多少人投降？”桃监生道：“共四百零五家。”杜宠道：“也就够了，不必再多，恐怕泄漏机密，不是当耍的。到那时我先来知会你，你们只管开门，我还要想一个杀他的计较。”当夜桃监生留杜宠饮酒，尽欢而散。

回到宫中，与品娃等商议道：“王爷连日大败，看来此城不能久居。你我作何计较？”品娃道：“我们有什么计较？如今他也不顾我们了。倘若官兵进城，只有同着你一路逃走。”杜宠道：

“这是女孩子话。不要说逃不脱，就是逃脱了，后日被地方官拿住，系叛逆家人，也是一个斩罪。”品姪道：“据你说怎样才好?”杜宠道：“我们且慢慢商量。”五人饮酒上床，杜宠又各人奉承了一会，然后告诉他们说：“侯王爷杀败回来，定了日期，观他饮醉，我在外边开城接应官兵，你们乘醉将他刺死。这个不但没有死罪，而且有了功劳，将来朝廷还有恩典。”品娃道：“他的酒量甚高，那里灌得他醉?”杜宠道：“我已预备下药酒，只消一壶就醉的。到那时，只要你们看机行事。”说得众人允了。正是：

安排四朵连花座，坐化金刚不坏身。

姚参戎休兵十日，预备下许多牛皮、网纱之类，防他火攻；弄了无数狗血、污秽之类，破他妖法，分四路杀进。那摩刺果然接应不来，又败了一阵。霍武收兵回寨，与众人商议道：“趁此时我们锐气方盛，须要设法破他，不要养成贼势。”冯刚道：“这贼惯以劫寨取胜，如今只用此计破他。”霍武道：“他既善于劫寨，岂不自己提防?只怕劳而无功，徒损兵将。”匠山道：“如今将兵马分为八支：一支劫寨，两支救应，四支分两翼搜其埋伏，一支抄出背后断其归路。总无不胜矣。”霍武称善。即令秦述明、吕又逵、何武当先劫寨，冯刚、杨大鹤、曹志仁救应，钟毓、蒋心仪、谷深杀向左边，巴布、王大海、褚虎杀向右边。如无埋伏，并力合攻大寨；若杀散埋伏，亦向大寨杀来。自己同尤奇抄出背后，二参军守住老营。众人各各遵令而去。

原来摩刺虽遭衄败，果然防备劫营：吩咐海元、海利各领一千五百军兵左右埋伏，倘有贼兵劫寨，听得号炮声响，分两路杀来。自与海贞、顾信、夏叱咤于寨中纳凉饮酒。约到二更以后，兵士报说北路上有好些兵马偃旗息鼓而来。摩刺大笑道：“果然

不出我之所料！”因吩咐：“披挂上马。俟他到来，放起号炮，一涌杀出。今番定教他片甲不回！”

秦述明等领了二千人马暗暗杀至寨前，听得震天价一声炮响，海贞手挥大斧而出，众军都涌将上来。秦述明晓得他预有准备，忙退下一箭之地。吕又逵早与海贞厮杀，摩刺飞马到来，秦述明、何武双骑拉住。那夏吆咤、顾信亦两骑齐来，这里冯刚等已到，杨大鹤便战顾信，曹志仁便战孟飞天，冯刚忙举大戟斜刺里望着摩刺便刺。那孟飞天战不过曹志仁，十数合之中，早被曹志仁一枪刺死。顾信吃了一吓，手中兵器一松，也被杨大鹤斩于马下。便并力来战摩刺、海贞二人。摩刺恃有埋伏，愈战愈凶，死战不退。约有一个时辰，那钟毓、巴布两支兵已杀散埋伏，斩了海元、海利，都杀奔大寨而来。这摩刺现在抵挡不住，怎禁得又添上这几员勇将及两支生力兵？晓得事情不妥，忙从刀枪棍棒丛中杀出，大呼海贞，且收兵入城再处。两人领了千余败残兵卒，杀出重围，望南逃走。这里合兵赶来。

摩刺走不上数里，一声炮响，无数兵马挡住去路。姚霍武手横大刀大喝：“摩刺休走！且留下光头回去。”海贞大怒，拍马上前，尤奇挺枪接住。摩刺亦恶狠狠地飞起禅杖打来，霍武大喝：“贼秃休得逞能，有我在此！”一刀砍过。摩刺急架相还，觉得刀法精纯，兵器沉重，大叫：“你这汉子可就是姚霍武么？”霍武道：“既知本帅大名，还不下马受缚？”摩刺忙架住大刀说道：“姚霍武，我有好言赠汝。王爷走遍外国、中华，未逢敌手；看你这柄大刀可以配得王爷的禅杖，你也算是真正英雄。只是你哥哥在广二十余年，尚且首悬街市，你又何苦出这死力？不如跟着王爷平分广东，同享富贵何如？你须自己想一想。”霍武大喝道：

“泼贼不要煽惑军心。看刀!”摩刺也大喝道：“王爷难道杀你不过？你我既算英雄，不须旁人帮助，咱们两下拼一拼。”此时天已大明，后面追兵都道杀败了海贞，把残兵杀得七零八落。霍武忙喝众将：“不须帮助，看我擒他。”当下众将约住众兵，都不上前。两个你刀我仗，左盘右旋，战有五十余合。摩刺因下部虚嚣，敌不过霍武的神力，要用妖法，又被这大刀紧紧逼住，没有半点空儿，回顾手下众兵，只剩海贞一个，只得喝道：“王爷杀你不过，我去也!”一骨碌滚下马来，又不见了。众将各举兵器，将海贞砍为肉泥，收兵札住。

摩刺独自一个土遁归城，吩咐周于德等四头目分守四门，多备炮石。自己进入府中，早有许多伪官问安、参见。杜宠跟着进宫，叩头问道：“王爷此番出战胜败如何?”摩刺道：“咱从海道起兵以来，从未有此大败。如今四护法都没了，剩了几个头目，只好守城。倘若势头不好，我原退回浮远山中，日后再来报仇雪恨。”杜宠道：“这潮州城池高厚，他那一二万兵怎能破得？王爷只管放心。这么大热天，坚城在前，粮饷一断，他自然退去了。”摩刺道：“你须小心伺候，倘有紧急军情，不论半夜五更，都要飞报与我知道。再拿了我的令箭，日夜巡城一次，戒饰那些兵将，这四员头目比不得那四个护法。待姚霍武兵退了，我赏你几十名宫女。”杜宠答应出来，持着令箭，带了一二十名心腹健卒，日夜巡城。暗暗地写了密书射出，约于七月二十日三更暗开北门接应；又告诉了桃监生，那日都在北门内伺候；又约品娃等于是日举事。暂且按下。

再说姚霍武得胜收兵，商议攻城之策。钟总兵道：“这潮州系小弟的汛地。城有五十余里大，六丈多高，五尺余厚，尽着我

们的兵马围城，不到一半。如何破得？须要请于督抚，再添三万兵来才好用计。”霍武即请匠山写了备细书票，分报两衙门。到了晚上，吉士将杜宠诈降之计告诉匠山、霍武，说道：“如今且佯作攻城之状，天天叫骂，看他有无书信出来。”霍武大喜道：“此计若成，这城就不难破了。平复之功，先生断居第一。”因传下号令：巴布领着副将，攻打东门，钟毓领着副将攻打南门，秦述明攻打西门，自与冯刚等攻北门；命军中多设参军“苏”的旗号；又着杨大鹤领兵五百，将沿海船只一并撤回，绝他去路。攻打了三天，倒伤了几十名兵士。

第四日傍晚，尤奇部下小军拾了一根箭头，上系着蜡丸，呈与尤奇。尤奇转呈中军。姚霍武等三人开看：

小的杜宠跪禀恩主大爷座前：小的从省到潮，将所拾包裹等物送还和尚。和尚十分相信，着小的看管宫门，目下又派委巡城，颇为任用。宫中有赫旧主姬妾四人，已与小的合成一局，准于本月二十日夜送摩剌的性命。小的又密约受害富户桃灼等四十余家，定于二十日三更开北门迎接大兵，城楼上悬玻璃灯为号。望大爷即告诉姚将军，于是日晚上并力攻城。宠跪禀。

三人看完，心中欢喜。霍武对着二人道：“亏得苏先生预先定计。到了那日，日间只好攻打那三门，使他不及提防。晚上依计而行。”于是只将兵马远远围住，并不附城，并四布流言说：“兵马不敷，须退回省中，另起大兵前来攻打。”以缓其心。

那摩剌在宫，虽耽于酒色，却还停了一两日，出来巡城一次。看见城外军兵懈怠，想要乘势出兵，无奈孤掌难鸣，又怕姚霍武的神勇，只吩咐头目小心守护，自己仍以醇酒、妇人解闷。

到了七月二十日，巡城回来，看见官兵只打三门，他就有个潜出北门逃归海岛的意思。与品娃等商议，品娃道："王爷恃着随身本事，什么地方不去了？只苦了我们这些人全伙儿都是死数。我听得那唱书的说，吕布背了一个女儿，就不能杀战，何况王爷有这么多人！王爷若要回山，我们只好趁早寻死。"摩刺道："我不过是这等商量，你们休要着急。我哪里割舍得你们！不是为你们，我已去得多时了。慢慢地想出一个计策来！"因吩咐备酒取乐。四人这个逢迎，那个埋怨，追欢索笑。饮够多时，传杜宠进来吩咐道："今日贼兵专打三门，晚上恐怕北门有紧。你传我令箭，叫北门加紧提防。"杜宠答应了，又跪禀道："小的制有滋补药酒，最长精神。王爷连日辛苦，小的奉敬几壶，略表孝意。"摩刺道："好孩子，只管拿来。你快办你的事去！"

杜宠出来，带了心腹上马，飞至北门，吩咐李翻江道："王爷钧谕，官兵今日攻打三门，须要严紧防备。这北门着我看守，李将军可去往来巡察，晚上不许安睡。"真个李翻江带了兵卒去了。

到了三更，那众人都到城上竖起一盏玻璃灯，远远望见官兵近城，即率同众人开城伺候。秦述明当先，众将一涌而入。众百姓两旁跪接。杜宠忙迎上姚霍武、苏吉士等叩头。霍武执手慰谕，问了备细，即吩咐钟毓、巴布、冯刚等杀向三门，切不可杀害百姓，自己率同众将，杜宠为导，杀入大光王府中。此时摩刺已烂醉如泥挺睡床上，那四姬手软不能杀他，被吕又逵一斧劈死。

不是干戈擒壮士，却缘衽①度杀英雄。

---

① 衽（rèn）——衣襟。

姚参戎与二参军坐在府堂，一面出榜安民，一面分兵接应三门诸将。吕又逵献上摩刺首级，众将俱陆续报功，只有周于德开城在逃，不知去向。天明，霍武吩咐蒋心仪、韩普稽查钱粮仓库，暂管海阳、揭阳两县事务；钟毓原领本部兵镇守潮州；将摩刺所藏民间妇女一一放还；又从重赏了桃灼众人；将四姬交杜宠领回；又着人到监中去查问屈强，回说已于二月前病死了。凯宴三日，振旅而还。将所擒伪文武官都上了囚车，带至省中，分别发落。

到了八月中旬，早至省会。庆、申二公从前连接霍武捷报，已知功在垂成，后又接了摩刺死据潮城、攻之未能即克、祈添兵协助的话，督、抚会议正要分调人马前来，却好又接了苏芳预用诈降之计、克复潮州之报，因撤回调兵文书。这日大将军回来，申抚军正在试院监临，庆制府领了文武各官出城远接。一路鼓吹喧阗①，彩旗摇漾。霍武等皆滚鞍下马，同进城中，将兵马分归各标。早于越秀山排下公宴，庆大人把盏贺功。霍武跪饮了，次及苏、李二人，二人都打恭立饮。霍武呈上有功诸册子及解到伪官，庆公道："当与申大人会折奏闻，请旨定夺。"霍武又跪禀乃兄之冤抑，祈求大人据实奏明，庆公应允。

当日众官散了，吉士仍同杜宠回家，合府中内外上下的欢喜自不必言。杜宠另找房子居住四姬。又值卞如玉三场考毕，在厅上大排筵宴。次日，就有许多官员及各亲友前来拜望。吉士迎接、回拜，闹了几天，即发帖请酒，却是从前送礼诸人，接连十数日。

---

① 喧阗——形容声音大而杂；喧闹。

这日在家安闲，门上伍福禀说："府大老爷差人送一位相士到来，叫做雷铁嘴。"吉士请书房相见：

清奇格相，五尺不到身材；苍白须髯，七十有余年纪。悠悠自得，神韵在松竹之间；落落寡交，品地直羲皇以上。喉咙响亮，开口不带谀词；趋走安翔，举足定无乱步。亭亭若云间之鹤，皎皎如空谷之驹。

吉士肃然起敬，与他打恭坐定。问道："先生仙乡那里？缘何与上官公祖交好？"那雷铁嘴道："在下江苏江阴人氏，仗着这满口的花言巧语煽惑士夫。上官老爷并非夙交，亦系偶然萍合。"吉士道："那满口胡柴的断不自己宣明，先生不无太谦了！请问先生，还是食素，还是用荤？"雷铁嘴道："虽似黄冠者流，却系儒门弟子。太平之世原无仙佛，何苦吃斋？"吉士也笑了，吩咐快备酒饭，再叫家人把施相公、卞相公都请来。须臾，两人到来，作揖就坐。吉士道："我们兄弟三人都恳先生赐教。"雷铁嘴道："请正尊容。"吉士上边坐好，铁嘴望了一眼说道："阁下品貌乃水形，得水局也。正面有黄光，意无不遂。印堂多喜气，谋无不通。请尊手一观。"吉士伸出手来，铁嘴又道："手软如绵，闲且有钱。掌若血红，富而有禄。只嫌目太清，眉太秀，体不甚厚，形不甚丰，官虽有而不高，财虽聚而易散。所喜阴骘纹深，子宜八桂，寿卜古稀。"相毕，延年上来，铁嘴看了说道："足下眉清目秀，定为聪进之儿。声浊气粗，未免贫穷之士。白气如粉，父母刑伤；青色侵观，兄弟零落。所幸地库光润，晚景稍可安闲；悬壁色明，家宅可无忧患。"相毕，如玉坐上，铁嘴道："足下三光明旺，六府高强，骨格清奇，必须显达。形容俊雅，终作贤良；腰圆背厚，自然玉带朝衣。眉耸神清，定主威权忠节。只是美中不足，虽居二品之贵，当叶三褫之占。老运亨通，身耽泉石，子宜两到，寿近渭滨。”如玉相过，家人摆上酒来。铁嘴旁若无人，大觥①剧饮。吉士又问道：“舍妹丈秋闱得意，今揭晓在迩，未知可能与宴鹿鸣？请先生一观气色。”铁嘴略一抬头，便道：“祥云拥照命宫，旬日中当膺榜首。黄气发从高广，一年内必转官阶。不唯折桂蟾宫，并当策名天府。可贺！可贺！”

酒阑客散，吉士叫家人取三十两银子奉酬。雷铁嘴道：“别人不受谢仪，在下有受无却。以相取钱，以钱济相，天下事当如是耳!”也不告辞，飘然而去。

① 觥（gōng）——古代的饮酒器具。

第二十四回

香粉吟成掷地声　埙篪唱彻朝天乐

心事一生谁诉，功名半点无缘。欲拈醉笔谱歌弦，怕见周郎腼腆。

妆点今来古往，驱除利锁名牵。等闲抛掷我青年，别是一般消遣。

九月初八日放榜，卞如玉果然中式。吉士又忙了几日。申公已出闱中，吉士忙去禀见。因申公儿子荫之已成进士，分部学习，吉士一面道喜，申公一面贺功。因说道："我已与庆大人议过。那赫致甫四姬，不便奏请，只合分给有功将士。据姚中军申明，从军有功人员，只有吕又逵、何武未娶，余剩二姬当备先生闺房差遣。"吉士忙打恭问道："不敢瞒大人，晚生已有一妻四妾，再不能构屋贮娇，蹈赫公覆辙。"申公道："也须想一个地方安顿诸姬才好。"吉士道："这杜宠蒙两大人叙功题奏，将来定沐天恩。杜宠在潮时，曾与赫公二姬合同设计，内中宁无暧昧私情？可否求大人的恩典，二姬一齐赏了他罢。"申公连声道好，忙传杜宠吩咐，杜宠叩头谢了。

吉士回家。杜宠早领二人求见，同冶容住在一处，轮流进内当差。吉士的母亲因如玉中了，定要他入赘过了才许进京会试。吉士因与卞明商议，定于十月初三入赘，十一月内起身。

却好贺新贵的喜酒才完，朝廷恩旨又下：“庆喜、申晋俱加军功一级；姚霍武擢总兵，来京陛见简放；冯刚等着该督抚以参将、游击、守备量才委用；李国栋、苏芳着即来京供职；杜宠着该督抚以从九品补用；姚卫武恩赠原衔；胡成着革职来京待罪；更恩免惠、潮二府明年租税之半。”吉士得了此旨，即与匠山商议，转求申巡抚奏请，情愿以中书职衔家居，不愿供职。申公允了，后来题奏上去，自然恩准。李匠山、姚霍武拟与卞如玉一同起身。

转瞬间，如玉吉期已到。吉士将蕙若的房移往正楼，巫云、也云即居楼下；将这东院六间与妹子居住，另开一层仪门从东边出入，一切嫁资等物俱照阿珠旧例。新婚套语概不必言。

过了五朝，吉士日日事忙，又值时邦臣去世，乌必元新署了番禺县的菱塘司，先着人送银助丧，自己去往乌家奉贺。必元提起他儿子岱云有书到来，“他在家开了一个酒米铺，本钱就是你送他的。又娶了媳妇，并生下儿子了。只是我在这里做官，弄了许多未完，不知作何归楚！”吉士道：“这点儿未完倒也不怕。听得菱塘司是三千的缺，到了那里，自然运转得来。只是远了一步，未免会少离多了。令爱也要归宁，是我阻住了，迟一日在家奉饯之时，再叫她拜贺罢。”坐了一回，告辞出来，便往时家吊孝。邦臣没有儿子，就是顺姐一个女儿，向来与吉士见面的，因请他进去。顺姐穿着一身重孝，拜谢过了。延年再三留坐，吉士因见茹氏也在里边，倒觉得不好意思，连忙起身上轿回去。

却好杜宠借补了甲子司巡检，领凭赴任，伺候叩辞。吉士进了书房，杜宠向前叩见，并禀明后日领了妻子起身，已都进府替老太太、太太们磕头，候大爷示下。吉士道："你如今做了官，便不是我的家人了，这也可以不必磕头。只是你起身的盘费还可充裕么?"杜宠道："蒙大爷照应，告诉了藩司，又系军功人员，一切上下用不满二十两银子，这里到甲子不到十天路程，不过百来两银子就够了。"吉士道："你哪里有什么银子？叫苏兴支二百两银子与你用去。"杜宠又打跧谢了。吉士道："你虽是个小官儿，也是皇上的天恩，也管着许多百姓。第一不可贪财，第二不可任性。那甲子地方沿着海边，现在洋匪未靖，前日督抚会议善后事宜，原要照旧募收乡勇们，须要格外优待，擒住洋匪断不可刁蹬他们。你不见从前这些官，广府审出实情，一个个分别定罪么？只有吴同知没人告他，到题署了高州府。可见做官的好歹日久自见，再瞒不过民情，最逃不过国法的。"杜宠答应了是，吉士退入后边。那冶容与品娃、品姬因老太太留饭，吩咐巫云、也云相陪，见吉士进来，都上前磕头。吉士叫丫头赏些衣服、路菜之类，自己却踱过如玉那边手谈遣兴。

如玉说起："进京在即，令妹自然仍住家中伺候岳母。弟意欲趁这几天闲暇，同他回去拜过姑嫜①，再上省来，祈大哥代弟转禀岳母。"吉士道："这是正理，极该就去。妹丈一面定了日子，我禀母亲，来回也不过十天罢了。"如玉道："明日你令岳相邀，奉陪乌公，后日是杨公忌，准于十八日起身罢。"两人下了一局棋，吃了一回酒才散。

---

① 姑嫜（zhāng）——旧称丈夫的父母，即公婆。

次日，因韩普、蒋心仪回省，他来拜过，吉士回拜了，才与如玉至温家赴宴。春才也要一同进京，吉士劝他说："还是静候几年，得个知县就够了，何必会试。"温仲翁依了，直到晚上才回。

过了两日，已是十七。吉士吩咐家人预备酒席，晚上与二小姐饯行，自己去贺广府推升粮道之喜。上官老爷留坐，至掌灯以后回家。走进女厅，早已华烛高烧，珠帘低挂，炉焚兰麝，地贴氍毹。蕙若与小霞、小乔陪着阿美行令、催枚，钗横镯响。吉士就在阿美对面坐下，便问："老太太呢?"蕙若道："老太太吃了三四杯酒，看了两出戏，熬不过，先上楼去了。姑娘不肯吃酒，我们叫做戏的丫头们散了，与两个妹子在此三战吕布哩!"吉士道："这个忒武了，我们还是行令。"小霞道："我们也还打算做诗送行。"吉士道："先行令，再做诗，都是一样。如今这令就将妹妹回门为题，要一句'四书'，一句《诗经》，一句不拘子史古文，一句《西厢》词曲，合上一个曲牌名与一句《千字文》。说得不好，罚一杯。"阿美道："哥哥太琐碎了。"吉士道："我才出令，如何你先乱我堂规？快罚一杯。"阿美吃了。吉士也饮了令杯，便说道：

不待父母之命。殆及公子同归。日暮途远。倩疏林，你与我挂住斜晖。这却是两同心，夫唱妇随。

阿美道："哥哥第一句说错了，须吃一杯。"吉士想了一想，说道："我吃，我吃。"交到蕙若，蕙若说：

有故而去。曾不崇朝。黄仆欲题。却教我翠袖殷勤捧玉钟。

看开着后庭宴，肆筵设席。

小霞未说先自己笑道："我肚里实授没有书卷，只诌得这几句儿。说了，娘、奶奶不要骂我。"阿美道："说俗了一句，罚吃十大杯。"吉士道："你快说出来，我这里自有公道。"小霞便说道：

夫妇之不肖。要我乎上宫。止而享之勿宾。不知他那答儿发付我？禁不得花心动，器欲难量。

阿美飞红着脸立起来斟大杯灌他，众人都笑道："该罚的。"小霞饮了，小乔说：

往送之门。孔乐韩土。忘路之远近。车儿快快随。忽地送我入门来，藉甚无竟。

阿美说：

子将有远行。言告师氏。问征夫以前路。他说，小姐你权时落后。好教我意难忘，同气连枝。

当下合席干了一杯，丫头换上酒菜。吉士道："分韵不如联句。做得好的，公贺一杯；庸劣的，自罚一杯。各人拿出良心天理来，不许争竞，临做时不许争先落后。"因取过一张笺纸，说道："原从我起，至美妹妹止。"即提笔写下：

榜蕊才分蟾桂香，

说道："聊以免罚。"蕙若即吟道：

又吹玉管叶鸾凰。百年缡结芊繁姑，

小霞忙接口道：

九十仪多筐筐将。慰贴真教怀奉倩，

阿美道："施嫂嫂又说到那一道去了，快罚一杯。"小乔道："我也快罚一杯。”因吟道：

嫌疑那复怨王郎。花生彩笔环眉妩，

阿美吟道：

案举春慵愧孟梁。不解烹雌伤寂寞，

吉士也接口道：

何当戈雁任翱翔。年方笄①字随夫子，

蕙若道：“我们只管填砌，总不入题。不要弄到头重脚轻，强宾压主。”吉士道：“正是入题时候了。”蕙若吟道：

礼拜姑嫜奉寿觞。饮饯藏阄嫌夜短，

小霞道：

分题刻烛引杯长。窥帘新月明还佩，

吉士道：“推开得好。时景亦断不可少。”小乔忙接口道：

挂斗疏星挹酒浆。好趁一帆归梓里，

阿美道：

未谙三日作羹汤。此行不是怀韩土，

吉士道：“不过尔尔，我结了罢。”

拭目香雏慰北堂。

写毕评道：“通首散漫，无甚佳句。乔妹妹‘酒浆’句推陈出新，美妹妹‘羹汤’句自然之极，各公贺一杯。余外不消罚得。”于是各人斟上两杯。才吃干了，只见巫云走来说道：“姑奶奶明早就要起身，大爷也不要再耽搁了。方才姑老爷已着人来问过两次了。只是姑奶奶还该赏个脸，我也要敬杯酒儿。”便斟一杯送上，

① 笄（jī）——古代束发用的簪子。

阿美站起来接了说道："又劳动巫姑娘。只是我吃得多了！"因呷了一口，回奉一杯与她。吉士叫她旁坐，又饮一回，方归房安寝。

次日，如玉夫妇回乡，只带一个家人、两名小子、三四个丫头、仆妇，押着随身行李、衣服，共六乘轿子，到码头下船，余外的都留在家中照应。吉士送至码头，回来吩咐持帖请乌必元，明日送行，再请温仲翁父子、李匠山、苗庆居相陪。那温家去的人转来禀说："温少爷今早生下相公了，所以不曾来送姑爷。明日也不能赴席，转请大爷后日洗三。今日就来领大奶奶回去。"吉士因着人送了一份贺礼。又因冯刚补授了抚标中军，秦述明补了督标参将，吕又逵、何武俱授了碣石镇标游击、嘉应州知州，时不齐题署了广州府，拜贺的拜贺，送行的送行，整整的忙了十余日，只盼如玉到来。

李匠山、姚霍武已定于十月初八日长行。如玉直至初四日上省，又各家去拜望过了，与姚、李二人约定了，雇了两号大船。姚霍武同夫人秦氏一船，李匠山同如玉共一船。各人收拾行装，辞行，拜客。先是督抚公饯，次及司道，最后还有巴副将等一班武官。

不觉行期已到，吉士约了春才，雇一个大花姑艇，叫了戏子，吩咐苏邦、苏旺带了厨役，整备酒筵，先往花田伺候，自己随着众文武官候送。因申抚台自己亲身出城，所以这些送的官越发多了。姚、李二人一一申谢，先请申公回辕，再敦请各官上轿，方才点鼓开船。吉士、春才就在李、卞二公船上。倏忽到了

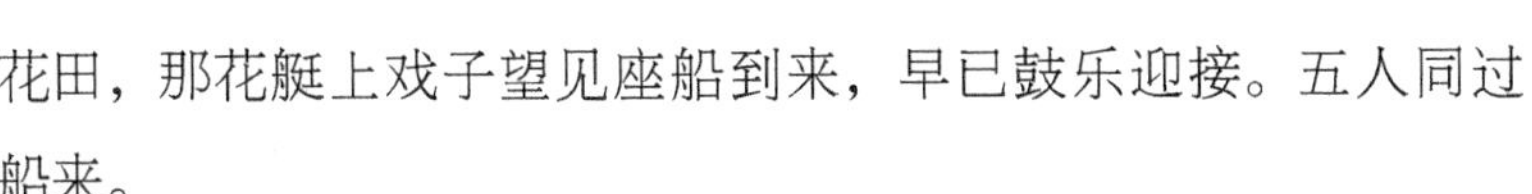

花田，那花艇上戏子望见座船到来，早已鼓乐迎接。五人同过船来。

吉士递过酒，入席坐定，便道：“姚老总戎此去未知荣任何方？便中祈赐一信。”霍武道：“从前荷蒙许多台爱，还未报涓埃。倘有了地方，定当专人到府。”吉士道：“先生到京谅与妹丈同寓，就是李妹丈也该假满来京了。门生辞官之事，倘不蒙恩准，还求先生委曲周旋。”匠山道：“这个自然。就是我这意外之官，也须要辞得妥当。”吉士又道：“卞妹丈春闱一定得意。但授职之后，亦当请假南还，不要说家母与舍妹悬望甚殷，卞太亲台更为伫切。”如玉道：“小弟会试以后，不论中与不中，都要到家。堂上双亲还望不时照应。”吉士道：“这到不消吩咐。”匠山道：“人生聚散是一定之势，是偶然之理。吉士何必恋恋多情？想着从前在此教授之时，不过四更寒暑，赫致甫骄淫已甚，屈抚台拙拗性生，都罹[①]法网。岱云无赖不必说他。春郎竟掇高魁，大是奇事。荫之、微省与你三人曾几何时，各干一番事业。又不意中遇着姚孟侯兄弟，竟闹到搅海翻江。我李匠山一生不过为他人作嫁衣裳耳！”霍武道：“兄弟若无苏先生与哥哥搭救，此时求为赫、屈二公而不可得矣。”匠山道：“天下的事剥复否泰，哪里预定得来？我们前四年不知今日的光景，犹之今日不能预知后四年的光景也。总之，‘酒色财气’四字看得破的多，跳得过的少。赫致甫四件俱全，屈巡抚不过得了偏气，岱云父子汲汲于财色，姚兄弟从前也未免好勇尚气，我也未免倚酒糊涂；唯吉士嗜酒而

---

① 罹（lí）——遭遇；遭受（灾祸）。

不乱，好色而不淫，多财而不聚，说他不使气，却又能驰骋于干戈荆棘之中，真是少年仅见！不是学问过人，不过天姿醇厚耳！若再充以学问，庶乎可几古人。”

当日众人饮至下午才分手过船。吉士未免依依，匠山大笑道：“何必如此！我们再看后几年光景。”举手开船而去。